বিমলাদাদীর স্বপ্ন

ভালবাসা, ত্যাগ ও জয়ের যাত্রা

অরবিন্দ ঘোষ

Ukiyoto Publishing

All global publishing rights are held by

Ukiyoto Publishing

Published in 2025

Content Copyright © Aurobindo Ghosh

ISBN 9789370095694

All rights reserved.
No part of this publication may be reproduced,
transmitted, or stored in a retrieval system, in any form by
any means, electronic, mechanical, photocopying,
recording or otherwise, without the prior permission of the
publisher.

The moral rights of the author have been asserted.

This is a work of fiction. Names, characters, businesses,
places, events, locales, and incidents are either the
products of the author's imagination or used in a fictitious
manner. Any resemblance to actual persons, living or
dead, or actual events is purely coincidental.

This book is sold subject to the condition that it shall not by
way of trade or otherwise, be lent, resold, hired out or
otherwise circulated, without the publisher's prior consent,
in any form of binding or cover other than that in which it
is published.

উৎসর্গ

পুরস্কারপ্রাপ্ত বই 'বিমলাদাদীর স্বপ্ন' মূলত ইংরেজিতে উকিয়োতো দ্বারা প্রকাশিত হয়। পরবর্তী কালে উকিয়োতো এই বইটি ইতালীয়, তুর্কি, নেপালি ও আরবি ভাষায় অনুবাদ করে। এখন উকিয়োতো এই বইটি বাংলায় প্রকাশের দায়িত্ব নিয়েছে। আমি উকিয়োতো এবং তাদের সমগ্র টিমের প্রতি আন্তরিক কৃতজ্ঞতা জানাই।

আমার কন্যা ড. ডরোথি সেনগুপ্ত, ড. গার্গী মজুমদার এবং পুত্র আলাপের প্রতি আমি কৃতজ্ঞ, কারণ তাদের নিরন্তর সহায়তা আমার প্রেরণা। আমার সহধর্মিণী ড. শারদা ঘোষ আমার প্রতিটি গ্রন্থের সংশোধন ও সম্পাদনার দায়িত্ব নিজে হাতে নিয়েছেন। এই বইটিও তার ব্যতিক্রম নয়। তার প্রতি আমি চিরকাল কৃতজ্ঞ থাকব।

এই গ্রন্থটি উৎসর্গ করা হলো তাদের, যারা কঠিনতম সময়েও আশার আলো খোঁজেন, প্রতিকূলতাকে জয় করে সামনে এগিয়ে যান এবং যাদের জীবন-সংগ্রাম অন্যদের জন্য অনুপ্রেরণা হয়ে ওঠে।

বিষয়বস্তু

ভূমিকা	1
প্রাককথন	2
বিমলা এবং তার সংগ্রাম	6
আবার এলো বিপদ	10
তুলসীভাবীর উদ্যোগ	15
বান্নোর সামনে চ্যালেঞ্জ	18
মোড় পরিবর্তন	21
প্রথম সাক্ষাৎ	27
গৃহস্বীকৃতি	34
নতুন সূচনা	40
ধর্মীয় ভ্রমণ	51
সুখের চমক	61
নতুন অতিথি	66
শহরের জীবন	69
বান্নোর জীবনের পরিবর্তন	76
বান্নো: এক শিক্ষার্থীর নতুন যাত্রা	82
কঠিন সিদ্ধান্তের মুখে বান্নো	84
বান্নো শিক্ষার্থী	85
সংগ্রামের শুরু	87
সত্যিকারের চ্যালেঞ্জ শুরু	88
নতুন যাত্রা শুরু	90

প্রথম নিয়োগ	92
মুম্বাই ডাকছে	95
মুম্বাই ডাকছে	99
এক নতুন চ্যালেঞ্জের ডাক	101
টিম লিডার বান্নো	104
কৃষ্ণের বিয়ে: এক আনন্দময় অধ্যায়	110
চেয়ারম্যানের অনুমোদন	114
আমেরিকায় ছুটি	118
বান্নোর অন্তর্দৃষ্টি	125
জেনারেল ম্যানেজার বান্নো	130
শান্তিলাল গেল আইআইটি-তে	133
ছুটকির প্রতিভার প্রকাশ	135
ছুটকি ও তার স্বপ্নের উড়ান	144
শান্তিলালের ক্যারিয়ারের শুরু	147
শান্তিলাল ও অঞ্জনার প্রথম দেখা	149
বান্নো-ছুটকি সম্মুখীন	163
ছুটকির পরিবর্তিত জীবন	166
শান্তিলাল ও অঞ্জনার কথোপকথন	170
শান্তিলাল ও বান্নোর কথা	172
আমেরিকার ঘটনাবলী	175
ছুটকির নাসায় যাত্রা	177
অঞ্জনার দোটানা	181
সুনিপুণ পরিকল্পনা	185

মিশন সম্পন্ন	192
স্বীকারোক্তি	197
নির্ণায়ক পদক্ষেপ	200
ভারতে	202
ক্যালিফোর্নিয়ায় এক রাজকীয় বিবাহ	206
সুখী সমাপ্তি	212
পরিশিষ্ট	218
লেখক সম্পর্কে	219

ভূমিকা

ড. অরবিন্দ ঘোষ, এক অসাধারণ গল্পকার, যিনি বরাবরই আমাকে তাঁর চমকপ্রদ কাহিনিগুলির মাধ্যমে মুগ্ধ করেন। এবার, তিনি উপস্থাপন করেছেন এক অনন্য সৃষ্টি 'বিমলা দাদীর স্বপ্ন'; যা প্রতীক হয়ে দাঁড়িয়েছে দৃঢ় সংকল্প ও অধ্যবসায়ের শক্তির, যা স্বপ্নকে বাস্তবে রূপ দিতে সক্ষম।

ড. ঘোষের গল্প বলার ক্ষমতা সত্যিই বিস্ময়কর। তাঁর গল্প শুধুই ঘটনাপ্রবাহ নয়; এটি আবেগকে জাগিয়ে তোলে, আশা ও সংগ্রামের রঙিন চিত্র আঁকে। 'বিমলা দাদীর স্বপ্ন' উপন্যাসে তিনি ভালোবাসা, আত্মত্যাগ ও বিজয়ের সুক্ষ্ম সূতোগুলো একসাথে বুনেছেন, যা জীবনের এক অনন্য চিত্র তুলে ধরে; যা অনুপ্রেরণাদায়ক ও হৃদয়স্পর্শী।

এই কাহিনির ভেতরে প্রবেশ করলে, আপনি আবিষ্কার করবেন চরিত্রগুলোর গভীরতা ও তাদের সংগ্রামের প্রতিচ্ছবি। এটি শুধুই একটি গল্প নয়, এটি সেই অদম্য মানসিকতার প্রতিচ্ছবি, যা আমাদের স্বপ্ন ও আকাঙ্ক্ষাকে সত্যে পরিণত করতে অনুপ্রাণিত করে।

ওহ ওহ, আমি ত বলতে ভুলেই গেছি, ডঃ অরবিন্দ ঘোষ আমার পিতা, একইসঙ্গে আমার শ্রেষ্ঠ বন্ধু ও প্রেরণার উৎস। তাঁর বইএর সম্পর্কে কয়েকটি কথা লেখার সুযোগ পেয়ে আমি নিজেকে গর্বিত অনুভব করছি।

ড. ডরোথি সেনগুপ্ত, সুরাট
১২/০৫/২০২৫

প্রাককথন

এটি একটি বই; একটি ছোট্ট, ঘনিষ্ঠ গুজরাতি পরিবার অন্তর্ভুক্ত বিমলা দাদী ও তার পরিবারের এক অনন্য সংগ্রামের, অধ্যাবসায়ের এবং চূড়ান্ত বিজয়ের কাহিনির বিস্তারিত বর্ণনা। এই গ্রন্থটিতে বিমলা দাদীর যাত্রাকে তুলেন ধরে এক অসাধারণ শক্তিসম্পন্ন নারী(বান্নো), যিনি জীবনযুদ্ধের কঠিনতম মুহূর্তগুলোর সামনে অটল সংকল্প ও অসীম ধৈর্য নিয়ে দাঁড়িয়েছিলেন।

বিমলা দাদীর জীবন সম্পূর্ণরূপে বদলে যায় যখন তিনি তার স্বামীকে হারান। একজন দৃঢ় সহায়ক ও অবলম্বন; সেই সময় তাদের ছেলে কান্তিলাল মাত্র অষ্টম শ্রেণিতে পড়ছিল। তাদের ছোট মুদির দোকান, যা পরিবারের জন্য গুরুত্বপূর্ণ ছিল, হঠাৎ করেই তাদের একমাত্র জীবিকা হয়ে ওঠে। আকস্মিক এই দুর্ঘটনা বিমলা দাদীকে একদিকে যেমন গভীর শোকের মধ্যে ফেলে, অন্যদিকে তাকে তার পরিবারের টিকে থাকার দায়িত্বও কাঁধে নিতে বাধ্য করে।

অল্প সম্পদ এবং কোনো প্রাতিষ্ঠানিক শিক্ষার অভাব, বিমলা দাদী বুঝতে পারেন যে তিনি একা দোকান ও সংসার একসঙ্গে সামলাতে পারবেন না। বাধ্য হয়ে তিনি নিজের ছেলেকে স্কুল ছাড়িয়ে দোকানে কাজ করতে বলেন। এটি ছিল এক হৃদয়বিদারক ত্যাগ, কারণ তিনি জানতেন শিক্ষা কান্তিলালের ভবিষ্যতের

জন্য কতটা গুরুত্বপূর্ণ। তবুও কঠিন বাস্তবতার সামনে তাদের টিকে থাকাটাই তখন প্রধান হয়ে ওঠে।

মা ও ছেলে অক্লান্ত পরিশ্রম করে চলেন। দীর্ঘ সময় ধরে কঠোর পরিশ্রম করে দোকান চালিয়ে যেতে থাকেন এবং নিজেদের প্রয়োজন মেটানোর জন্য সংগ্রাম করেন। বিমলা দাদীর মনে একদিকে ছেলের ভবিষ্যৎ নিয়ে দুঃখ ছিল, অন্যদিকে তাদের অভিন্ন সংকল্প তাদের সম্পর্ককে আরও দৃঢ় করে তোলে।

দ্রুতগতিতে সময় পেরিয়ে যায়। এইভাবে দেখতে দেখতে দশ বছর কেটে যায়। কান্তিলাল এখন বিবাহযোগ্য যুবক। বিমলাদাদী শুধু ক্লান্তই নন, সম্পূর্ণরূপে পরিশ্রান্ত ছিলেন। কান্তিলাল ইতিমধ্যেই মুদির দোকানের দায়িত্ব নিজের কাঁধে তুলে নিয়েছে। দাদী এখন খুব কমই দোকানে যান। তাঁর সত্যিই একজন সাহায্যকারীর প্রয়োজন ছিল। তিনি ভাবলেন, কান্তিলালের বিয়ে দেওয়ার ব্যবস্থা করা দরকার।

পরিবার ও ব্যবসার দায়িত্ব পালনের মাঝে বিমলা দাদী কান্তিলালের বিয়ের কথা নিজের জানা-শোনা লোকেদের বললেন; ভারতবর্ষে মেয়েদের অভাব নেই। তাই খুব শিগগিরই কান্তিলাল কুড়ি বছর বয়সের এক সুন্দরী ও গুণবতী মেয়ে প্রমিলার সঙ্গে বিবাহবন্ধনে আবদ্ধ হল। এরপর বিমলা দাদী আরও মনোযোগ দিয়ে দোকান দেখাশোনা করতে লাগলেন। কিছুদিন পর, প্রমিলা এক পুত্রসন্তানের জন্ম দেন, যার নাম রাখা হয় শান্তিলাল।

সবকিছু ঠিকঠাক চলছিল, কিন্তু হঠাৎই আবার বিমলা দাদীর জীবন এক কঠিন মোড় নেয়। একদিন দুপুরে খাবার শেষে, প্রমীলা হঠাৎ করে অজ্ঞান হয়ে পড়ে যায়। তাকে তৎক্ষণাৎ অজ্ঞান অবস্থায় কাছের একটি হাসপাতালে নিয়ে যাওয়া হয়। সেখান থেকে ডাক্তাররা শহরের একটি বড় হাসপাতালে নিয়ে যেতে বলেন। প্রমীলার চিকিৎসার জন্য প্রায় সবকিছু হারিয়ে ফেলেছিল তারা। রক্তের ক্যান্সার ধরা পড়ে। সম্ভবত প্রমীলা অনেকদিন ধরে নিজের যন্ত্রণা চেপে রেখেছিল। ডাক্তাররাও শেষ পর্যন্ত কিছু করতে পারেননি। কান্তিলাল তার স্ত্রী প্রমিলাকে হারান, রেখে যান তাদের আড়াই বছরের ছোট্ট সন্তান শান্তিলালকে। এই শোক ছিল গভীর, কিন্তু বিমলা দাদী ও কান্তিলাল একসঙ্গে সমস্ত প্রতিকূলতা সহ্য করে সংসার চালিয়ে যেতে থাকেন। শান্তিলালকে বড়ো করতেই হবে, যেভাবেই হোক।

এই কঠিন সময়ে তাদের পাশে দাঁড়ান দয়ালু প্রতিবেশী তুলসিভাবী। তিনি কান্তিলালের জন্য এক নতুন সম্ভাবনার দুয়ার খুলে দেন। তার ভাগ্নি বান্নোও ছিল এক দুঃখভারাক্রান্ত নারী। তার বিয়ে ভেঙে গিয়েছিল। ভাগ্যের এই কঠিন আঘাতই বান্নোকে কুপোকাত করে দেয়।

কান্তিলাল ও বান্নোর বিয়ে তাদের জীবনে এক গুরুত্বপূর্ণ মোড় নিয়ে আসে। বান্নো শান্তিলালকে স্নেহের সঙ্গে গ্রহণ করেন এবং নিজের স্বপ্নকে নতুন করে গড়ে তোলার সাহস পান। তার অসীম শক্তি ও অধ্যবসায়ের মাধ্যমে তিনি একসময় এক প্রতিষ্ঠানের

ব্যবস্থাপনা প্রধান হয়ে ওঠেন, যা তার অবিচল মানসিকতার সাক্ষ্য বহন করে।

তাদের সংসার আলোকিত হয় এক কন্যাসন্তানের জন্মে; যার নাম রাখা হয় ছুটকি। শান্তিলাল ও ছুটকি, নিজেদের পূর্বপুরুষদের কঠোর পরিশ্রম ও প্রজ্ঞা থেকে শিক্ষা নিয়ে একাডেমিক ক্ষেত্রে অসাধারণ সাফল্য অর্জন করেন এবং IIT থেকে স্নাতক হয়। উচ্চাকাঙ্ক্ষা তাদের নিয়ে যায় সুদূর আমেরিকায়, যেখানে তারা আইটি ও অ্যাভিয়েশন ক্ষেত্রে সম্মানজনক পদে প্রতিষ্ঠিত হয়।

পেশাগত সাফল্যের পাশাপাশি, ছেলেমেয়েরা জীবনসঙ্গী খুঁজে নেয় এবং নতুন জীবনে স্থিরতা লাভ করে। বিমলা দাদীর বহুদিনের লালিত স্বপ্ন বাস্তবায়িত হয়, যখন তিনি দেখেন তার পরিবার কন্টিনেন্ট পেরিয়ে সাফল্যের শিখরে পৌঁছেছে।

বিমলা দাদী, কান্তিলাল, বান্নো, শান্তিলাল ও ছুটকির এই গল্প আমাদের মনে করিয়ে দেয় ঐক্যের শক্তি, অধ্যবসায়ের ক্ষমতা এবং সেই অসীম সম্ভাবনার কথা, যা জন্ম নেয় স্বপ্ন দেখার সাহস থাকলে।

অরবিন্দ ঘোষ, সিলভাসা

০৭/০৬/২০২৪

বিমলা এবং তার সংগ্রাম

এটি তিন প্রজন্মের একটি গল্প, যার কেন্দ্রে রয়েছে তরুণ বিমলা ও তার স্বামী সোহনলাল। সোহনলালের একটি ছোটো কিরানা দোকান ছিল এবং তারা তাদের সীমিত আয়ে খুব সুখেই জীবনযাপন করতেন। তাদের জীবনে অতিরিক্ত কোনো চাহিদা ছিল না। তাদের একটি ছেলে ছিল, নাম কান্তিলাল। বিমলা ছিলেন অত্যন্ত সন্তুষ্ট এক গৃহবধূ, সারাদিন গৃহস্থালির কাজ এবং কান্তিলালের পড়াশোনার দায়িত্বেই ব্যস্ত থাকতেন। কান্তিলাল পড়াশোনায় খুবই মেধাবী ছিল। বিমলা তার ছেলেকে ভালোবাসা ও যত্ন দিয়ে বড় করে তোলেন।

বছর কেটে গেল। কান্তিলাল তখন অষ্টম শ্রেণিতে পড়ে। এক দুর্ভাগ্যজনক দিনে সোহনলাল সাইকেল নিয়ে তার কিরানা দোকানে যাচ্ছিলেন। হঠাৎ একটি কুকুর রাস্তা পার হচ্ছিল। ধাক্কালেগে সোহনলাল পড়ে গেলেন। ওঠার আগেই, কোথা থেকে একটি দৌড়ানো ষাঁড় এসে তীক্ষ্ণ শিং দিয়ে সোহনলালকে ধাক্কা মারে। সোহনলাল আকাশে ছিটকে পড়েন এবং মাটিতে পড়েই নিথর হয়ে যান। গ্রামের লোকেরা ছুটে এসে তাকে বাড়ি নিয়ে আসে। সোহনলালের মৃতদেহ দেখে বিমলা সংজ্ঞা হারিয়ে ফেলেন।

যে কোনো মানুষ অনুমান করতে পারে কম বয়সের বিধবা বিমলার দুর্বিষহ অবস্থার পরিণাম, যার একমাত্র সম্বল চৌদ্দ বছরের ছেলে কান্তিলাল।

প্রতিবেশীরা এক সপ্তাহ পর্যন্ত বিমলার পরিবারের দেখাশোনা করেছিল। তারপর ধীরে ধীরে সবাই সরে গেল। এখন বিমলা একা, তার দুঃখ-কষ্ট নিয়ে।

সোহনলালের শেষকৃত্য ও অন্যান্য ধর্মীয় আনুষ্ঠানিকতা সম্পন্ন হওয়ার পর, বিমলার সামনে এসে দাঁড়াল প্রতিদিনের সংসারের চাহিদার বাস্তবতা। একমাত্র উপায় ছিল বন্ধ হয়ে যাওয়া কিরানা দোকানটি আবার চালু করা। সোহনলাল কিরানা বাজারে খুবই জনপ্রিয় ছিলেন। সব দোকানদার একত্রে মিটিং ডেকে বিমলাভাবীর পাশে দাঁড়ানোর সিদ্ধান্ত নেন। হোলসেলাররাও প্রয়োজনীয় সাহায্য করেন। এমনকি নিজের দোকানের কিছু কাস্টমারও বিমলাভাবীর দোকানে পাঠিয়ে দেন। আর্থিক সমস্যা আংশিকভাবে দূর হয়।

তবুও বাড়ি আর দোকান একসাথে সামলানো বিমলার কাছে এক দুঃসাধ্য কাজ হয়ে দাঁড়ায়। একদিন তিনি খুব কঠিন সিদ্ধান্ত নেন কান্তিলালের পড়াশোনা বন্ধ করে তাকে দোকানে নিয়ে আসার। সেই দিনটা ছিল বিমলার জীবনের সবচেয়ে কঠিন দিন। কান্তিলাল, যদিও সে মাত্র চৌদ্দ বছরের একটি ছেলে, পরিস্থিতি বুঝতে পারে এবং স্বেচ্ছায় তার প্রিয় স্কুল ছেড়ে ব্যবসায় মায়ের পাশে দাঁড়ানোর সিদ্ধান্ত নেয়।

সে পড়াশোনাকে ভালোবাসত, কিন্তু তার পরিবারকে বেশি ভালোবাসত, বিশেষ করে তার মাকে। প্রায় পাঁচ বছর পর, যখন কান্তিলাল প্রায় উনিশ বছরের, সে গ্রামের এক মেয়ের প্রতি আকৃষ্ট হয়। মেয়েটির নাম

ছিল প্রমিলা। সে ছিল এক হোলসেলার কিরানা ব্যবসায়ীর মেয়ে।

তারা মাঝে মাঝে কথা বলত। প্রমিলা বিশেষ করে তখনই দোকানে আসত যখন বিমলা চাচি দোকানে থাকতেন। সে বিমলা চাচিকে দোকানে সাহায্য করত। বিমলাও প্রমিলাকে ভালোবাসতে শুরু করেন। প্রায় এক বছরের মধ্যে, কান্তিলাল, প্রমিলা এবং বিমলা চাচি; এই তিনজন বিশ্বাস আর আস্থার বন্ধনে এক হয়ে যায়। তারা একে অপরের ওপর নির্ভর করতে শুরু করে। একদিন বিমলা প্রমিলার বাড়িতে গিয়ে কান্তিলালের বিয়ের প্রস্তাব দেন প্রমিলার জন্য।

প্রমিলাকে খুশি দেখে তার বাবা রাজি হন। কান্তিলাল ও প্রমিলার বিয়ে হয় গ্রামের মন্দিরে। গ্রামের মানুষ আশীর্বাদ দেয়। আর বিমলা চাচি হয়ে ওঠেন প্রমিলার শাশুড়ি। এখন বিমলার দুটি সন্তান কান্তিলাল ও প্রমিলা। এক দশক পর তিনি আবার প্রাণভরে হাসতে শুরু করেন। তিনি ভাবেন, এবার বুঝি তার দুর্দিন শেষ হয়েছে।

দেড় বছর পর প্রমিলা একটি পুত্রসন্তানের জন্ম দিল। গোটা গ্রামের কিরানা ব্যবসায়ী সমাজ খুব খুশি হয়ে উঠল। সবাই এসে শিশুটিকে আশীর্বাদ করল এবং উপহার দিল। ছেলেটির নাম রাখা হলো তার বাবা ও দাদুর নামের সঙ্গে মিলিয়ে। ঠিক করা হলো, সোহনলালের নাতি ও কান্তিলালের ছেলে পরিচিত হবে "শান্তিলাল" নামে।

এদিকে বিমলা, 'বিমলা চাচি' থেকে এখন হয়ে উঠলেন "বিমলা দাদী"। বিমলা দাদী সিদ্ধান্ত নিলেন কিরানা ব্যবসা থেকে অবসর নিয়ে এবার নিজের সমস্ত মনোযোগ দেবেন তার নাতিকে বড় করে তোলার কাজে। তিনি প্রমিলাকে বললেন, সে যেন তার স্বামীর সঙ্গে কিরানা দোকানে যুক্ত হয়। ছেলের দেখাশোনার চিন্তা করতে হবে না; তিনি আছেন শান্তিলালের দেখাশোনার জন্য। প্রমিলা তার শাশুড়ির প্রস্তাবে সম্মতি জানাল এবং কান্তিলালের সঙ্গে ব্যবসায় যোগ দিল। এই সময়ের মধ্যে কান্তিলালের ব্যবসা বেশ মজবুত হয়ে উঠেছে। তিনি এখন খুচরো বিক্রির পাশাপাশি আংশিকভাবে হোলসেল বিভাগও চালু করেছেন।

আবার এলো বিপদ

দিনগুলো খুব দ্রুত কেটে যাচ্ছিল। শান্তিলাল তখন হয়তো আড়াই বছরের মতো, এমন সময় একদিন প্রমিলা কিরানা দোকানে হঠাৎ অজ্ঞান হয়ে পড়ে। খবর পাওয়ার সঙ্গে সঙ্গেই প্রমিলার বাবা ছুটে আসেন এবং মেয়েকে কাছের এক ডাক্তারের কাছে নিয়ে যান। দুই দিনের মধ্যেই ডাক্তার তাঁকে বড় হাসপাতালে রেফার করেন, যেখানে পরীক্ষার পর জানা যায় প্রমিলা ব্লাড ক্যান্সারে আক্রান্ত।

এই খবর গোটা পরিবার ও আত্মীয়-স্বজনদের জন্য ছিল এক বিশাল ধাক্কা। প্রমিলা বহুদিন ধরে এই রোগে ভুগছিল, কিন্তু সে কাউকেই কিছু বলেনি। তখন রোগটি প্রায় শেষ পর্যায়ে পৌঁছে গিয়েছিল। ডাক্তাররাও আর কিছু করতে পারেননি। প্রমিলা এই পৃথিবী ছেড়ে বিদায় নিল। তার শেষ দিনগুলোতে সে কেবল তার একমাত্র সন্তান শান্তিলালের ভবিষ্যৎ নিয়ে চিন্তিত ছিল।এটি ছিল এক বিষণ্ণ পরিসমাপ্তি। বিমলা দাদীর দুঃখ যেন কোনোদিন শেষ হবার নয়।

কান্তিলালের ছেলে শান্তিলাল তখন খুব ছোট, যখন তার মা প্রমিলা মারা গেলেন। কান্তিলালের মা বিমলা দাদীর জন্য পরিস্থিতি সামলানো খুব কঠিন হয়ে পড়ল। কান্তিলাল প্রতিদিন সকাল ৬:৩০-এর মধ্যে তার মুদির দোকান খুলতে চলে যেতেন। স্ত্রী বেঁচে থাকতে তিনি সকালে চা-সহ জলখাবার খেতেন এবং দুপুরের জন্য টিফিন নিয়ে যেতেন, কারণ দোকান

বাড়ি থেকে অনেক দূরে ছিল এবং দুপুরে ফেরা সম্ভব ছিল না। সাধারণত তিনি রাত ৯টার সময় বাড়ি ফিরতেন, যখন সবাই একসঙ্গে রাতের খাবার খাওয়ার অপেক্ষায় থাকত। কিন্তু এখন পরিস্থিতি বদলে গিয়েছিল। শান্তিলাল তার ঠাকুমা বিমলা দাদীর খুব কাছের ছিল। নাতিকে সামলাতে গিয়ে বিমলা দাদীর পক্ষে কান্তিলালের সকালের জলখাবার ও দুপুরের টিফিন তৈরি করা সম্ভব হচ্ছিল না।

শান্তিলাল তখন মাত্র আড়াই বছরের শিশু। সে মৃত্যু কী তা বোঝেনি। বিমলা দাদী তাকে বলেছিলেন যে তার মা অনেক দূরে এক তারার কাছে গিয়েছেন এবং অনেক দিন পর ফিরবেন। ছোট্ট শান্তিলাল বারবার ভাবত, তার মা কেন একা চলে গেলেন, কেন তাকে সঙ্গে নিলেন না? মাঝে মাঝেই সে বিমলা দাদীকে তার মায়ের কথা জিজ্ঞেস করত এবং মায়ের কাছে যেতে জোর করত।

প্রমিলার মৃত্যুর পর একের পর এক সমস্যার মুখোমুখি হয়ে এক রবিবার বিমলা দাদী তার ছেলে কান্তিলালের সঙ্গে খোলাখুলি কথা বললেন, "শোন বাবা, এটা সত্যি যে আমার বউমা প্রমিলা খুব ভালো মেয়ে ছিল। সে যখন ছিল, আমি নিশ্চিন্তে শান্তিলালকে দেখাশোনা করতে পারতাম, আর প্রমিলা তোমার যত্ন নিত। আমরা সবাই তখন সুখে ছিলাম। কিন্তু এখন প্রমিলা নেই, আমি আমার নাতির যত্ন নেওয়া খুব কঠিন মনে করছি, কারণ সংসারের আরও অনেক কাজ আমাকে সামলাতে হচ্ছে।"

কান্তিলাল জানত যে তার মা কত কষ্ট করে পরিবারের হাল ধরেছেন। কিন্তু তারও কোনো সমাধান ছিল না। সে শুধু বলল, "মা, আমি জানি তুমি কত কষ্ট করছ আমাদের ভাঙা সংসার সামলাতে। কিন্তু আমি কী করতে পারি? আমিও তো অসহায়।"

বিমলা দাদী এই সুযোগটারই অপেক্ষায় ছিলেন। তিনি বললেন, "শোন বাবা, আমার একটা পরামর্শ আছে। প্রমিলা চলে গেছে ছয় মাস হয়ে গেল। আমি আর শান্তিলালের প্রশ্নের জবাব দিতে পারছি না। সে মায়ের কাছে যেতে জেদ করছে, আমি কী বলব বুঝতে পারছি না। আমার মতে, তোমার আবার বিয়ে করা উচিত। এতে সব সমস্যার সমাধান হয়ে যাবে। শান্তিলাল নতুন মা পাবে, তুমি নতুন স্ত্রী পাবে, আর এই সংসার নতুন একজন অভিভাবক পাবে। এতে আমি আরও ভালোভাবে শান্তিলালের যত্ন নিতে পারব। সে শীঘ্রই স্কুলেও ভর্তি হবে, তখন তাকে স্কুলে পৌঁছে দেওয়ার জন্যও একজন দরকার। তাই আমার পরামর্শটা সিরিয়াসলি ভেবে দেখো।

তুমি যদি বলো, তাহলে আমাদের প্রতিবেশী তুলসীভাবীকে জানাব। তিনি তোমার কথা জিজ্ঞেস করছিলেন। তার এক সুন্দরী ভাইঝি আছে, পাশের গ্রামের মেয়ে। তারা আমাদের সম্পর্কে সব জানে, এমনকি শান্তিলালের কথাও। আসলে সেই মেয়েটি খুব দুর্ভাগা। পাঁচ বছর আগে তার বিয়ে ঠিক হয়েছিল, কিন্তু তখন তার পরিবার জানতে পারে যে ছেলেটির আগে থেকেই প্রেমিকা আছে। বিয়ের ঠিক আগেই প্রেমিকার পরিবার এসে সব ফাঁস করে দেয়, আর

ছেলেটিও স্বীকার করে যে সে প্রেমিকাকেই ভালোবাসে। সঙ্গে সঙ্গে বিয়েটা ভেঙে যায়।

কিন্তু তারপর থেকে সবাই বলতে শুরু করে যে মেয়েটি 'অশুভ'। গত পাঁচ বছর ধরে তার পরিবার বিয়ের জন্য চেষ্টা করছে, কিন্তু কেউ রাজি হচ্ছে না। হয়তো কোনোদিনই কেউ তাকে বিয়ে করবে না। অথচ তার কোনো দোষ নেই। যদি তুমি তাকে বিয়ে করো, সে চিরকাল কৃতজ্ঞ থাকবে এবং মন থেকে এই পরিবারকে ভালোবাসবে। তুলসীভাবী বলেছেন, তারা তোমার সব শর্ত মানতে রাজি।"

কান্তিলাল একটু চুপ করে শুনল। তারপর বলল, "কিন্তু মা, আমি আগেই বলেছি, আমাদের একটাই দাবি; শান্তিলাল যেন তার মায়ের ভালোবাসা ফিরে পায়। আমাদের এর বাইরে আর কিছু চাই না।"

এত কথোপকথনের পর কান্তিলাল দ্বিধাগ্রস্ত হয়ে পড়ল। সে জানত, তার পরিবারে একজন নারী দরকার, যিনি সংসারের হাল ধরবেন। কিন্তু এভাবে? যে মেয়েকে সমাজ 'অশুভ' বলে দূরে ঠেলেছে, যার কোনো দোষ নেই, তার প্রতি অবিচার হচ্ছে! এই তথাকথিত সামাজিক বিশ্বাসের প্রতি সে ক্ষুব্ধ হল। বরং রাগ হলো।

"ঠিক আছে মা, আমি মেয়েটিকে দেখতে রাজি। কিন্তু আমার একটা শর্ত আছে। তাকে প্রমাণ করতে হবে যে সে শান্তিলালের যত্ন নিতে পারবে, তবেই আমি তোমার পরামর্শ মেনে নেব। তার আগে কোনো কথাই শুনব না। ঠিক আছে?" বিমলা দাদী খুশি

হলেন। তিনি শুধুই জিজ্ঞেস করলেন, "তার জন্য আমাকে কী করতে হবে, আর মেয়েটির কী করতে হবে?"

কান্তিলাল বলল, "সোজা কথা। তুলসীভাবীকে বলো, তার ভাইঝিকে নিয়ে আসতে। তুমি শান্তিলালকে তাদের বাড়িতে নিয়ে যাবে, তাদের সময় দেবে একে অপরকে চিনতে, মেয়েটি যেন শান্তিলালের বন্ধু হতে পারে। তাড়াহুড়ো কোরো না, যথেষ্ট সময় দাও। মনে রেখো মা, আমি যদি বিয়ে করি, তবে শুধু শান্তিলালের ভালো থাকার জন্য, নিজের জন্য নয়। যদি দেখি শান্তিলাল সেই মেয়েকে নতুন মা হিসেবে গ্রহণ করতে রাজি, তবে আমি যা বলবে করব। কিন্তু যদি সে কোনোভাবে অস্বস্তি বোধ করে, তাহলে তুমি আমাকে আর জোর করবে না।"

অরবিন্দ ঘোষ

তুলসীভাবীর উদ্যোগ

বিমলাদাদী খুবই খুশি হলেন। অবশেষে তার ছেলে তার পুনর্বিবাহের বিষয়ে ভাবতে রাজি হয়েছে, যা সে এতদিন এড়িয়ে যাচ্ছিল। পরদিন সকালে, তিনি প্রতিবেশী তুলসীভাবীর বাড়িতে গেলেন এবং তাকে তার ভাগ্নিকে যত তাড়াতাড়ি সম্ভব নিয়ে আসতে বললেন। তুলসীভাবী তার আকস্মিক উপস্থিতিতে অবাক হয়ে যাওয়ার আগেই, বিমলাদাদী গতকাল তার ছেলের সঙ্গে হওয়া কথোপকথনের সব কিছু বলে দিলেন।

তুলসীভাবী খুশি হয়ে গেলেন এই সুখবর শুনে। তিনি আশ্বাস দিলেন যে তিনি তার ভাগ্নিকে তার বাড়িতে নিয়ে আসবেন। শুভেচ্ছা বিনিময় করে বিমলাদাদী ফিরে গেলেন, আর তুলসীভাবী তার ভাইয়ের বাড়িতে যাওয়ার প্রস্তুতি নিতে লাগলেন।

তুলসীভাবীর একমাত্র ছেলে কৃষ্ণা, যে একই মুদি ব্যবসায় কান্তিলালের সঙ্গে যুক্ত, মায়ের নির্দেশ শুনে প্রস্তুতি নিতে লাগল। কান্তিলাল ও কৃষ্ণা একে অপরকে ভালোভাবেই চিনত। যখন তুলসীভাবী কান্তিলালের জন্য বান্নোর কথা উল্লেখ করলেন, তখন কৃষ্ণা কোনো আপত্তি করল না। বরং সে খুশি হল যে তার দুর্ভাগা কাজিন অবশেষে একজন ভালো জীবনসঙ্গী পেতে চলেছে।

সেই দুপুরেই তুলসীভাবী তার ভাইয়ের বাড়িতে পৌঁছালেন। দরজায় ঢোকার আগেই তিনি চিৎকার

করে বললেন, "বান্নো বেটা, কোথায় তুমি? দেখো কে এসেছে!"

বান্নো তখন রান্নাঘরে বাসন মাজছিল। হঠাৎ তুলসীপিসিমার ডাক শুনে সে হাত ধুয়ে সমস্ত কাজ ফেলে রেখে দরজার দিকে দৌড় দিল। কিন্তু ততক্ষণে তার বাবা-মা দরজায় পৌঁছে তুলসীদিদিকে স্বাগত জানাচ্ছিলেন।

তুলসীভাবী, যিনি পরিবারের সবচেয়ে বড়, তার ছোট ভাই ও পরিবারের অন্যান্য সদস্যদের প্রণাম গ্রহণ করলেন। তারপর তিনি বান্নোর দিকে তাকালেন, যে তখন দৌড়ে আসছিল। দুজন মুহূর্তের জন্য একে অপরের দিকে তাকালেন, তারপর জড়িয়ে ধরলেন। তুলসীভাবী বান্নোর কপালে চুমু খেয়ে আস্তে আস্তে বললেন, "হয়তো ঈশ্বর তাঁর মন পরিবর্তন করেছেন এবং তোমার জীবন পরিবর্তন করতে প্রস্তুত।"

বান্নো কিছু বুঝতে পারল না, সে কৌতূহলী দৃষ্টিতে তুলসীপিসিমার দিকে তাকাল। কিন্তু তুলসীভাবী আর কিছু না বলে সকলকে ইশারায় ঘরের ভিতরে ডাকলেন। পরিবারের সবাই বসার পর, তুলসীভাবী প্রার্থনামগ্ন হয়ে বললেন, "শোনো, কিছুদিন আগে, যখন আমি এখানে এসেছিলাম, আমি তোমাদের সকলের সাথে, একটি আলোচনা করেছিলাম। আমি বলেছিলাম, একটি ছেলে আছে, যে মুদি দোকান চালায় এবং সম্প্রতি তার স্ত্রীকে হারিয়েছে। তার তিন বছরের একটি ছেলে আছে, যে সারাক্ষণ মায়ের খোঁজ করে। সে খুবই অস্থির। পরিবারটিকে এমন একজন

দরকার, যে শিশুটিকে ভালোবাসা দিয়ে আগলে রাখতে পারবে। গত এক মাস ধরে আমি তার মা বিমলাদাদীকে বোঝানোর চেষ্টা করছিলাম যেন তিনি ছেলের পুনর্বিবাহের বিষয়ে ভাবেন। অবশেষে অনেক বুঝিয়ে বলার পর, কান্তিলাল রাজি হয়েছে। তবে একটা শর্ত আছে!"

বান্নোর সামনে চ্যালেঞ্জ

তুলসীভাবী হঠাৎ থেমে গেলেন। বান্নো প্রথমবারের মতো পুরো বিষয়টি শুনছিল। সে আংশিকভাবে অনুমান করতে পারল যে তার প্রসঙ্গেই আলোচনা চলছে। কিন্তু সে নিশ্চিত ছিল যে এটা তার বিয়ের প্রসঙ্গ হতে পারে না, কারণ সমাজে তাকে ইতিমধ্যেই 'লগ্নভ্রষ্টা অশুভ মেয়ে' বলে চিহ্নিত করেছে। সে জানত, তার ভাগ্য চিরতরে সিল হয়ে গেছে এবং কেউ সামাজিক রীতিকে অগ্রাহ্য করে তাকে বিয়ে করার ঝুঁকি নেবে না।

কিন্তু যখন তুলসীভাবী জানালেন যে ছেলেটি কেবল তখনই বিয়ে করবে যদি তার ছোট্ট ছেলে নতুন মাকে গ্রহণ করতে রাজি হয়, তখন বান্নোর ভেতরে এক অদ্ভুত অনুভূতির জন্ম নিল। সে মনে মনে হাসছিল নিজের নিয়তির উপর, যা তাকে এমন একজন পুরুষের সঙ্গে বিয়ে করতে বাধ্য করছিল যার একটি সন্তান রয়েছে, তাও আবার তাকে প্রমাণ করতে হবে যে সে ভালো মা হতে পারবে কিনা, তাও বিয়ের আগেই!

একইসঙ্গে সে কাঁদছিল, কারণ তার পরিবারের লোকেরা তার জন্য এতটাই চিন্তিত যে তারা তার ভবিষ্যৎ গড়তে যে কোনো শর্ত মেনে নিতে রাজি। সে নিজেকে অসহায় মনে করল। কেন মেয়েদের এত কষ্ট সহ্য করতে হয়? কিন্তু সে স্থির করল, সে চ্যালেঞ্জ গ্রহণ করবে।

হাতের রুমাল দিয়ে চোখ মুছে সে দৃঢ় কণ্ঠে বলল, “আমি জানি এই মুহূর্তে আপনারা হ্যাঁ বা না কিছুই বলতে পারছেন না। কারণ এটি একটি পুনর্বিবাহের প্রস্তাব, স্বাভাবীকভাবেই আপনাদের দ্বিধায় পড়তে হয়েছে। কিন্তু আসুন, যুক্তি দিয়ে ভাবী। পাঁচ বছর আগে আপনারা আমার বিয়ে ঠিক করেছিলেন, কিন্তু কিছু কারণে তা ভেস্তে যায়। যদি তখন বিয়ের পর জানা যেত যে ছেলেটির অন্য কারও সঙ্গে সম্পর্ক আছে, তবে একমাত্র পথ ছিল বিবাহবিচ্ছেদ। তাতে আমার সামাজিক অবস্থান আরও করুণ হতো। কিন্তু আজ আমি অবিবাহিত, যা অনেক ভালো।”

“তাই আমি বলছি, আসুন, আমরা এই সুযোগটি গ্রহণ করি। আমি চেষ্টা করব। যদি শিশুটির সঙ্গে আমার বন্ধুত্ব হয়, তাহলে আমি পুরো পরিবারটাকেও ভালোভাবে চিনতে পারব। এরপর সিদ্ধান্ত নেওয়ার পালা আমাদের। সময়ের কোনো বাঁধন নেই, তাই আমি চ্যালেঞ্জ গ্রহণ করছি। আপনারা আশীর্বাদ করুন আমাকে।” সবাই চমকে গেল বান্নোর কথা শুনে। তারা ভাবল, ‘কি সাহসী মেয়ে আমাদের পরিবারে জন্মেছে!’ কেউ কোনো কথা বলতে পারছিল না, শুধু বান্নোর দিকে অবাক দৃষ্টিতে তাকিয়ে ছিল।

বান্নো বুঝতে পারল, তাকেই এবার উদ্যোগ নিতে হবে। সে তার পরিবারের যন্ত্রণা কিছুটা লাঘব করতে চায়। তারা এত কষ্ট ভোগ করেছে, আর নয়! সে ভাবল, সবচেয়ে খারাপ কী হতে পারে? হয়তো সে শিশুটির সঙ্গে বন্ধুত্ব করতে ব্যর্থ হবে, আর এই বিয়ের

প্রস্তাব বাতিল হয়ে যাবে। কিন্তু সে অন্তত চেষ্টা করে দেখবে।

সে দৃঢ় কণ্ঠে বলল, "এত অবাক হওয়ার কিছু নেই! বাস্তববাদী হই আমরা। আমাকে পিসিমার সঙ্গে যেতে দিন। আমি ওদের পরিবারের সঙ্গে দেখা করি। আমি কয়েকবার শিশুটির সঙ্গে দেখা করব, ওর সঙ্গে সময় কাটানোর চেষ্টা করব। যদি সে স্বাচ্ছন্দ্যবোধ করে, তবে আমরা সামনে এগোব। আর যদি না পারে, তাহলেও কোনো ক্ষতি নেই। তাহলে কাল সকালেই আমি পিসিমার সঙ্গে বেরিয়ে পড়ব।"

বান্নোর এই কথায় সবাই খুশি হয়ে আশীর্বাদ করল। হয়তো স্বয়ং ঈশ্বরও উপরে বসে মুচকি হাসছিলেন।

অরবিন্দ ঘোষ

মোড় পরিবর্তন

পরদিন ভোরবেলা, বান্নো এবং তার মাসি রওনা হওয়ার জন্য প্রস্তুত হয়ে গেলেন। পরিবারের সবাই গেটের কাছে দাঁড়িয়ে বিদায় জানাচ্ছিলেন। বান্নোর মা কাঁদছিলেন এবং ক্রমাগত নিজের উপাস্য দেবতাকে ডাকছিলেন, প্রার্থনা করছিলেন যাতে তার দুর্ভাগা কন্যার প্রচেষ্টা সফল হয়, যে কিনা নিজেই নিজেকে এক কঠিন কাজে নিয়োজিত করেছে। দুজনেই যাত্রা শুরু করলেন। কে জানে কেন, বান্নো কিছু চকোলেট কিনে নিল।

দুপুরের দিকে তারা গন্তব্যে পৌঁছালেন। তুলসীভাবী বান্নোকে একটু বিশ্রাম নিতে বললেন, কারণ তিনি গিয়ে বিমলা দাদীকে তাদের আগমনের খবর দেবেন। কিন্তু বান্নো জানত যে সে কিছুতেই ঘুমোতে পারবে না। তার হৃদয়ের প্রবল স্পন্দনের শব্দ সে নিজেই শুনতে পাচ্ছিল। মাসির চলে যাওয়ার পর, বান্নো দরজা বন্ধ করে নিজের শোবার ঘরে চলে গেল। ঘরের দেয়ালে একটি আয়না ছিল। সে আয়নার সামনে দাঁড়াল। নিজের মুখটা গভীরভাবে পর্যবেক্ষণ করল।

স্কুলে সে ছিল সবচেয়ে সুন্দরী মেয়ে বলে পরিচিত। কিন্তু আজ আয়নার মধ্যে নিজের সেই পুরনো মোহময়ী রূপ খুঁজে পেল না। মনে হলো, যেন কেউ তার সৌন্দর্য ছিনিয়ে নিয়েছে। যে অজানা ব্যক্তি তার বিয়ে ভেঙে দিয়ে তার অস্তিত্বের প্রতিটি কোণে গভীর

ক্ষত সৃষ্টি করেছে, সে যেন তার সমস্ত সত্তা কেড়ে নিয়েছে। আয়নার মধ্যে বান্নো আর আগের সেই প্রাণবন্ত রূপসী বান্নোকে খুঁজে পেল না। সে দেখল একটি ক্ষতবিক্ষত, ভেঙে পড়া, বিধ্বস্ত মেয়ে, যে নিজের কাছে একেবারেই মূল্যহীন, কোনো কাজের নয়। হঠাৎ, সে চিৎকার করে উঠল এবং জোরে জোরে কাঁদতে লাগল। ঠিক তখনই দরজায় কড়া নাড়ার শব্দ পেল। তাড়াতাড়ি নিজেকে সামলে নিল, চোখের জল মুছে নিল এবং বাইরে এসে যা দেখল, তার জন্য মোটেই প্রস্তুত ছিল না।

দরজার সামনে এক বৃদ্ধা হাসিমুখে দাঁড়িয়ে ছিলেন তার মাসির সঙ্গে। তাদের মাঝে ছিল এক ছোট্ট মিষ্টি ছেলে, যার হাত দু'পাশ থেকে ধরে রেখেছিলেন দুই মহিলা। বান্নো কিছু বলার আগেই ছোট্ট ছেলেটি হাত ছাড়িয়ে দৌড়ে তার দিকে এলো এবং বলল, "তুমি কি সেই পরী, যাকে আমার দাদীমা বলেছিলেন যে সে আমার সেরা বন্ধু হবে?"

সে তার ছোট্ট হাত দুটো উঁচু করল, যেন ইশারা করছিল বান্নো তাকে কোলে তুলে নিক। বান্নো কোনোরকম চিন্তা না করেই তাকে তুলে নিল এবং শক্ত করে বুকে জড়িয়ে ধরল। সে হাসিমুখে বলল, "হ্যাঁ, আমি সেই পরী, যে তোমার সবচেয়ে ভালো বন্ধু হবে। আমরা একসঙ্গে অনেক খেলা খেলব। আমি তোমার জন্য খেলনা বানাবো। আমি অনেক গান জানি, তোমার জন্য গান গাইব। বল তো, তুমি চকোলেট পছন্দ করো?" ছেলেটি খুশিতে মাথা নেড়ে সম্মতি জানাল।

বান্নো ছেলেটিকে নিয়ে ঘরের ভেতরে চলে গেল, যেখানে সে আগেই না বুঝেই কেনা চকোলেটগুলো তাকে খাওয়াবে। এমনকি, সে বিমলা দাদীকে অভ্যর্থনা জানানোও ভুলে গেল। তুলসীভাবী বিমলা দাদীকে ঘরের ভেতরে নিয়ে এলেন। বিমলা দাদীর চোখ কান্নায় ছলছল করছিল। তবে এই কান্না ছিল আনন্দের। তিনি বুঝতে পারলেন, তিনি যা সবচেয়ে বেশি চেয়েছিলেন, তা তিনি পেয়ে গেছেন। এই মেয়ে কেবল তার নাতির নয়, তার ছেলের জন্যও এক সত্যিকারের সঙ্গী হয়ে উঠতে পারে। ঘরের ভেতরে বিছানার ওপর দু'জন সম্পূর্ণ অচেনা মানুষ ছিল, যারা একে অপরের উপর বিশ্বাস রেখেই হাসছিল, কথা বলছিল, আর একসঙ্গে চকোলেট খাচ্ছিল।

বিমলা দাদী ঘরে ঢুকে যা দেখলেন, তা দেখে তিনি হতবাক হয়ে গেলেন। বান্নো বিছানায় শুয়ে ছিল, মাথার নিচে একটা বালিশ। আর সেই ছোট্ট ছেলেটি ঠিক তার পেটের উপর বসে হাসছিল, মিষ্টি মিষ্টি কথা বলছিল, হাতে চকোলেট ধরে রেখেছিল। বিমলা দাদী হাউমাউ করে কেঁদে ফেললেন। গত ছয় মাসে এই প্রথমবার ছেলেটি এভাবে প্রাণ খুলে হাসছিল। এ যেন সে তার মা-কে ফিরে পেয়েছে! এখন আর দেরি করা যাবে না। কিছু একটা করতে হবে, তার আগেই! বিমলা দাদী সময়ের কথা ভুলে গেলেন। মাত্র এক ঘণ্টা হয়েছে, অথচ মনে হচ্ছে, ছেলেটি বান্নোর সঙ্গে চিরকাল পরিচিত।

এ যেন এক অলৌকিক ঘটনা!

বান্নো নিজেও বিশ্বাস করতে পারছিল না। সে ভেবেছিল, ছেলেটির সঙ্গে ভালো সম্পর্ক গড়ে তুলতে তার অন্তত কয়েক সপ্তাহ লাগবে। কিন্তু মনে হচ্ছে, সৃষ্টিকর্তার ইচ্ছা ছিল অন্য কিছু। মাত্র এক ঘণ্টার মধ্যেই তারা একে অপরের বন্ধু হয়ে উঠেছে। ঠিক যেন মা আর ছেলে! বান্নোর মাতৃত্ববোধই একে সম্ভব করে তুলেছে। যখন দুই বিশুদ্ধ আত্মা একত্রিত হয়, তখন অলৌকিক ঘটনাই ঘটে! কিছুক্ষণ পর, বিমলা দাদী ও তুলসীভাবী ঘরের ভেতরে এলেন...

বান্নো দ্রুত উঠে ছেলেটিকে কোলে তুলে নিল। সে বিমলা দাদীর কাছে ক্ষমা চেয়ে বলল, "ছেলেটা এত মিষ্টি যে আমি একেবারে মুগ্ধ হয়ে গিয়েছিলাম। আমি খুব দুঃখিত, আন্টি, আপনাকে প্রণাম করতেও ভুলে গিয়েছি। আসলে আমি তো এখনও ওর নামও জানি না! তবে আমি ওর জন্য একটা নাম ঠিক করে ফেলেছি। আমি ওকে 'চিম্পু' বলে ডাকব। এটা কি আপনার পছন্দ হবে, আন্টি?"

বিমলা দাদী বান্নোর এই মধুর ব্যবহারে এতটাই আপ্লুত হলেন যে শুধু মাথা নেড়ে সম্মতি জানালেন। সময়ে বিমলা দাদী কে বাড়ি ফিরতে হবে, কারণ কান্তিলাল আজ একটু আগেই আসবে। কিন্তু শান্তিলাল কিছুতেই যেতে চাইছিল না। সে তার "পরী বন্ধু" বান্নোর সঙ্গেই থাকতে চেয়েছিল। অবশেষে পরদিন সকালে তাকে বান্নোর কাছে আবার নিয়ে আসার প্রতিশ্রুতি দিয়ে কোনোভাবে রাজি করানো হলো।

বাড়ি ফিরে শান্তিলাল দেখল তার বাবা কান্তিলাল সোফায় বসে আছেন। সে দৌড়ে গিয়ে বাবার কোলে ঝাঁপিয়ে পড়ল এবং উত্তেজিত হয়ে তার নতুন "পরী বন্ধু" সম্পর্কে সবকিছু বলতে শুরু করল। কান্তিলাল কিছুই জানত না, তাই অবাক হয়ে মায়ের দিকে তাকাল। তার চোখে এক বড় প্রশ্নচিহ্ন ফুটে উঠল। বিমলা দাদী ছেলের কাছে গিয়ে সব খুলে বললেন কিভাবে তুলসীভাবী বান্নোর পরিবারকে রাজি করিয়েছিলেন, যাতে বান্নো শান্তিলালের বন্ধু হতে পারে, কিভাবে বান্নো এত দ্রুত শান্তিলালের ঘনিষ্ঠ হয়ে উঠল এবং কীভাবে সে তাকে ভালোবেসে 'চিম্পু' নাম দিল।

"বাহ! কী মিষ্টি নাম!" বিমলা দাদী আবেগভরা কণ্ঠে বললেন।

তারপর তিনি কান্তিলালের দিকে তাকিয়ে অনুরোধের সুরে বললেন, "বাবা, আমার একটা অনুরোধ আছে, দয়া করে তা ফিরিয়ে দিও না। আগামীকাল দুপুরে বান্নো এবং ওর আন্টি তুলসীভাবীকে আমাদের বাড়িতে মধ্যাহ্নভোজে আমন্ত্রণ জানাই। তোমারও উচিত বান্নোর সঙ্গে পরিচিত হওয়া। তোমরা একে অপরকে জানো। ওও তো সমাজের অন্যায় অপবাদে নিগৃহীত হয়েছে, অথচ ওর কোনো দোষ ছিল না। আমাদের জীবনে যদি ঈশ্বর এই সুযোগ এনে দেন, তাহলে আমরা একে অপরকে সাহায্য করতে পারি।

"তুমি যদি মনে করো যে বান্নো সত্যিই তোমার ছেলের যত্ন নিতে পারবে এবং এই পরিবারের দায়িত্ব নিতে যথেষ্ট উপযুক্ত, তাহলে তুমি ওকে বিয়ে করো।

আর যদি তোমার মনে হয় যে এটা সঠিক হবে না, তাহলে আমরাও ওদের জানিয়ে দেব। তবে এটাও মনে রেখো, বান্নোরও সমান অধিকার আছে আমাদের সবাইকে চিনে নেওয়ার এবং এই সম্পর্কের বিষয়ে সিদ্ধান্ত নেওয়ার।"

বিমলা দাদীর কথায় আবেগ মিশে ছিল। কান্তিলাল নিজের ছেলের দিকে তাকালেন। গত ছ'মাসে এই প্রথম শান্তিলাল মায়ের অভাববোধে কাঁদছিল না। মনে হচ্ছিল, সে বান্নোর মধ্যে মাতৃস্নেহ খুঁজে পেয়েছে, যার নাম দিয়েছে "পরী বন্ধু"। কান্তিলাল মৃদু হেসে মায়ের দিকে তাকিয়ে বললেন, "ঠিক আছে, মা। যদি তোমার ভালো লাগে, তবে তোমার ইচ্ছামতো সব করো। ওদের আগামীকালের মধ্যাহ্নভোজের জন্য আমন্ত্রণ জানিয়ে দাও।"

অরবিন্দ ঘোষ   27

প্রথম সাক্ষাৎ

পরের দিন সকালে, বিমলাদাদী তার নাতি চিম্পুকে (এখন তিনিও তাকে চিম্পু বলে ডাকতে শুরু করেছেন) বান্নোর কাছে নিয়ে গেলেন। বান্নো তখন বারান্দার মেঝে পরিষ্কার করছিল। বিমলাদাদী ও চিম্পুকে দেখেই সে তাড়াতাড়ি হাত ধুয়ে তাদের দিকে ছুটে গেল। চিম্পুকে কোলে তুলে কপালে চুমু খেলো, তাকে এক পাক ঘুরিয়ে নিলো আর আনন্দে কথা বলতে শুরু করলো। চিম্পুরও বলার মতো অনেক কিছু ছিল তার পরীর বন্ধুকে। সে জানালো, তার বাবা তার জন্য লাল রঙের একটি গাড়ি এনেছেন, যা খুব দ্রুত ছুটতে পারে। বিমলাদাদী আনন্দে অভিভূত হলেন, একদিনের মধ্যেই তারা একে অপরের এত কাছাকাছি চলে এসেছে দেখে। তিনি ঈশ্বরের প্রতি কৃতজ্ঞতা জানালেন এবং রান্নাঘরের দিকে গেলেন, যেখানে তুলসীভাবী সকালের জলখাবার প্রস্তুত করছিলেন।

বিমলাদাদী একটা মোড়ায় বসে বললেন, "তুলসীভাবী, আমাদেরও সকালের জলখাবার বানিয়ে দাও। আর শোনো, দুপুরের খাবার রান্না কোরো না। আজ তোমরা সবাই আমাদের বাড়িতে দুপুরের খাবারের জন্য আসবে। আমার ছেলে কান্তিলালও থাকবে। ঈশ্বর চাইলে, আমাদের স্বপ্ন সত্যি হবে। ছেলেমেয়েটা একে অপরের সঙ্গে দেখা করুক, কথা বলুক। যদি সবকিছু ঠিকঠাক থাকে,

তাহলে যত তাড়াতাড়ি সম্ভব আমরা তাদের বিয়ের সিদ্ধান্ত নেবো।"

অনেক মাস পর, চিম্পু কোনো বিরক্তি ছাড়াই জলখাবার খেলো। বান্নো নিজের হাতে তাকে খাইয়ে দিলো। দুজনেই খুব খুশি ছিল। যখন বান্নো জানতে পারলো যে, তারা বিমলাদাদীর বাড়িতে যাবে, তখন সে সঙ্গে সঙ্গে জিজ্ঞাসা করল, "আমাদের জন্য রান্না করবে কে?" বিমলাদাদী হেসে বললেন, "আর কে, আমি?" বান্নো কিছুক্ষণ চুপ করে থেকে বলল, "আচ্ছা পিশিমা, যদি আপনি অনুমতি দেন, তাহলে আমি একটু আগেভাগে এসে আপনাকে রান্নার কাজে সাহায্য করবো? আমি খুব ভালো রাঁধতে পারি না, তবে অন্তত কিছুটা সাহায্য করতে পারবো।"

বিমলাদাদী আর নিজেকে সামলাতে পারলেন না। তিনি বান্নোর কাছে গিয়ে তার গালে দুই হাত দিয়ে স্পর্শ করলেন, কপালে চুমু খেলেন এবং বললেন, "ঈশ্বর তোমাকে সব সুখ দিক, মা।" তাঁর চোখে জল এসে গেল, তিনি তা লুকানোর চেষ্টাও করলেন না।

কিছুক্ষণ পর, সবাই বিমলাদাদীর বাড়ির উদ্দেশ্যে রওনা দিলো। কান্তিলাল তখনই দোকানে চলে গিয়েছিল। চিম্পু আবার তার নতুন লাল গাড়ি নিয়ে ব্যস্ত হয়ে পড়লো। এবার তুলসীভাবী তার খেলার সঙ্গী হলেন। বান্নো এবং বিমলাদাদী রান্নাঘরে ঢুকলেন। বান্নো প্রথমেই রান্নাঘরটি একটু গুছিয়ে নিলো, তারপর দুপুরের খাবারের জন্য সমস্ত উপকরণ

সাজিয়ে রাখলো। মেনু ঠিক করা হলো দুজনের পরামর্শে। বান্নো একটি নতুন পদ যোগ করলো—"কোফতা"। বান্নো বেশ দক্ষ রাঁধুনি ছিল। যদিও সে সাহায্য করতে এসেছিল, কিন্তু প্রায় সব রান্নাই সে নিজেই করে ফেললো। মাঝে মাঝে কেবল বিমলাদাদীর সাহায্য চাইলো। তিনটি বড় বাঁধা ইতিমধ্যেই পেরিয়ে গেছে—চিম্পুকে জয় করা গেছে, রান্নাঘরও জয় হয়েছে। এখন বাকি আছে কান্তিলাল।

প্রায় দুপুর হয়ে এলো। বান্নো নিজে থেকেই খাওয়ার টেবিল সাজাতে লাগলো। সে আরও দুটি পদ বানিয়ে ফেলেছিল—সবুজ সালাদ এবং ভাজা পাঁপড়। ঠিক তখনই দরজায় কড়া নাড়ার শব্দ হলো। বিমলাদাদী বললেন, "বান্নো, দরজাটা খুলে দাও।" বান্নো কিছুটা দ্বিধায় পড়ে ধীরে ধীরে দরজা খুললো। আর সেখানেই দাঁড়িয়ে ছিলেন এক সুদর্শন পুরুষ। দুজনেই একে অপরকে দেখলো। দুজনেই জানতো তারা কার সঙ্গে দেখা করতে চলেছে। বান্নো হাত জোড় করে কান্তিলালকে নমস্কার জানালো। কান্তিলালও বিনম্র অভিবাদন জানালেন। দুজনের মুখেই সামান্য হাসি ফুটলো।

সকলেই খাবারের টেবিলে একত্র হলো। কান্তিলাল নিজের নির্ধারিত আসনে বসলেন। তার বাঁদিকে চিম্পু, আর ডানদিকে তুলসীভাবী। বান্নো এবং বিমলাদাদী পরিবেশন করছিলেন। চারপাশে যেন নীরবতার আবহ। সবচেয়ে আগে নীরবতা ভাঙলো চিম্পু। সে উচ্ছ্বসিত কণ্ঠে তার বাবাকে বললো, "পাপা, মনে আছে আমি গতকাল তোমাকে

বলেছিলাম যে আমার এক পরীর বন্ধু হয়েছে? আমি তোমাকে তাকে দেখাই।" চিম্পু তার আসন থেকে নেমে দৌড়ে বান্নোর কাছে গেল, তার হাত ধরলো এবং বাবার কাছে নিয়ে এল। "এই যে, আমার পরীর বন্ধু! দাদী আমাকে তার কাছে নিয়ে গিয়েছিলেন। সে আমাকে খুব ভালোবাসে। আমি তাকে ছাড়তে পারবো না। আমি দাদীকে বলেছি যে আমার পরীর বন্ধুকে আমাদের বাড়িতে থাকতে হবে। পাপা, প্লিজ, আপনিও বলুন সে যেন আমাদের বাড়িতে থাকে।"

কান্তিলাল বান্নোর দিকে তাকিয়ে ছিল। মেয়েটি যথেষ্ট সুন্দরী। তবে এক জাদু সে করেই ফেলেছে—তার ছেলে শক্তিলালকে মুহূর্তের মধ্যে আপন করে নিয়েছে। এমনকি ছেলেটার জন্য আদুরে ডাকও রেখে দিয়েছে, চিম্পু। কী মিষ্টি নাম!

কান্তিলালের স্ত্রী যখন মারা গিয়েছিলেন, তখন শক্তিলালের বয়স ছিল মাত্র আড়াই বছর। সে তার মাকে ঠিকমতো চেনার আগেই তাকে হারিয়েছে। গত ছয় মাস ধরে সে যেন মরিয়া হয়ে খুঁজছিল মায়ের মতো কাউকে। ঈশ্বর তার কান্না শুনেছেন। আর তার কাছে পাঠিয়েছেন এই জাদুকরী মেয়েটিকে, তার পরীর বন্ধু হয়ে। যদিও কান্তিলালের পক্ষে তার প্রয়াত স্ত্রীকে ভুলে যাওয়া অসম্ভব, তবু তিনি ভাবলেন—এই জীবনকে একটা সুযোগ দেওয়া উচিত। যদি এই মেয়েটি সত্যিই এই পরিবারের অংশ হতে চায়, তাহলে তার কোনো আপত্তি নেই। যদি তার ছেলে খুশি থাকে, তবে সবাই খুশি থাকবে। দুপুরের খাবার শেষে, তুলসীভাবী পরামর্শ দিলেন যে, বান্নো ও

কান্তিলাল কিছু সময় একসঙ্গে বসে কথা বলুক, যাতে তারা একে অপরকে আরও ভালোভাবে চিনতে পারে। বিমলাদাদী এবং তুলসীভাবী চিম্পুকে নিয়ে বাইরে চলে গেলেন, আর ডাইনিং স্পেসটি ছেড়ে দিলেন কান্তিলাল ও বান্নোর জন্য।

কান্তিলাল কথোপকথন শুরু করল, "শুনো বান্নো, আমি বিনা ভণিতায় আমার অবস্থা তোমাকে পরিষ্কার জানিয়ে দিতে চাই, যাতে ভবিষ্যতে তোমার কোনো অভিযোগ না থাকে যে আমি তোমাকে কিছু বলিনি। তুমি জানো, আমি আমার স্ত্রীকে হারিয়েছি। সে আমার ও আমার ছেলের খুব কাছের ছিল। আমরা সুখী পরিবার ছিলাম, যতক্ষণ না বজ্রপাতের মতো আমাদের জীবনে বিপর্যয় নেমে আসে, এবং আমার স্ত্রী রক্তের ক্যান্সারে আক্রান্ত হয়। যখন আমরা জানতে পারি, তখন রোগ ইতিমধ্যেই শেষ পর্যায়ে পৌঁছে গিয়েছিল। ডাক্তাররা বলেছিলেন যে সে নিশ্চয়ই বুঝতে পেরেছিল যে কিছু একটা গুরুতর সমস্যা হচ্ছে, কিন্তু সে আমাদের কিছু জানায়নি। সে নিজের যন্ত্রণা ও কষ্টের সত্যিটা লুকিয়ে রেখেছিল। যখন প্রকৃত চিকিৎসা শুরু হলো, তখন অনেক দেরি হয়ে গিয়েছিল, এবং ডাক্তাররা তাকে বাঁচাতে খুব বেশি কিছু করতে পারেননি। শেষ পর্যন্ত, আমরা তাকে হারালাম, আর আমার ছেলে তার মাকে হারাল, যে তার সবচেয়ে কাছের ছিল।

আমি সিদ্ধান্ত নিয়েছিলাম যে আর বিয়ে করব না। কিন্তু গত ছয় মাস ধরে আমার ছেলে মানসিক ও আত্মিকভাবে প্রচণ্ড কষ্ট পেয়েছে। সে তোমার মধ্যে

তার মাকে খুঁজে পেয়েছে। এর পুরো কৃতিত্ব তোমাকেই দিতে হবে, এ ব্যাপারে কোনো সন্দেহ নেই। আমি তোমার সম্পর্কে সব জানি। তুলসিভাবি বারবার আমাকে বলেছিলেন যে তোমার সঙ্গে অন্তত একবার দেখা করি। আমি একটা শর্ত রেখেছিলাম এই ভেবে, যে আমার ছেলে এত তাড়াতাড়ি কাউকে তার মা হিসেবে গ্রহণ করবে না। কিন্তু তুমি এক অসম্ভবকে সম্ভব করেছ, যা কেউই অস্বীকার করতে পারবে না। তাই আমি সিদ্ধান্ত নিয়েছি, যদি তুমি মনে করো আমিও তোমার বন্ধু হতে পারি, তাহলে আমি কোনো সময় নষ্ট না করে তোমাকে বিয়ে করতে চাই, যাতে তোমার চিম্পু এই বাড়িতে তার মা পেতে পারে।"

বান্নো শান্ত স্বরে জবাব দিল, "তোমাকে ধন্যবাদ আমাকে তোমার বন্ধু এবং চিম্পুর মা হিসেবে গ্রহণ করার জন্য। গত পাঁচ বছর ধরে সমাজ আমাকে 'অপয়া' বলে চিনত। তা সত্ত্বেও তুমি আমাকে বিয়ে করতে রাজি হয়েছ এবং আমার সম্মান ফিরিয়ে দিয়েছ। একজন নারী হিসেবে চিম্পুর কাছাকাছি আসা আমার পক্ষে কঠিন ছিল না, কারণ আমি মানসিকভাবে প্রস্তুত ছিলাম। আমি জানতাম, শুধুমাত্র যদি আমি চিম্পুকে সত্যিকারের ভালোবাসতে পারি, শুধুমাত্র যদি চিম্পু আমাকে তার রূপকথার বন্ধু হিসেবে গ্রহণ করে, তাহলে আমি প্রকৃত অর্থেই তার মা হতে পারব।

এটা আমার জন্য একটা চ্যালেঞ্জ যে চিম্পুকে বিশ্বাস করাতে পারি, এখন তার এমন একজন আছে যার

উপর সে নির্ভর করতে পারে, যার কাছে সে খেলার সঙ্গী চাইতে পারে, যার সাথে ঝগড়া করতে পারে, এবং যার ওপর রাগ দেখাতে পারে যদি তার কোনো আবদার পূরণ না হয়। আমি সর্বোচ্চ চেষ্টা করব যেন প্রতিটি মা যেভাবে সন্তানের স্বপ্ন পূরণ করে, আমি সেভাবে তার সমস্ত আকাঙ্ক্ষা পূরণ করতে পারি। সবচেয়ে গুরুত্বপূর্ণ, আমি দেখব যেন সে অতিরিক্ত ভালোবাসা ও আদরে বিগড়ে না যায়। চিম্পু এমন একজন মানুষ হয়ে উঠুক, যাকে দেখে সমাজ গর্বিত হবে, তুমিও, আমিও।"

হেসে বান্নো শেষ করল, "চলো, আমরা দুজনেই একে অপরের উপর সম্পূর্ণ বিশ্বাস রাখার সিদ্ধান্ত নিই এবং চিম্পু ও আন্টির সঙ্গে মিলে এই বাড়িটাকে একটি সুন্দর ভালোবাসাময় আশ্রয় করে তুলি।"

গৃহস্বীকৃতি

কান্তিলাল বান্নোর কাছে এসে তার দু'টি হাত ধরে বললেন, "বান্নো, আমি জানি না এটা বলার সঠিক সময় কিনা। তবে এখনই বলতেই হবে। গত দুই-তিন দিন ধরে, মানে, যেদিন থেকে আমার ছেলে শান্তিলাল, অর্থাৎ তোমার চিম্পু বদলে গেছে, আমি বিস্মিত। গত ছয় মাস ধরে সে হাসেনি, আমার সঙ্গেও ভালোভাবে কথা বলেনি। তার চোখ খুঁজছিল তার মা-কে। কিন্তু তোমাকে পাওয়ার পর সে যেন ফিরে পেয়েছে তার সবচেয়ে মূল্যবান সম্পদ, যা সে হারিয়েছিল।

আমি তোমাকে কথা দিচ্ছি, আমাদের সন্তানের লালন-পালনে আমি কখনো হস্তক্ষেপ করব না। আমি ধর্মবিশ্বাসী মানুষ। আমি ঈশ্বরে বিশ্বাস করি। ঈশ্বর তোমাকে আমাদের পরিবারকে রক্ষা করার জন্য পাঠিয়েছেন। এটা কাকতালীয় নয় যে, আমার মা তোমার পিশিমার কাছে তার দুঃখের কথা প্রকাশ করেছিলেন। এটাও কাকতালীয় নয় যে, তুমি অন্যায়ভাবে কষ্ট পাচ্ছিলে। ঈশ্বর আমাদের প্রত্যেকের জন্যই একটি পরিকল্পনা রেখেছেন। তিনিই তোমাকে এই বাড়িতে পাঠিয়েছেন। এখন আমাদের দায়িত্ব তোমাকে এই পরিবারের স্বপ্ন পূরণের ভার অর্পণ করা, যার মধ্যে তোমার পিশিমাও আছেন।

আমার বিশেষ একটি অনুরোধ আছে। আমাকে একটু সময় দাও মানিয়ে নিতে। মাত্র ছয় মাস আগে আমি আমার স্ত্রীকে হারিয়েছি, যাকে আমি প্রচণ্ড ভালোবাসতাম। তুমি আমাকে এই দুর্ঘটনার ধাক্কা কাটিয়ে উঠতে সাহায্য করতে হবে। এতে সময় লাগবে। মানসিক এবং আবেগের দিক থেকে আমাকে তোমার ওপর নির্ভর করতে হবে। তুমি আমার ধৈর্যশীল শ্রোতা হবে। এমন সময় আসবে, যখন আমি একা থাকতে চাইব। সেই মুহূর্তগুলোই হবে তোমার জন্য সবচেয়ে গুরুত্বপূর্ণ। আমার গভীর ক্ষত সারাতে তোমার সাহায্য লাগবে। আমি জানি, আমি তোমাকে এমন এক পরিস্থিতিতে ফেলছি, যা সাধারণত নতুন বিবাহিত দম্পতিদের জন্য প্রযোজ্য নয়। কিন্তু আমাদের পরিস্থিতি অন্যরকম।

তোমার নিশ্চয়ই তোমার নিজস্ব কিছু স্বপ্ন ছিল। কোনো মেয়ের স্বপ্ন একজন বিবাহিত পুরুষ এবং তার সন্তানের সাথে শুরু হতে পারে না। আমি দুঃখিত। আমি সম্পূর্ণ দ্বন্দ্বে আছি। আমি কি আমার স্ত্রীকে ভুলে যেতে পারব, যে আমার হৃদয়ের এত কাছে ছিল এবং আমার সন্তানের মা? আমি কি সঠিক কাজ করছি, এমন একজন মেয়েকে বিয়ে করে, যাকে আমি চিনি না? যদি আমার সন্তান এবং তার নতুন মা'র মধ্যে সম্পর্ক গড়ে না ওঠে? আমি, তুমি, শান্তিলাল, আমার মা, এবং তোমার পিশিমা; আমাদের প্রত্যেককে অনেক বেশি মানিয়ে নিতে হবে। এটা কি সফল হবে? আমি মিথ্যে কথা বলতে পারব না। আমি নার্ভাস, এবং আমার দ্বিধা কাটছে না।

আমাদের দু'জনকেই কঠোর পরিশ্রম করতে হবে একে সফল করার জন্য।

আরও একটি বিষয় বারবার আমার মনে আসছে, যা বেশ গুরুতর। আমি নিশ্চিত নই, এখন তোমার সঙ্গে আলোচনা করা উচিত কিনা।" বান্নো মনোযোগ সহকারে শুনছিল। সে কান্তিলালের প্রতিটি শব্দ বিশ্লেষণ করছিল। সে খুশি যে তার ভবিষ্যৎ স্বামী একজন খোলামেলা মানুষ, যে সত্য বলার সাহস রাখে। সে জানতে চাইল, কোন বিষয়টি তাকে এত ভাবাচ্ছে, যা সে বলতে দ্বিধা করছে। সে চায় কান্তিলালের সব দ্বিধা দূর করতে।

সে বলল, "আমি খুশি যে তুমি তোমার মনের সব দ্বিধা দূর করতে চাও। আমি তোমাকে আশ্বস্ত করছি যে, আমি কখনো তোমাকে সেই সুযোগ দেব না যে তুমি কোনো বিভ্রান্তিতে থাকো। দুশ্চিন্তা কোরো না। আমি তা সামলে নেব। এখন বলো, কী বিষয় যা বলতে তুমি দ্বিধা করছো?"

কান্তিলাল বান্নোর দুটি হাত নিজের বুকে চেপে ধরে বললেন, "বান্নো, এটা হয়তো বলার সঠিক সময় নয়। কিন্তু আমি অসহায়। আমি ভবিষ্যতে কোনো বিভ্রান্তি চাই না, তাই আমার শেষ একটি সন্দেহ তোমাকে বলতে চাই। আমি নিশ্চিত, তুমি আমাকে ভুল বুঝবে না।"

কিন্তু কান্তিলাল কিছু বলার আগেই বান্নো বলে উঠল, "ঠিক আছে, আমি অনুমান করতে পারি। তুমি কি ভাবছো, যদি আমাদের নিজেদের সন্তান হয়, তবে

চিম্পু অবহেলিত হবে? তুমি কি সত্যিই ভয় পাচ্ছো যে আমি আমার নিজের সন্তানকে বেশি ভালোবাসব, চিম্পুকে কম ভালোবাসব? আর সেই কারণে চিম্পু অবহেলিত হবে? বলো, এইটাই কি তোমার ভয়, নাকি অন্য কিছু? আমি জানতে চাই।"

কান্তিলাল বান্নোর বুদ্ধিমত্তায় অভিভূত হল। তিনি বান্নোর হাত শক্ত করে ধরে বলল, "ওহ ঈশ্বর! তুমি কত বুদ্ধিমতী! তুমি আমার মনের কথা পড়তে পারলে! অসাধারণ! হ্যাঁ, আমি এটাই বলতে চেয়েছিলাম বান্নো। আমি দ্বিধান্বিত ছিলাম, কিন্তু তুমি নিজেই বিষয়টা তুলে ধরলে। তোমাকে অসংখ্য ধন্যবাদ! দয়া করে আমার এই সন্দেহ দূর করতে সাহায্য করো।"

এবার বান্নোর পালা। সে কান্তিলালকে ডাইনিং টেবিলে বসতে বলল। তারপর এক গ্লাস জল এনে কান্তিলালের হাতে দিল। কান্তিলাল এক ঢোঁকে পুরো গ্লাস শেষ করল। বান্নো গ্লাসটি নিয়ে ধীরে ধীরে বলল, "ভালো করে শুনো আমি কী বলছি। আপাতত, আমাদের সম্পূর্ণ মনোযোগ চিম্পুর ওপর দিতে হবে। দুই বছর পর সে পাঁচ বছরে পা দেবে। তখন তাকে একটি ভালো স্কুলে ভর্তি করাতে হবে। হয়তো আমাদের এমন শহরে যেতে হবে, যেখানে সে ভালো শিক্ষা পেতে পারে।

দুই বছর পর, যদি ঈশ্বরের কৃপায় আমাদের নিজেদের সন্তান হয়, তখন সে এতটাই ছোট হবে যে ভালোবাসার মাত্রা বোঝার মতো পরিণত হবে না। আমরা সবাই সেই শিশুকে এবং চিম্পুকে সমান

ভালোবাসব। বরং আমরা চিম্পুকে আমাদের নিজেদের সন্তানের চেয়েও বেশি স্নেহ করব এবং তাকে শেখাবো যে, তার ছোট ভাই বা বোনের যত্ন নেওয়া তার দায়িত্ব। আমি নিশ্চিত, ভবিষ্যতে চিম্পুই আমাদের সন্তানের প্রকৃত অভিভাবক হয়ে উঠবে। তাই এটা নিয়ে কখনো দুশ্চিন্তা কোরো না। তোমার কি আর কিছু বলার আছে?”

"না না, কিছু না, আসলে, তুমি আমার সব সন্দেহ দূর করে দিয়েছো। তোমাকে অনেক ধন্যবাদ তার জন্য। আমি তোমার প্রতি কৃতজ্ঞ, বরং বলা ভালো, আমি আমার মনের সমস্ত যন্ত্রণার থেকে মুক্তি পেলাম। তুমি শুধু বুদ্ধিমতী নও, তুমি একজন মনের কথা পড়তে পারা মানুষও। আমি নিশ্চিত, শান্তিলাল নিরাপদ হাতেই থাকবে। এই বাড়ি সত্যিই সৌভাগ্যবান, যে তোমাকে তার গৃহলক্ষ্মী হিসেবে পেয়েছে।” বাইরে বেরোনোর আগে বান্নো কান্তিলালের হাতে একটা ভাঁজ করা কাগজ দিল। কান্তিলাল সেটা পকেটে রেখে দিলেন, পরে দেখবেন বলে।

তাদের কথোপকথনে দুজনেই সন্তুষ্ট ছিল। বাইরে বারান্দায় বিমলাদাদী ও তুলসিভাবি অধীর আগ্রহে অপেক্ষা করছিলেন। তাঁরা চিন্তিত ছিলেন, কারণ ছেলেমেয়ের মধ্যে ঠিক কী কথা হয়েছে, সে সম্পর্কে তাঁদের কোনো ধারণা ছিল না। এক ঘণ্টার বেশি সময় হয়ে গিয়েছিল, তারা দুজন ডাইনিং টেবিলে একসঙ্গে বসে ছিল। যখন বিমলাদাদী কান্তিলালকে হাসতে হাসতে বের হতে দেখলেন, তখন তাঁর মন শান্ত হলো।

বান্নোও তার পেছন পেছন বেরিয়ে এল। চিম্পু তখনই ছুটে গেল তার পরীর কাছে। বান্নো তাকে কোলে তুলে কপালে চুমু খেলো।

তারপর ধীরে ধীরে বান্নো বিমলাদাদীর কাছে এসে, চিম্পুকে তুলসিভাবির পাশে নামিয়ে, বিমলাদাদীর পায়ে হাত দিয়ে প্রণাম করল এবং বলল, "আমি কি আপনাকে 'মা' বলে ডাকতে পারি?" বিমলাদাদী নিজেকে আর সামলাতে পারলেন না। চোখের জল গড়িয়ে পড়ল। বান্নো মাটিতে বসে তাঁর কোলে মাথা রেখে শিশুর মতো অশ্রুপাত করতে লাগল। বিমলাদাদী তার মাথায় হাত বুলিয়ে দিতে লাগলেন। তুলসিভাবি এই দৃশ্য দেখে চোখের জল আটকে রাখতে পারলেন না। তিনি ঈশ্বরকে ধন্যবাদ দিলেন, কারণ তাঁর বান্নো আজ তার প্রাপ্য ভালোবাসা পেয়ে গেছে। এবার বান্নোকে তার বাবা-মায়ের কাছে ফিরিয়ে নিয়ে যাওয়ার পালা। দ্রুত বিয়ের সমস্ত ব্যবস্থা করা দরকার। কিন্তু শান্তিলাল এক মুহূর্তের জন্যও বান্নোকে ছাড়তে রাজি ছিল না।

নতুন সূচনা

তুলসীভাবি নীরবতা ভঙ্গ করলেন। তিনি কান্তিলালকে বললেন, "বাবা, মনে হচ্ছে তোমরা দুজনেই বিয়েতে সম্মত হয়েছো। আমার একটা অনুরোধ আছে। দয়া করে কোনও কারণেই বিয়েতে দেরি কোরো না। আগামীকাল সকালে আমি বান্নোকে আমার ভাইয়ের বাড়িতে নিয়ে যাব। আমরা সমস্ত ব্যবস্থা করব এবং পুরোহিতের সাথে পরামর্শ করে সম্ভাব্য তারিখগুলো জানাব। তোমরাও পরামর্শ করে চূড়ান্ত তারিখ নির্ধারণ করো। চিম্পুর জন্য বিশেষ করে ভালো হবে যদি তার পরীর বন্ধু চিরকালের জন্য তার পাশে থাকতে পারে। তোমার কী মত?"

কান্তিলাল আজ খুব খুশি ছিল। বান্নো প্রমাণ করেছে যে সে এই পরিবারের সবচেয়ে যোগ্য সদস্য হতে পারবে। সে শুধু মাথা নেড়ে তুলসীভাবির কথায় সম্মতি জানাল। বলল, "যেটা আপনার ভালো মনে হয়, সেটাই করো। আমি আপনার নির্দেশ মেনে চলব। তুমি যেই তারিখগুলো পাঠাবে, আমরা আমাদের পুরোহিতের সাথে পরামর্শ করে দ্রুত চূড়ান্ত তারিখ জানিয়ে দেব।"

তুলসীভাবি ও বান্নো আপাতত বিদায় নিলেন। চিম্পু প্রথমে বান্নোকে ছাড়তে রাজি ছিল না, কিন্তু শর্ত দিল যে তার পরীর বন্ধু খুব তাড়াতাড়ি এই বাড়িতে স্থায়ীভাবে আসবে। দুজনেই বাড়ি ফিরে এলেন। তুলসীভাবির ছেলে কৃষ্ণা তাদের অপেক্ষায় ছিল।

বান্নো দৌড়ে গিয়ে কৃষ্ণাকে জড়িয়ে ধরল। কৃষ্ণা খুশি হল তার বোনকে হাসিখুশি দেখে। মা-ও ইঙ্গিত করলেন যে "সব ঠিক আছে"। কৃষ্ণা তার কাজিন বান্নোকে শুভেচ্ছা জানাল এবং তার ভবিষ্যতের জন্য শুভকামনা দিলো। বান্নো জানত কান্তিলাল তার ভাই কৃষ্ণের সঙ্গে ভালোভাবে পরিচিত। কৃষ্ণা আগেই বলেছিল যে কান্তিলাল একজন ভালো, সরল ও সৎ মানুষ। তিনজনই প্রস্তুত হলেন কৃষ্ণের মামার বাড়ি যাওয়ার জন্য।

পরের দিন দুপুরে বান্নোর বাবা-মা বান্নোকে হাসিখুশি ও আনন্দিত দেখে উচ্ছ্বসিত হয়ে উঠলেন। সবাই একসঙ্গে চায়ের কাপ হাতে নিয়ে বসে গল্প করছিলেন। বান্নো ও কৃষ্ণা ভেতরে গিয়ে সবাইকে পরিবেশনের জন্য কিছু জলখাবার আনতে গেল। তুলসীভাবি পুরো বিষয়টি পরিবারের সবাইকে জানালেন। কান্তিলাল বিয়েতে সম্মতি দিয়েছে। যেহেতু এর আগে বান্নোর বিয়ের আয়োজন করা হয়েছিল এবং কোনও দোষ না থাকলেও তা ভেঙে গিয়েছিল, তাই এবার পরিবার সিদ্ধান্ত নিল যে কোনও ধুমধাম করা হবে না। বিমলাদাদীও একই কথা বলেছিলেন।

গয়নাগাটি আগে থেকেই বান্নোর জন্য তৈরি ছিল। শুধু পোশাক ও শাড়ি কেনা বাকি ছিল। তারা পুরোহিতকে বাড়িতে আসতে বলল। সন্ধ্যায় কাছের আত্মীয়স্বজন ও বন্ধুদের একটি মিটিং ডাকা হল। সেখানে বিয়ের স্থান, খাবারের ব্যবস্থা ও নিমন্ত্রণের বিষয়ে অগ্রাধিকার ভিত্তিতে সিদ্ধান্ত নেওয়া হল।

বিভিন্ন কাজের জন্য নির্দিষ্ট দল গঠন করা হল ও সময়সীমা নির্ধারণ করা হল। বিয়ের জন্য অর্থ বা জনশক্তির কোনও সমস্যা ছিল না, কেবল সময়ের স্বল্পতাই বড় চ্যালেঞ্জ ছিল। পুরোহিত তিনটি সম্ভাব্য তারিখ দিলেন, যা দুই সপ্তাহের মধ্যে পড়ছিল। তারা সঙ্গে সঙ্গেই কান্তিলালের পরিবারকে তারিখগুলো জানাল। পরের দিন কান্তিলালের পরিবার থেকে চূড়ান্ত তারিখ পাঠানো হল; মাত্র ১১ দিন বাকি!

প্রতিটি পরিবার তাদের নির্ধারিত দায়িত্ব পালন করতে প্রস্তুত হল। সিদ্ধান্ত নেওয়া হল যে বিয়ের অনুষ্ঠান তুলসীভাবির বাড়ি থেকেই সম্পন্ন হবে, যাতে অনেক সমস্যার সমাধান হয়। বরপক্ষও এতে সম্মতি জানাল। বাড়ির সামনে বড় সামিয়ানা করলেই যথেষ্ট হবে। বিয়ের অনুষ্ঠানকে সরল রাখার জন্য কোনও মঙ্গল কার্যালয় বা ডিজে-এর ব্যবস্থা রাখা হল না। বিয়ের আগের সন্ধ্যায় গান, মেহেন্দির অনুষ্ঠান সীমিত আকারে অনুষ্ঠিত হল। কেবল উভয় পরিবারের ঘনিষ্ঠ আত্মীয় ও বন্ধুরাই অংশ নিলেন। পরের দিন সকালে, নির্ধারিত সময়ে, কান্তিলাল তার বন্ধু ও আত্মীয়দের নিয়ে বিমলাদাদীর নেতৃত্বে তুলসীভাবির বাড়িতে পৌঁছলেন।

বান্নো তখন বিয়ের জন্য প্রস্তুত হচ্ছিল। তার ঘনিষ্ঠ বান্ধবীরা বিভিন্ন গ্রাম থেকে এসেছে। পাঁচ বছর আগেও তারা এসেছিল বান্নোর বিয়েতে, কিন্তু দুর্ভাগ্যবশত সেই বিয়ে ভেস্তে গিয়েছিল। এবার আর কোনও বাধা ছিল না। সবাই আনন্দিত ছিল। বরপক্ষ বাড়িতে পৌঁছতেই চারদিকে হাসি-ঠাট্টা ও

আনন্দধ্বনি ছড়িয়ে পড়ল। বান্নো উপরে তাকিয়ে ঈশ্বরের কাছে প্রার্থনা করল যাতে এই বিয়ে সফলভাবে সম্পন্ন হয়।

তারপর সমস্ত আচার-অনুষ্ঠান দুই পরিবারের পুরোহিতদের নির্দেশনায় সম্পন্ন হল। প্রথমে আংটি ও মালা বিনিময় হল, তারপর মঙ্গলসূত্র পরানোর অনুষ্ঠান। এরপর সাত পাঁক ও সিঁদুরদান পর্ব হল। বড় থেকে ছোট, সবাই নবদম্পতিকে আশীর্বাদ করতে জড়ো হলেন। অবশেষে বিয়ের সমস্ত আনুষ্ঠানিকতা সম্পন্ন হল। বিমলাদাদী ও তুলসীভাবি স্বস্তির নিঃশ্বাস ফেললেন। উপস্থিত সকলেই নবদম্পতিকে আশীর্বাদ করলেন ও মধ্যাহ্নভোজের জন্য এগিয়ে গেলেন। বান্নো আবারও ঈশ্বরকে ধন্যবাদ জানাল। বান্নো চিম্পুর খোঁজ করল। সে এত ছোট যে কিছুই বুঝতে পারছিল না, কিন্তু প্রতিটি অনুষ্ঠান সে উপভোগ করছিল। বান্নোর অনুরোধে চিম্পুকে তার কাছে নিয়ে আসা হল। চিম্পু ছুটে এসে বান্নোর কোলে ঝাঁপিয়ে পড়ল। বান্নো তার কপালে চুমু খেয়ে ধীরে ধীরে ফিসফিস করে বলল, "তোমার পরী বন্ধু তোমাকে কখনও ছেড়ে যাবে না, এটা তার প্রতিশ্রুতি।"

সন্ধ্যাবেলায়, যখন বান্নো তার নতুন সঙ্গীর সঙ্গে বিদায়ের জন্য প্রস্তুত হচ্ছিল, তখন তার মনে হচ্ছিল, তার বাবা-মা কতটা কষ্ট সহ্য করেছেন। গত পাঁচ বছর তাদের জন্য এক দুঃস্বপ্নের মতো কেটেছে। প্রতিটি বিবাহযোগ্য পাত্র, যারা তাকে দেখতে এসেছিল, সমাজের দেওয়া 'অশুভ মেয়ে'র তকমার কারণে তাকে সরাসরি প্রত্যাখ্যান করেছিল। সে কান্তিলালের

প্রতি শুধু কৃতজ্ঞই ছিল না, বরং তার পরিবারের প্রতিও ঋণী ছিল, যারা তাকে মন থেকে আপন করে নিয়েছে। সে কখনোই তার স্বামীর পরিবারের দেওয়া বিশ্বাস ভঙ্গ করবে না।

আর চিম্পু! সে এতটাই মিষ্টি, এতটাই আদরের! সে সবসময় চেষ্টা করবে চিম্পুর পরীর বন্ধু হয়ে থাকতে। বান্নো তার মামির প্রতিও কৃতজ্ঞ, যিনি গত পাঁচ বছর ধরে এক মুহূর্তের জন্যও বিশ্রাম নেননি, শুধু বান্নোর জীবন গড়ে দেওয়ার জন্য। এ এক নিঃস্বার্থ ভালোবাসা। তার ভাই কৃষ্ণা সবসময় পাশে থেকেছে, প্রতিটি সুখ-দুঃখে। বান্নো নিজেকে ভাগ্যবতী মনে করল, যে তার চারপাশে এত ভালোবাসার মানুষ রয়েছে। তুলসিভাবি তাকে দরজার দিকে নিয়ে গেল, যেখানে কান্তিলালের পরিবারের লোকেরা অপেক্ষা করছিল। বান্নো একে একে সকলের আশীর্বাদ নিল। যখন সে তার বাবার কাছে এল, তখন নিজেকে আর ধরে রাখতে পারল না। প্রণামের বদলে সে বাবাকে জড়িয়ে ধরল। তার বাবা ছিল তার সবচেয়ে বড় বন্ধু। কেউ কোনো কথা বলতে পারল না। শুধু চোখের ভাষায় তারা একে অপরের অনুভূতি বুঝতে পারল। যেন বাবা বলছিলেন, 'যে পরিস্থিতিই আসুক, তোমার বাবা সবসময় তোমার পাশে থাকবে, মা।'

বান্নো তার নতুন আশ্রয়ে পৌঁছল। একদল মহিলার সঙ্গে সে প্রবেশ করল, এবং কিছু শুভকর্ম সম্পন্ন হলো। চিম্পু নিশ্চিত হয়ে গেল, তার পরীর বন্ধু এখন এই বাড়িরই একজন। সে স্বস্তি পেল, এখন আর হারানোর ভয় নেই। বহুদিন পর সে তার বড় খেলনার

বাক্স খুলে খেলতে বসে গেল। রাতের খাবারের পর, বিমলাদাদী বান্নোকে ডাকলেন এবং তাকে একটি বাক্স দিলেন। এটি ছিল চিম্পুর মায়ের গহনার বাক্স। গয়না দেখে বান্নো মৃদু হাসল এবং বলল, "মা, এই গহনাগুলো আমার নয়। যদি আপনি চান, আমি এই বাক্সটা নিজের কাছে রাখতে পারি, কিন্তু একজন রক্ষকের মতো। যখন সময় আসবে, আমি এগুলো তার প্রকৃত অধিকারীকে দিয়ে দেব।"

বান্নো বাক্সটি নিয়ে কান্তিলালের ঘরে গেল। কান্তিলাল অপেক্ষা করছিল। বান্নো তার সামনে এসে বলল, "আজ তোমাকে কিছু কথা বলতে চাই।" কান্তিলাল চুপ করে তার কথা শোনার জন্য অপেক্ষা করল। "আমার শাশুড়ি মা এই গহনাগুলো আমাকে দিয়েছেন। আমি এগুলো রক্ষক হিসেবে নিয়েছি। তাই কখনো আমাকে এগুলো পরতে বলবে না। আমি জানি, কখন কী করতে হবে। দ্বিতীয়ত, তুমি কখনো চিম্পুর ব্যাপারে আমার উপর হস্তক্ষেপ করবে না। যখন আমি ওর ওপর রাগ দেখাব, সেটা শুধুই অভিনয় হবে, শেখানোর জন্য। সে বুঝতে পারবে না যে সেটা আসল নয়। তৃতীয়ত, তুমি চিম্পুকে বেশি বেশি আদর করবে না। আমি ওর পরীর বন্ধু থাকব, কিন্তু তুমি একটু কঠোর হওয়া দরকার। এবং সবশেষে, আমরা কখনো একে অপরের প্রতি সন্দেহ করব না। যদি কোনো সমস্যা আসে, আমরা আলোচনা করে সমাধান করব।" কান্তিলাল স্তব্ধ হয়ে বান্নোর দিকে তাকিয়ে রইল। সে নিজেকে ভাগ্যবান মনে করল। বান্নো কেবল সহজ-সরলই নয়, সম্পূর্ণ

নির্লোভ। গহনার প্রতি তার কোনো আকর্ষণ নেই। তার প্রথম অগ্রাধিকার চিম্পু।

কান্তিলাল মৃদু হাসল এবং বলল, "শোনো, আজ থেকে, মা এবং তুমি যা ঠিক মনে করবে, সেটাই হবে। আমি জানি, তোমাদের সিদ্ধান্ত এই পরিবার এবং সবার কল্যাণের জন্যই হবে। আর সন্দেহের কথা ভুলে যাও, আমি চেষ্টা করব যাতে কোনো ভুল বোঝাবুঝি না হয়। শুধু একটা অনুরোধ—আমার ছেলে নিয়ে এখন আমি নির্ভার, সে নিরাপদ হাতে রয়েছে। কিন্তু দয়া করে, আমার মাকে কখনো কষ্ট পেতে দিও না। তিনি জীবনে অনেক কষ্ট সহ্য করেছেন, আর নয়।"

বান্নো হাসল এবং সম্মতি জানাল। রাত গভীর হয়ে এসেছিল। শান্তিলাল তার পরীর বন্ধুর সঙ্গে ঘুমাতে চাইল। বিমলাদাদী তাকে বুঝিয়ে বললেন যে তাকে আজ তার সঙ্গেই থাকতে হবে। সে রাজি হলো, তবে শর্ত দিল, "বান্নো আমাকে সকাল থেকেই যত্ন নেবে।" কান্তিলাল বান্নোর দিকে তাকিয়ে বলল, "আমার একটু সময় লাগবে, তোমার কাছে আসার আগে।" বান্নো কিছু মনে করল না। সে কান্তিলালের পাশে বসল এবং নিজের জীবনের কথা বলতে লাগল। কিছুক্ষণ পর সে দেখল, কান্তিলাল গভীর ঘুমে আচ্ছন্ন। তারপর সে নিজেও ঘুমিয়ে পড়ল।

পরের দিন সকালে, নাস্তার পর যখন কান্তিলাল দোকানের উদ্দেশ্যে রওনা হলেন, তখন তাঁর টিফিন প্রস্তুত ছিল। বান্নো তাঁকে একটি ব্যাগ দিল এবং সাথে

দিয়ে দিল বাজারের প্রয়োজনীয় সবজির ও মুদি জিনিসের একটি তালিকা। অনেক দিন পর কান্তিলাল নিজের সাথে টিফিন নিয়ে বের হলেন। বিমলাদাদী একটু দেরিতে উঠলেন এবং দেখলেন যে বান্নো ইতিমধ্যেই সবকিছু গুছিয়ে রেখেছে। শান্তিলাল তখনও ঘুমিয়ে ছিল।

কান্তিলালের চলে যাওয়ার পর বান্নো শাশুড়ির দিকে তাকিয়ে বলল, "মা, চলো, চায়ের টেবিলে বসি, তোমার জন্য চা আর বিস্কুট নিয়ে আসছি।" বিমলাদাদী একদৃষ্টে বান্নোর দিকে তাকিয়ে ছিলেন। মাত্র একদিনেই মেয়েটি যেন সমস্ত দায়িত্ব নিজের কাঁধে তুলে নিয়েছে। তাঁর মনে আনন্দ হল। তিনি এগিয়ে গিয়ে বান্নোর গাল ছুঁয়ে আদর করলেন। কিছু না বলে তিনি চায়ের টেবিলে গিয়ে বসলেন। বান্নো দু'কাপ চা ও কিছু বিস্কুট এনে দিল। দু'জনে চা পান করতে করতে গল্প করতে লাগলেন।

সাধারণত শান্তিলাল সকাল সাতটার মধ্যে উঠে যায়, কিন্তু আজও সে ঘুমিয়ে আছে। তার যেন কোনো চিন্তাই নেই। বান্নো সন্তর্পণে তার বিছানার কাছে গিয়ে দেখল, সে গভীর ঘুমে আচ্ছন্ন। বান্নো আদর করে তার মাথায় হাত বোলাল, কপালে একটা চুমু খেলো, তারপর রান্নাঘরের দিকে চলে গেল ছেলের জন্য সকালের নাস্তা তৈরি করতে। আর কী চাই একজন মেয়ের বৈবাহিক জীবনে? সে পেয়েছে এক দয়ালু স্বামী, একজন বোঝদার শাশুড়ি এবং এক মিষ্টি, ভালোবাসায় ভরা ছেলে। ভগবান সত্যিই তার মনের আশা পূরণ করেছেন। পাঁচ বছর ধরে চলতে থাকা

দুঃস্বপ্ন যেন এবার শেষ হয়েছে। এমন সময় ঘর থেকে মৃদু কান্নার শব্দ এল। বান্নো দৌড়ে গেল এবং দেখল শান্তিলাল বিছানায় বসে কাঁদছে। বান্নো তাকে কোলে তুলে নিতেই সে চুপ করে গেল এবং তাকে জড়িয়ে ধরল।

"শান্তিলাল, আমার ছেলে, আমি তো তোমাকে কথা দিয়েছি যে কখনোই এই বাড়ি ছেড়ে যাব না, তাহলে তুমি কাঁদছিলে কেন?" শান্তিলাল বলল, "আমি ঘুম থেকে উঠে তোমাকে কোথাও দেখতে পাইনি। আমি ভেবেছিলাম তুমি চলে গেছ, তোমাকে হারিয়ে ফেলেছি। খুব ভয় পেয়েছিলাম, তাই কেঁদে ফেললাম। কিন্তু এখন আমি ঠিক আছি।" বান্নো তাকে ফ্রেশ হতে সাহায্য করল এবং ডাইনিং টেবিলে নিয়ে এল। তার জন্য টোস্ট আর বোর্নভিটা মেশানো দুধ প্রস্তুত ছিল। শান্তিলাল তার পরীর বন্ধুর কাছ থেকে নিজে খেতে চাইল না, বরং সে বান্নোর হাত থেকে খেতে চাইল। বান্নো তাকে ভালোবাসা ও যত্ন দিয়ে খাইয়ে দিল।

বিমলাদাদী বান্নোকে দুপুরের খাবার তৈরিতে সাহায্য করলেন। এরপর বান্নো শান্তিলালকে গোসল করিয়ে তাকে নতুন পোশাক পরিয়ে দিল। ছেলেকে বিমলাদাদীর কাছে রেখে বান্নো পূজার ঘরে গেল। সে অন্তরের অন্তঃস্থল থেকে ভগবানকে ধন্যবাদ জানাল। ভগবান তার প্রতি সদয় হয়েছেন, তাকে দীর্ঘ পাঁচ বছরের যন্ত্রণার অন্ধকার থেকে বের করে এনেছেন। পূজা শেষ করে বান্নো রান্নাঘরে ফিরে এসে তিনজনের জন্য দুপুরের খাবার পরিবেশন করল। কান্তিলালের জন্য টিফিন পাঠানো হয়েছিল। বান্নো

এত ব্যস্ত ছিল যে ক্লান্ত হয়ে পড়ল। দুপুরের খাবারের পর সে শান্তিলালকে নিয়ে নিজের ঘরে গেল। ঘুমানোর আগে ছেলেকে গল্প শোনাচ্ছিল, কিন্তু গল্প শেষ হওয়ার আগেই দু'জনেই ঘুমিয়ে পড়ল।

বিকেল চারটায় বান্নোর ঘুম ভাঙল। সে উঠে সন্ধ্যার চা তৈরি করতে রান্নাঘরে গেল। বিমলাদাদী তার অপেক্ষায় ছিলেন। চা পান করার পর বান্নো ঘর গোছানোর কাজে লেগে পড়ল, যা গত ছ'মাস ধরে অবহেলায় ছিল। এদিকে, শান্তিলাল ঘুম থেকে উঠে বান্নোর কাছে গিয়ে দুধ ও জলখাবার চাইল। সন্ধ্যায় কৃষ্ণা এল তুলসিভাবির নিমন্ত্রণপত্র নিয়ে। পরের দিন রাতে ওদের ওখানে রাতের খাবারের জন্য নিমন্ত্রণ করা হয়েছিল। বান্নো অনেক কথাবার্তা বলল কৃষ্ণার সাথে।

কৃষ্ণা খুশি ছিল বোনকে এতদিন পর হাসতে দেখে। সে জানত, গত কয়েক মাস ধরে বান্নো কখনো হাসেনি, সবকিছু সহ্য করেছে নিরবে। কিন্তু আজ সে আবার আগের মতো প্রাণোচ্ছল হয়ে উঠেছে। কৃষ্ণা মনে মনে প্রার্থনা করল, যেন ভগবান তার বোনের উপর আশীর্বাদ বজায় রাখেন। বান্নো ভাইকে রাতের খাবারের জন্য থেকে যেতে অনুরোধ করল। কান্তিলালের ফেরার সময় হয়ে গিয়েছিল। কৃষ্ণা প্রথমে ইতস্তত করছিল, কিন্তু বিমলাদাদী জোর করে তাকে থেকে যেতে বললেন। অবশেষে কৃষ্ণা রাজি হল।

রাত আটটার দিকে কান্তিলাল ফিরে এল এবং দেখল বাড়ির সবাই হাসিখুশি গল্প করছে। অনেকদিন পর

সে তার মা এবং ছেলেকে এত আনন্দিত দেখল। শান্তিলাল দৌড়ে বাবার কোলে উঠে পড়ল এবং সারাদিনের সব ঘটনা বলতে লাগল—কীভাবে তার পরীর বন্ধু তাকে খাইয়েছে, গোসল করিয়েছে, খেলা করেছে, ইত্যাদি। কান্তিলাল একদৃষ্টে তার ছেলের পরিবর্তন লক্ষ্য করল। মাত্র একদিনেই সে আশাহীনতা থেকে আশাবাদী হয়ে উঠেছে। এই পরিবর্তন সম্ভব হয়েছে শুধুমাত্র বান্নোর জন্য। সে ভগবানকে ধন্যবাদ জানাল বান্নোকে তার জীবনে পাঠানোর জন্য।

সবাই খাওয়া শেষ করে হাসিঠাট্টার মধ্যে রাত কাটাল। বান্নো কান্তিলালকে ফোন করে বলেছিল কুলফি আনতে। তাই সবাই অপেক্ষা করছিল, বান্নো রাতের খাবার শেষ করলে তবেই কুলফি খাওয়া হবে। অনেকদিন পর এই বাড়ি আবার নিজের পুরনো আনন্দ ফিরে পেল। রাতের খাবারের পর কৃষ্ণা বিদায় নিল। বান্নো রান্নাঘরের কাজ শেষ করে সবাইকে ঘুমাতে বলল। বিমলাদাদী শান্তিলালকে নিয়ে নিজের ঘরে চলে গেলেন, আর বান্নো কান্তিলালের সাথে নিজের ঘরে এল।

বান্নো সারাদিনের ঘটনা বলল, আর কান্তিলালও খাবার ও ওষুধ পরিদর্শক (Food and drug inspector) নিয়ে তার দিনের অভিজ্ঞতা শেয়ার করল। প্রায় আধ ঘণ্টা পর তারা একে অপরকে শুভরাত্রি জানিয়ে ঘুমিয়ে পড়ল।

ধর্মীয় ভ্রমণ

বান্নো একদিন একটি ভ্রমণের পরিকল্পনা করছিল। তিনি তাঁর বাবা এবং তুলসী আন্টির সঙ্গে ফোনে কথা বললেন, স্থান, তারিখ এবং অন্যান্য আয়োজন নিয়ে আলোচনা করলেন। ঠিক হলো, পরের মাসে তারা শিবরাত্রি উদযাপন করবে। সবাই মিলে একসঙ্গে যাবে একটি জ্যোতির্লিঙ্গ দর্শনে, যা তাদের গ্রাম থেকে প্রায় ২৫০ কিলোমিটার দূরে অবস্থিত। বান্নোর বাবা এই পুরো আয়োজনের দায়িত্ব নিলেন। শিবরাত্রির আগের দিন রাতে বান্নো আবারও ভ্রমণের প্রসঙ্গ তুলল। তবে এবার তিনি শুধু ধর্মীয় দৃষ্টিকোণ থেকে নয়, বরং এটিকে এক আবেগঘন অভিজ্ঞতায় পরিণত করতে চাইলেন।

তিনি বললেন, "শৈশব থেকেই আমি উপবাস রেখে ভগবান শিবের পুজো করে এসেছি। পরিবার বলত, এতে আমার জন্য ভালো স্বামী ও পরিবার ঠিক হবে। কিন্তু পাঁচ বছর আগে যখন সেই অকর্মণ্য লোকটি বিয়ে ভেঙে দিল, তখন আমি শিবের ওপর বিশ্বাস হারিয়ে ফেললাম এবং প্রতি বছরকার পুজো বন্ধ করে দিলাম। প্রতি বছর আমি বলতাম, যদি তুমি থাকো, তাহলে আমাকে আমার প্রাপ্য দাও। যেদিন আমি তা পাব, সেদিন থেকে তোমার পুজো আবার শুরু করব। আজ আমি তার চেয়েও বেশি পেয়েছি। তাই আবার আগের মতো করেই শিবরাত্রি পালন করতে চাই। তবে এবার আমরা সবাই মিলে একসঙ্গে জ্যোতির্লিঙ্গ

দর্শনে যাব, দুই পরিবারের সব সদস্যদের নিয়ে। বাবা নিজে গিয়ে সব ব্যবস্থা করে এসেছেন। আমাদের ভোর ৫:৩০-এর মধ্যেই তৈরি হয়ে নিতে হবে, কারণ বাস এসে পড়বে কৃষ্ণা ও আন্টিকে নেওয়ার পর। তাই সবাই রাতের খাবার শেষ করে ঘুমিয়ে পড়ো, কাল সকালেই আমাদের বেরোতে হবে।”

বিমলাদাদী এবং কান্তিলাল এই আয়োজনের কথা শুনে অবাক হয়ে গেলেন। এটা সত্যিই এক দারুণ খবর! আসলে, গত কিছুদিন ধরে কান্তিলালও ভাবছিলেন বান্নোর জন্য কিছু করার কথা। একে দারুণ এক কাকতালীয় ঘটনা বলা যায়। বিশেষ করে বিমলাদাদী খুব খুশি হলেন বান্নোর এমন ধর্মপরায়ণ মনোভাব দেখে। বহু বছর আগে, যখন কান্তিলাল ছোট ছিল, তখন মাত্র একবার তিনি তাঁর স্বামীর সঙ্গে এই জ্যোতির্লিঙ্গ দর্শনে গিয়েছিলেন। তারপর আর সুযোগ হয়নি। কান্তিলাল যখন একাদশ শ্রেণিতে পড়ত, তখন তাঁর বাবা মারা যান। সংসারের সমস্ত দায়িত্ব তখন বিমলাদাদীর কাঁধে এসে পড়ে। স্বামীর মুদি দোকান চালানো থেকে শুরু করে সবকিছু তিনিই সামলাতে লাগলেন।

কান্তিলালও তখন স্কুল ছেড়ে মায়ের পাশে দাঁড়ালেন। ধীরে ধীরে মুদি ব্যবসার সব খুঁটিনাটি শিখে নিলেন। মাত্র পাঁচ বছরের মধ্যে তিনি নিজের ব্যবসা শুরু করলেন এবং মাকে বিশ্রাম নিতে বললেন। আজ বান্নোর জন্যই বিমলাদাদী আবার বহু বছর পর জ্যোতির্লিঙ্গ দর্শনের সুযোগ পেলেন। খাওয়া-দাওয়া

শেষ হলে কান্তিলাল নিজের ঘরে গেল। ও অপেক্ষা করছিল বান্নোর জন্য।

বান্নো রাতের সব কাজ গুছিয়ে ঘরে এল। দেখল, কান্তিলাল বিছানায় বসে আছে।

"তুমি এখনো ঘুমাওনি? কিছু লাগবে কি? এখানে জলর বোতল আছে," বলল বান্নো।

কান্তিলাল বোতলটা নিল, তারপর বান্নোর হাত ধরে কাছে টানল।

"বসো, বান্নো," বলল।

বান্নো একটু দ্বিধা করল, কিন্তু কান্তিলাল জোর দিলে শেষ পর্যন্ত বান্নো তার পাশে বসল।

কান্তিলাল তার দুই হাত শক্ত করে ধরে বলল, "তুমি কি জাদুকর? আমি ঠিক এরকম কিছু করার কথাই ভাবছিলাম, আর তুমি যেন আমার মনের কথা পড়ে ফেললে! প্রথম দিন যখন তোমার সঙ্গে দেখা হয়েছিল, তখনও তুমি আমার মনের কথা বুঝে নিয়েছিলে, আমাদের সন্তানকে নিয়ে! তুমি কি দেখেছো মায়ের চোখ? কতদিন পর ওঁকে এত খুশি দেখলাম। কিভাবে তুমি সবকিছু বদলে দিলে? তোমার আসার পর থেকে এই বাড়িতে কেমন যেন এক অন্যরকম আনন্দ এসেছে। কীভাবে পারলে?"

কান্তিলাল ধীরে ধীরে বান্নোর হাত দুটি নিজের মুখের কাছে নিয়ে গিয়ে চুমু খেল। বান্নো কোনো বাধা দিল না। তার চোখ থেকে টপটপ করে অশ্রু ঝরল। কান্তিলাল সেই অশ্রু মুছে দিয়ে আলতো করে তাঁর

কপালে চুমু খেল। অজান্তেই বান্নো নিজের মাথা কান্তিলালের কাঁধে রেখে দিল। কিছুক্ষণ দু'জন চুপচাপ বসে রইল, একে অপরের উষ্ণতা অনুভব করল।

হঠাৎ বান্নোর হুঁশ ফিরল। সে তাড়াতাড়ি উঠে দাঁড়াল এবং বলল, "আগামীকালের জন্য আমাদের তাড়াতাড়ি ঘুমানো দরকার, নয়তো সকালে দেরি হয়ে যাবে।" এ কথা বলে বান্নো দ্রুত ঘর থেকে বেরিয়ে গেল, আর কান্তিলাল মুগ্ধ দৃষ্টিতে তাঁর চলে যাওয়া দেখল।

বন্নো ভোর চারটেয় উঠে পড়ল। চারদিক তখনও অন্ধকারে ঢাকা। সে ফ্রেশ হয়ে স্নান সেরে পূজার ঘরে গেল। পূজা শেষ করে রান্নাঘরে গিয়ে সবার জন্য টিফিন তৈরি করতে শুরু করল। ভোর পাঁচটার সময় সে কান্তিলালকে ডাকল, ঘুম থেকে তুলে তাকে তৈরি হতে বলল। এরপর সে বিমলাদাদীর ঘরে গিয়ে শাশুড়ি মা ও চিম্পুকে জাগাল। চিম্পু সঙ্গে সঙ্গেই উঠে এসে বন্নোর কোলে ঝাঁপিয়ে পড়ল। বন্নো তাকে ফ্রেশ করিয়ে নতুন জামা পরিয়ে দিল। সকলে চা ও দুধ পান করে তৈরি হয়ে গেল বাসের জন্য।

বাস সময়মতো এসে পৌঁছল। কৃষ্ণা বাস থেকে নেমে এসে বন্নো ও কান্তিলালকে টিফিন ও পূজার জন্য প্রয়োজনীয় সামগ্রীর সুটকেস তুলতে সাহায্য করল। এরপর সবাই কান্তিলালের শ্বশুরবাড়ির গ্রামে রওনা দিল। প্রায় এক ঘণ্টার মধ্যে তারা সেখানে পৌঁছল; বন্নোর বাবা-মা অপেক্ষায় ছিলেন। কান্তিলাল ও কৃষ্ণা

বাস থেকে নেমে বন্নোর বাবা-মাকে বাসে ওঠার সাহায্য করল।

প্রথমবারের মতো বন্নোর মনে হল, সে কান্তিলালের কাছে থাকতে চায়। সে জানত না, কান্তিলালের মনেও একই ভাবনা কাজ করছে। বাস গন্তব্যের দিকে ছুটল, প্রায় পাঁচ-ছয় ঘণ্টার দীর্ঘ পথ। কান্তিলাল সবার পিছনের সিটে বসেছিল। বন্নো যখন সবাইকে জিজ্ঞাসা করল, কারও পানির দরকার কিনা, তখন কান্তিলাল হাত তুলে জল চাইলো। বন্নো বোতল নিয়ে গেল, কিন্তু কান্তিলাল ইশারায় তাকে পাশে বসতে বলল। বন্নো শুধু মাথা নেড়ে সাড়া দিল, তবে সঙ্গে সঙ্গে বসল না। সে প্রথমে ফ্লাস্ক থেকে সবাইকে চা পরিবেশন করল। নিজে ও কান্তিলালের জন্য দুটি ডিসপোজেবল কাপে চা ঢেলে নিল। এরপর সে কান্তিলালের পাশে বসে তাকে এক কাপ চা দিল। চা শেষ করেও বন্নো সরে গেল না। কান্তিলাল খালি কাগজের কাপ দুটো চেপে ভাঁজ করে সিটের নিচে রাখল, পরে ফেলার জন্য। তারা প্রায় এক ঘণ্টা কথা না বলে শুধু একে অপরের হাত ধরে বসে রইল, যতক্ষণ না বাস চালক জলখাবারর জন্য বিরতি নিল।

এটি একটি বড় রেস্তোরাঁ ছিল, যেখানে সবাই নিজেদের পছন্দ মতো জলখাবার করল। তবে যারা উপবাস করছিল, যেমন বন্নো, তারা শুধু দুধের কিছু তৈরি খাবার নিল। চিম্পু সবচেয়ে বেশি আনন্দ করছিল। সে সবার প্লেট থেকে এক এক করে এক কামড় করে খাচ্ছিল। বন্নো তার জন্য একটি বোতল আমুল বাদাম দুধ কিনে দিল। চিম্পু তা স্ট্র দিয়ে পান

করল। জলখাবার শেষে বাস আবার চলতে শুরু করল, এবার কান্তিলাল ও বন্নো একসঙ্গে বসল।

দুপুর একটা নাগাদ তারা মন্দিরে পৌঁছল। সেখানে ছিল প্রচুর ভক্তের সমাগম। 'দর্শন'-এর জন্য বিশাল লাইন ছিল। সবাই পা ধুয়ে লাইনে দাঁড়াল। প্রত্যেকের হাতে ছোট একটি গ্লাস, অর্ধেক ভর্তি দুধ, যা তারা শিবলিঙ্গে উৎসর্গ করবে। বন্নো নিজের জন্য কিছুই চাইলো না। সে শুধু ভগবান শিবকে ধন্যবাদ জানাল, যা কিছু সে ইতিমধ্যে পেয়েছে তার জন্য। সে প্রার্থনা করল, তার পরিবারে যেন চিরস্থায়ী সুখ ও শান্তি বিরাজ করে। সর্বশেষ, সে তার স্বামী কান্তিলাল ও পুত্র চিম্পুর দীর্ঘায়ু কামনা করল।

পরিবারের সবাই পণ্ডিতের নির্দেশনায় 'অভিষেক' পূজায় বসল। এটি প্রায় এক ঘণ্টা স্থায়ী হল। পূজা শেষে মন্দির ট্রাস্ট থেকে 'প্রসাদ' দেওয়া হল, যা সবাই পরম আনন্দে গ্রহণ করল। সমস্ত ব্যবস্থা নিখুঁতভাবে সম্পন্ন হয়েছে দেখে বন্নো তার বাবাকে কৃতজ্ঞতা জানাল, তার ইচ্ছা পূরণ করার জন্য। কিছুক্ষণ বিশ্রামের পর তারা ফেরার পথ ধরল। এটি ছিল সবার জন্য একটি স্মরণীয় ভ্রমণ। তুলসীভাবি ও বিমলাদাদী নবদম্পতিকে আশীর্বাদ করলেন সুখী দাম্পত্য জীবনের জন্য। ফেরার পথে সবাই মধ্যাহ্নভোজ সারল। বন্নোর মনে হলো, তার আকাঙ্ক্ষা পূর্ণ হয়েছে।

ফিরে এসে...

বন্নো বাড়ি ফিরে কান্তিলাল ও চিম্পুকে ফ্রেশ হতে বলল। চিম্পুকে সে নিজেই সাহায্য করল। বিমলাদাদী ও চিম্পু ঘুমিয়ে পড়ল। বন্নো যখন শোবার ঘরে এলো, কান্তিলাল অপেক্ষায় ছিল। সে ঘরে ঢুকতেই কান্তিলাল এগিয়ে এসে তাকে জড়িয়ে ধরল। সে তাকে কোলে তুলে নিয়ে বলল, "তোমাকে অসংখ্য ধন্যবাদ, এই 'জ্যোতির্লিঙ্গ দর্শন' ভ্রমণের পরিকল্পনার জন্য। আমরা সবাই এত খুশি হয়েছি!"

সে বন্নোকে বিছানায় নামিয়ে দিল। বন্নোর মন আনন্দে ভরে উঠল, যখন কান্তিলাল ধীরে ধীরে তার দিকে এগিয়ে এলো। সে তাকে ঘুমাতে বলল। দুজনেই ঘুমানোর চেষ্টা করল, কিন্তু কেউই ঘুমোতে পারল না। অবশেষে, কান্তিলাল তার হাত বাড়িয়ে দিল। বন্নো তার হাত ধরে ফিসফিস করে বলল, "এই হাত আমি কখনো ছাড়ব না, এ আমার প্রতিশ্রুতি।"

কান্তিলাল বন্নোর হাত ধরে ভাবতে লাগল তার ভাগ্যের কথা। এতদিন সে নিজেকে সবচেয়ে দুর্ভাগা মনে করত। ছোটবেলায় বাবা মারা গিয়েছিল, সংসার চালাতে স্কুল ছাড়তে হয়েছিল, পরে স্ত্রীকেও হারিয়েছিল। সে হতাশায় ডুবে গিয়েছিল, ব্যবসায় মন বসছিল না। তার মা বিমলাদাদী তাকে উৎসাহ দিয়েছিল দোকান চালিয়ে যেতে। ধীরে ধীরে সে স্বাভাবিক জীবনে ফিরছিল। কিন্তু সে তার ছেলে শান্তিলাল নিয়ে চিন্তিত ছিল। 'সৎ মা' ধারণা তাকে ভীত করত। তাই সে বিয়ে করতে চাইত না। কিন্তু যখন সে বন্নোকে দেখল, চিম্পুর সঙ্গে তার সহজ

সম্পর্ক লক্ষ করল, তখনই সে দ্বিতীয়বার বিয়ের সিদ্ধান্ত নিল।

তবে সে কখনো ভাবেনি, ঈশ্বর তাকে এত বড় আশীর্বাদ দেবে। বন্নো শুধু তার স্ত্রী নয়, তার সন্তানের প্রকৃত মা-ও হয়ে উঠেছে। এখন তার পালা, বন্নোকে সারাজীবন সুখে রাখার। বন্নো ক্লান্ত হয়ে ঘুমিয়ে পড়েছিল। কান্তিলাল তার নিষ্পাপ মুখের দিকে তাকিয়ে রইল, তার ঘুমন্ত পরী; তার বন্নো।

এরপর ধীরে ধীরে সেও ঘুমিয়ে পড়ল...

কান্তিলালের জীবনে এখন একজন ছিল—কৃষ্ণা। কৃষ্ণা তাকে পাইকারি মুদিখানার ব্যবসা সম্প্রসারণে সাহায্য করছিল। কৃষ্ণা পাইকারি ক্রেতাদের কান্তিলালের কাছে নিয়ে আসত এবং লাভজনক চুক্তি করত। খুচরা ব্যবসা আলাদাভাবে চলত, তবে পাইকারি ব্যবসা তারা যৌথভাবে পরিচালনা করত। অন্য কথায়, কান্তিলাল ও কৃষ্ণা পাইকারি মুদিখানা ব্যবসার অংশীদার হয়ে উঠেছিল। খুব অল্প সময়ের মধ্যেই তারা সফল ব্যবসায়ী হিসাবে প্রতিষ্ঠিত হয় এবং আর্থিকভাবেও যথেষ্ট স্থিতিশীল হয়ে ওঠে। বন্নো লক্ষ্য করেছিল কান্তিলালের আচরণে এক সূক্ষ্ম পরিবর্তন এসেছে। তার ষষ্ঠ ইন্দ্রিয় বলছিল যে কান্তিলাল সবসময় তার কাছাকাছি থাকতে চায়। সে কথা বলতে বলতে হঠাৎ থেমে যেত, যেন ভুলে যেত সে কী বলছিল। মাঝেমধ্যে সে বন্নোর হাত ধরে বসে থাকত, কোনো কথা না বলেই।

একদিন এমনই এক মুহূর্তে, যখন তারা বিছানায় বসে কথা বলছিল, বন্নো কান্তিলালকে জিজ্ঞেস করল, "শুনুন, আমি কিছুদিন ধরে লক্ষ্য করছি, আপনি যেন কিছু বলতে চান, কিন্তু বলতে পারছেন না। কেন? বরং আমি অধীর হয়ে আছি আপনার মুখ থেকে সেটা শোনার জন্য। আমার কাছে কিছু লুকাবেন না। আমি আপনার স্ত্রী, আপনার সুখ নিশ্চিত করা আমার দায়িত্ব। একটা কথা বলি, আমি শুধু আপনাকে সম্মান করি না, বরং আমি আপনাকে ভালোবাসি, কারণ আপনি আমাকে নতুন জীবন দিয়েছেন। আপনি আমাকে অন্ধকার থেকে টেনে বের করেছেন, আমাকে মানসিক ভেঙে পড়া থেকে রক্ষা করেছেন, আমাকে 'অশুভ নারী' বলে সমাজের অছুতমার্গ থেকে মুক্তি দিয়েছেন।

সবচেয়ে বড় কথা, আপনি আমাকে চিম্পুর দায়িত্ব দিয়েছেন, সেই যুগ-যুগান্তরের ভ্রান্ত ধারণাকে মিথ্যে প্রমাণ করেছেন যে 'সৎ মা কখনো ভালো হতে পারে না'। "আপনি আমার আদর্শ, আমার উপদেষ্টা, আমার ত্রাণকর্তা এবং সবচেয়ে বড় কথা, আপনি আমার সেই স্বামী, যাকে আমি আমার প্রাণের চেয়েও বেশি ভালোবাসি।"

বন্নোর অকপট ভালোবাসার কথা শুনে কান্তিলাল এতটাই মুগ্ধ হলো যে সে দুই হাতে বন্নোর গাল স্পর্শ করল, তাকে কাছে টেনে নিয়ে [illegible] চুমু খেয়ে বলল, "আমিও তোমাকে ভালোবাসি, বন্নো। আমি জানি না কীভাবে তোমার প্রতি কৃতজ্ঞতা জানাব। তুমি আমাদের পরিবারকে ধ্বংসের হাত থেকে বাঁচিয়েছ।

তোমার মতো এক গুণবতী মেয়ে, যে নিজের মতো করে জীবন গড়তে পারত, সে একজন বিধুর সঙ্গে বিয়ে করতে রাজি হয়েছে, যে আগে থেকেই এক সন্তানের বাবা—এটা ভাবাই যায় না। কিন্তু তুমি রাজি হলে! তুমি আমাদের পরিবারকে একটা নতুন জীবন দিলে, নতুন আশা দিলে। এটা তোমার বিশাল ত্যাগ, যা আমি কোনোদিন ভুলব না। বরং আমাদের পরিবারের প্রতিটি সদস্য চিরকাল তোমার প্রতি কৃতজ্ঞ থাকবে। আমি চেষ্টার ত্রুটি করব না যাতে চিম্পু তোমার নিঃস্বার্থ ভালোবাসার যোগ্য হয়ে ওঠে।"
তারপর সে বন্নোকে আরও কাছে টেনে নিয়ে গভীর ভালোবাসায় চুমু খেল।

অরবিন্দ ঘোষ

সুখের চমক

তারা এবারের 'বৈশাখী' উপলক্ষে নববর্ষ উদযাপনের পরিকল্পনা করেছিল। নতুন ব্যবসায়িক বছরের সূচনায় কান্তিলাল শুধু তার মুদি দোকানটি সংস্কার করলেন না, পাশাপাশি পাশের দোকানটি কিনে ব্যবসার পরিধি আরও বাড়ালেন। কৃষ্ণা ও কান্তিলাল মিলে একটি তিনচাকার টেম্পো কিনলেন, যাতে পাইকারি মাল এক জায়গা থেকে আরেক জায়গায় সহজেই পৌঁছে দেওয়া যায়। এখন কাছাকাছি গ্রামের মুদি ব্যবসায়ীদের শহরে গিয়ে মাল কেনার প্রয়োজন পড়ে না। তারা সবাই কান্তিলালের ওপর নির্ভরশীল। ঘরে বসেই ফোনে তাদের চাহিদার তালিকা পাঠিয়ে দিলেই কাঙ্ক্ষিত জিনিস পৌঁছে যায় দোকানে। এতে সবাই লাভবান হলো। বারবার শহরে যাওয়া মানে পুরো একটা দিনের ক্ষতি, আর কান্তিলাল ও কৃষ্ণা এখন কেবল এক কলের দূরত্বে। ফলে আশেপাশের সমস্ত মুদি দোকানিরা অত্যন্ত খুশি।

বৈশাখীর দিন কান্তিলাল তার নতুন সংস্কার করা ও সম্প্রসারিত দোকানে পুজোর আয়োজন করলেন। কৃষ্ণা, তুলসিভাবি এবং বান্নোর বাবা-মাকে তিনি আমন্ত্রণ জানালেন। নতুন দোকানের উদ্বোধন বান্নোর হাতে হবে, তারপর পুজোর আনুষ্ঠানিকতা সম্পন্ন হবে। সবাই নির্ধারিত সময়ে দোকানের সামনে জড়ো হলো ফিতে কাটার অনুষ্ঠানের জন্য। বান্নো তার শাশুড়িকে কাছে ডাকল, কাঁচি তার হাতে তুলে

দিয়ে বলল, "আপনি ফিতা কাটুন।" কেউই এই মহৎ উদ্যোগের প্রত্যাশা করেনি। বিমলাদাদীর অনুরোধে শেষমেষ দুজন একসঙ্গে ফিতা কাটলেন।

এরপর সবাই ভেতরে গেল, পুরোহিত পূজার প্রস্তুতি নিচ্ছিলেন। কান্তিলাল, বান্নো ও চিম্পু একসঙ্গে বসে পুজোর রীতি পালন করল। কিন্তু বান্নো নিজেকে বেশ অসুস্থ অনুভব করছিল। তবু সে কাউকে কিছু জানাতে চায়নি, কারণ সে চাইছিল না যে এই আনন্দঘন মুহূর্তে কেউ উদ্বিগ্ন হোক। কিন্তু বান্নোর মা খেয়াল করলেন তার শরীরটা ঠিক নেই। তিনি বিমলাদাদীর কানে কানে বললেন,

“তোমার বউমার আচরণে একটা পরিবর্তন দেখছি। নিশ্চয়ই কিছু লুকোচ্ছে! তুমি কিছু টের পেয়েছ?”

বিমলাদাদী সতর্ক হলেন। কিছুক্ষণ বান্নোর দিকে তাকিয়ে থাকার পর বুঝলেন, বান্নো আসলেই অসুস্থ। কিন্তু কী হয়েছে? সঙ্গে সঙ্গে কৃষ্ণাকে ডেকে বললেন, "ডাক্তারকে বাড়িতে ডেকে আনো।" কৃষ্ণা বেরিয়ে যাওয়ার পর, বিমলাদাদী পুরোহিতকে অনুরোধ করলেন, "পুজো দ্রুত শেষ করুন, আমাদের বাড়ি ফিরে যেতে হবে।" পুজো শেষ হলে সবাই বাড়ি ফিরল। কিছুক্ষণ পর ডাক্তারও এসে পৌঁছালেন। কান্তিলাল হতবাক হয়ে দেখলেন ডাক্তার বাড়ির ভেতরে ঢুকছেন। তিনি চিন্তিত হয়ে পড়লেন কে অসুস্থ? কেন সে কিছু জানে না? যখন বিমলাদাদী ডাক্তারকে বান্নোর ঘরে নিয়ে যেতে বললেন, কান্তিলালের উদ্বেগ আরও বেড়ে গেল।

"বান্নোর কী হয়েছে? কেন সে আমাকে কিছু জানায়নি?"

সবাই বাইরে অপেক্ষা করছিল। কিছুক্ষণ পর ডাক্তার হাসিমুখে বেরিয়ে এলেন এবং বললেন, "শুভ সংবাদ! বান্নো মা হতে চলেছে!"

সবাই আনন্দে চিৎকার করে উঠল, "ধন্যবাদ, ভগবান!"

বিমলাদাদী, তুলসিভাবি ও বান্নোর মা সঙ্গে সঙ্গে বান্নোর ঘরে ছুটে গেলেন। বান্নো তাদের পায়ে হাত দিয়ে প্রণাম করল। সবাই আশীর্বাদ করলেন তাকে। ডাক্তার তার খাবার ও দৈনন্দিন কার্যক্রমের বিশদ তালিকা দিলেন। রাতের খাবারের পর অতিথিরা যার যার বাড়ি ফিরে গেলেন। কান্তিলাল বসে ছিলেন বসার ঘরে, বান্নোর জন্য অপেক্ষা করছিলেন। আজকের দিনটা যেন এক অন্যরকম স্বপ্নের মতো কেটেছে। একসময় সবাই বান্নোকে 'অশুভ' বলত! কিন্তু ভাগ্যিস সেই নির্বোধ মানুষগুলো তাকে এই উপাধি দিয়েছিল, নাহলে আজ সে বান্নোর মতো জীবনসঙ্গিনী পেত না। সে-ই তো এই বাড়ির 'শুভ লক্ষ্মী'! তার জন্যই আজ সবকিছু এত সুন্দরভাবে গুছিয়ে গেছে।

চিম্পু যখন আড়াই বছরের ছিল, তখন তার মা প্রমিলা মারা গিয়েছিল। কিন্তু সে আজ তার মাকে ফিরে পেয়েছে। আজ চিম্পু পাঁচ বছর পূর্ণ করেছে। কিছুদিন আগেই বান্নো বলছিল, ওর ভালো স্কুলে ভর্তি হওয়া দরকার। কিন্তু এই গ্রামে ভালো স্কুল নেই।

ওদের এমন জায়গায় যেতে হবে যেখানে ভালো স্কুল থাকবে, কিন্তু ব্যবসার জন্য বেশি দূরেও হবে না।

এখন থেকে বান্নোর জন্য সময় দিতে হবে। সে যেন কখনো একাকীত্ব অনুভব না করে। এখন সে আবার বাবা হতে চলেছে! কী সৌভাগ্যবান সে! হঠাৎ বান্নো এল, হাতে এক কাপ গরম দুধ। কান্তিলাল কাপটা নিয়ে পাশে রাখল, তারপর বান্নোর হাত দুটো ধরে তাকে নিজের সামনে বসাল। বান্নো বসতেই কান্তিলাল তাকে তাকিয়ে জিজ্ঞাসা করল, "আজ সবাই এত আলাদা আচরণ করছে কেন?" বান্নো হাসল এবং বলল, "আমি নিশ্চিত ছিলাম না, তবে সমস্ত লক্ষণ ইতিবাচক ছিল। আমি তোমাকে আঘাত দিতে চাইনি, দয়া করে আমাকে ক্ষমা করো।"

কান্তিলাল খুশিতে অভিভূত হয়ে গেল। সে শুধু বান্নোকে আরও বেশি খুশি করতে চেয়েছিল। সে বলল, "তুমি আমাদের সবাইকে দারুণ এক সুসংবাদ দিয়েছো। দেখলে তো, আমরা সবাই কত খুশি! এবার তোমাকে খুশি করার পালা আমার। তুমি একটা ইচ্ছা প্রকাশ করো, আমি সেটা পূরণ করব।"

বান্নো বিস্মিত হয়ে বলল, "সত্যি? তুমি কি আমার ইচ্ছা পূরণ করবে?"

কান্তিলাল দৃঢ় কণ্ঠে বলল, "হ্যাঁ, তুমি যা চাও, আমি যথাসাধ্য চেষ্টা করব তা পূরণ করতে। এটা আমার প্রতিশ্রুতি।"

বান্নো মৃদু স্বরে বলল, "তাহলে আমায় একটা কথা দাও, তুমি চিম্পুর জন্য একটা ভালো স্কুল খুঁজতে শুরু

করবে। যদি আমাদের অন্য কোথাও যেতে হয়, তাও তুমি দ্বিধা করবে না। তুমি কি এটা আমার জন্য করতে পারবে? আমি চাই চিম্পু একদিন এই পৃথিবীর সবচেয়ে সফল মানুষ হয়ে উঠুক। বলো, তুমি কি আমার এই ইচ্ছা পূরণ করতে পারবে?"

কান্তিলাল হতবাক হয়ে গেল। সে কখনোই এই উত্তর আশা করেনি। সে বিস্মিত হলো এবং একইসঙ্গে আনন্দিতও। মানুষ এতটা নিঃস্বার্থ আর অন্যের জন্য ভাবতে পারে! যতই সে বান্নোকে জানার চেষ্টা করছিল, ততই যেন আরও বিভ্রান্ত হয়ে পড়ছিল। সে প্রতিশ্রুতি দিল যে শান্তিলালের পড়াশোনার ব্যাপারে সে কোনো আপস করবে না। প্রায় এক ঘণ্টা পর, বান্নো কান্তিলালের দিকে তাকিয়ে মৃদু হেসে বলল, "চলো, এবার আমাদের ঘরে চল।"

নতুন অতিথি

সময় দ্রুত বয়ে চলছিল। বান্নোর সঙ্গে সম্পর্কিত নানা আচার-অনুষ্ঠান সম্পন্ন হলো। চিম্পুকে একটি নামকরা পাবলিক স্কুলে ভর্তি করানো হবে, যা কাছের এক শহরে, প্রায় ৩০ কিলোমিটার দূরে অবস্থিত। অর্থাৎ, এখন তাদের এই জায়গা ছেড়ে যেতে হবে। এরই মাঝে কৃষ্ণার বিয়ের পাকা কথা হয়ে গেল। বান্নোর পুরোনো স্কুল বন্ধুদের একজনের ছোট বোনের সঙ্গে তার বাগদান সম্পন্ন হলো। এই প্রস্তাব বাস্তবে রূপ দেওয়ার জন্য বান্নো নিজেই অগ্রণী ভূমিকা নিয়েছিল। সবকিছু যেন খুব দ্রুতই এগিয়ে চলছিল।

অবশেষে সেই মাহেন্দ্রক্ষণ এলো; বান্নোকে হাসপাতালে ভর্তি করা হলো। সবকিছু স্বাভাবিকভাবেই চলল, আর বান্নো একটি কন্যাসন্তানের জন্ম দিল। আসলে কান্তিলাল মনের গভীরে কন্যা সন্তানের কামনাই করেছিল। তার ইচ্ছে পূরণ হলো। সবাই বান্নোকে অভিনন্দন জানাল এবং মা-মেয়ের দ্রুত আরোগ্য কামনা করল। চিম্পু ছিল বেজায় খুশি! গত সাত মাস ধরে সে শুনছিল যে তার জন্য একটি নতুন সঙ্গী আসতে চলেছে, যে তার সঙ্গে খেলবে, তার সাথে থাকবে। বান্নো খুব সতর্ক ছিল যাতে চিম্পু কখনো অবহেলিত বোধ না করে। পরিবারের সবাই এ বিষয়টি খুব মনোযোগ দিয়ে লক্ষ্য করছিল।

তিন দিন পর, বান্নো তার ছোট্ট কন্যাকে নিয়ে ঘরে ফিরে এলো।

নামকরণের দিনে, পরিবারের সবাই তাদের পছন্দমতো নাম প্রস্তাব করছিল। বান্নো চিম্পুকেও জিজ্ঞেস করল। সে এক মুহূর্ত ভাবল না—তার ছোট বোনের নাম সে দিল 'ছুটকি'। কান্তিলাল বলল, "তার নাম হোক 'চিন্ময়ী'।" সকলেই এই নামটি মেনে নিল। তাই, পরিবারের সকলের জন্য মেয়েটি হল 'ছুটকি', আর আনুষ্ঠানিক নাম রাখা হল 'চিন্ময়ী'। বান্নো সিদ্ধান্ত নিল যে সে চিম্পুর জন্য বেশি সময় দেবে, যাতে ভাই-বোনের সম্পর্ক মধুর হয়। সে চিম্পুকে সুযোগ দিল তার ছোট বোনকে দেখভাল করার, সন্ধ্যাবেলার খেলার পর ফাঁকা সময়ে ছুটকির যত্ন নেওয়ার দায়িত্ব দিল।

পরিবারের সবাই মিলে সিদ্ধান্ত নিল যে শান্তিলালকে (চিম্পু) একটি আবাসিক বিদ্যালয়ে পাঠানো হবে, যাতে সে শৃঙ্খলাবদ্ধ জীবনযাপন শিখতে পারে। কিন্তু বান্নো দ্ব্যর্থহীনভাবে জানিয়ে দিল, "না!" সে তার ছেলেকে নিজের কাছ থেকে দূরে পাঠাতে রাজি নয়। তার মত ছিল, শিশুদের তাদের মা-বাবার সঙ্গে বড় হতে দেওয়াই শ্রেয়, যতক্ষণ না পরিস্থিতি বাধ্য করে তাদের হোস্টেলে পাঠাতে। তাই বিকল্প হিসেবে ভাবা হলো—সেনা স্কুল, কেন্দ্রীয় বিদ্যালয় বা নবোদয় বিদ্যালয়। সৌভাগ্যবশত, কাছের শহরের সেনা স্কুল সম্প্রতি তাদের প্রাথমিক শাখা চালু করেছে, যা সেনাবাহিনীর কর্মকর্তাদের স্ত্রীদের দ্বারা পরিচালিত

হয়। সবাই একমত হলো যে শান্তিলালকে এই স্কুলেই ভর্তি করানো হবে।

তারা স্কুল পরিদর্শনে গেল। ছোট ছোট শিক্ষার্থীরা আনন্দে তাদের শিক্ষকদের সঙ্গে খেলছিল, পড়াশোনাকে উপভোগ করছিল। বান্নো চেয়েছিল তার ছেলে এমনই একটি পরিবেশে বেড়ে উঠুক— যেখানে শেখা হবে আনন্দের বিষয়, চাপের নয়। এখানে অভিভাবকদের একটি সাক্ষাৎকার নেওয়া হচ্ছিল, যাতে বোঝা যায়, তারা তাদের সন্তানের লালন-পালনে কতটা সময় দিতে পারবেন। বান্নো তার জবাবে উপস্থিত সবাইকে সন্তুষ্ট করল। ফলে, শান্তিলাল সরকারি সেনা স্কুলের প্রাথমিক বিভাগে ভর্তি হয়ে গেল।

এখন, তাদের পুরো পরিবারকে শহরে স্থানান্তরিত হতে হবে। তারা স্কুলের কাছেই দুটি ঘরের একটি ভাড়া ফ্ল্যাট নিয়ে নিল। সিদ্ধান্ত হলো, কান্তিলাল সপ্তাহের কয়েকদিন গ্রামে থাকবে, আর ছুটির দিনে শহরে এসে পরিবারের সঙ্গে থাকবে। অবশেষে, পরিবারটি শহরে চলে এলো এবং শান্তিলালের শিক্ষাজীবন শুরু হলো। বান্নোর মা-বাবাও নিয়মিত তাদের বাড়িতে আসবেন, যাতে মেয়েকে নতুন জায়গায় সহজে মানিয়ে নিতে সাহায্য করা যায়।

শহরের জীবন

তাই, পরিবারটি শহরে চলে এলো। তুলসীভাবি বান্নোর সাহায্যের জন্য তাদের সাথে এলেন। তিনি বান্নোর জন্য একজন গৃহসহায়িকা জোগাড় করলেন। নতুন বাড়ির আসবাব কিনতে তারা ফার্নিচারের দোকানে গেলেন। সেখানে তাঁরা প্রয়োজনীয় আসবাবপত্র বেছে নিলেন; একটি ডাবল বেড, একটি সিঙ্গেল বেড, একটি ডাইনিং টেবিল সেট, শান্তিলালের জন্য একটি পড়ার টেবিল এবং ছোট্ট ছুটকির জন্য একটি দোলনা। রান্নাঘরের কিছু বাসনও কেনা হলো। কান্তিলাল নিজেই বাজার থেকে নিত্যপ্রয়োজনীয় জিনিসপত্র নিয়ে এলেন এবং রান্নাঘর চালু হয়ে গেল। তুলসীভাবি এক সপ্তাহ থেকে কান্তিলালের সঙ্গে গ্রামে ফিরে গেলেন।

এদিকে, কান্তিলাল তার ব্যবসাকে অনেকটাই বাড়িয়ে ফেলেছিলেন। এখন তিনি অর্থনৈতিকভাবে যথেষ্ট স্বচ্ছল। তিনি বান্নোর জন্য এক চমকপ্রদ উপহার দিতে চাইলেন। তাঁর পরিকল্পনা ছিল বান্নোর জন্মদিনে তাকে একটি ওমনি গাড়ি উপহার দেওয়া এবং তাকে ড্রাইভিং স্কুলে ভর্তি করানো। যাতে সে নিজেই শান্তিলালকে স্কুলে পৌঁছে দিতে পারে, আর এতে তার আত্মবিশ্বাস বাড়বে। তিনি কৃষ্ণার সঙ্গে আলোচনা করে গাড়ির বুকিং দিয়ে দিলেন। ডিলার ব্যাংকের মাধ্যমে ৫০% লোন ও ইএমআই-এর ব্যবস্থা করে দিলেন।

এই ব্যাপারে কিছু না জানিয়ে, কান্তিলাল এবং কৃষ্ণা শহরের একটি হোটেলে রাতের খাবারের ব্যবস্থা করলেন এবং সকল আত্মীয়স্বজনকে নিমন্ত্রণ করলেন। বান্নোর বাবা-মা তাকে উপহার হিসেবে একটি বড় টিভি দেবেন বলে ঠিক করলেন। তুলসীভাবির পরিবার একটি মাইক্রোওভেন ও কেক বানানোর সামগ্রী উপহার দেবে। এসবের কিছুই বান্নোর জানা ছিল না। অবশেষে সেই বিশেষ দিন এসে গেল। বান্নো অধীর আগ্রহে কান্তিলালের জন্য অপেক্ষা করছিল। সে ভেবেছিল সকালেই কান্তিলাল তাকে শুভেচ্ছা জানাবে, কিন্তু কান্তিলাল এলেন বিকেলে। তিনি একগুচ্ছ ফুল নিয়ে বান্নোর সামনে দাঁড়িয়ে বললেন, "শুভ জন্মদিন!" বান্নোর মুখ উজ্জ্বল হয়ে উঠল!

কান্তিলাল বললেন, "আজ আমরা বাইরে খেতে যাবো, সবাই মিলে। মা-কেও নিয়ে যাবো। তুমি সন্ধ্যা ৬টার মধ্যে প্রস্তুত থেকো।" শান্তিলাল আনন্দে লাফিয়ে উঠল। সে ছোট্ট ছুটকিকে কোলে নিয়ে আদর করতে লাগল। বান্নো ছেলেমেয়েদের তৈরি করল, কান্তিলালের পোশাক বেছে দিলো, তারপর নিজে সাজতে গেল। যখন সে ঘর থেকে বেরোল, কান্তিলাল অবাক হয়ে গেলো। বান্নোকে অপূর্ব দেখাচ্ছিল! সে কাছে গিয়ে বলল, "তুমি আজ অসম্ভব সুন্দর লাগছে! আমি তোমাকে খুব ভালোবাসি।"

সবাই রিকশায় চেপে রেস্টুরেন্টে পৌঁছাল। কিন্তু সেখানে কেউ তাদের স্বাগত জানাল না। কান্তিলাল বান্নোকে ভেতরে নিয়ে গেলো। সেখানে একটা লম্বা

টেবিলের মাঝখানে বিশাল একটা কেক রাখা ছিল। বান্নো অবাক হয়ে বসে পড়লো। হঠাৎ, ঘরের কোণা থেকে পরিচিত কণ্ঠস্বর একসঙ্গে গেয়ে উঠল "হ্যাপি বার্থডে টু ইউ, বান্নো!" বান্নো চমকে তাকিয়ে দেখল, তার বাবা-মা, তুলসীভাবি, কৃষ্ণা সবাই সেখানে! চোখের কোনায় জল চিকচিক করছিল তার। সে কখনো ভাবতেও পারেনি, এত ভালোবাসা পাবে! কান্তিলালের প্রতি তার কৃতজ্ঞতার শেষ রইল না। ঠিক তখনই কৃষ্ণা ঘোষণা করল, "চলুন সবাই একবার বাইরে চলি, কান্তিলাল আপনাদের জন্য একটা চমক রেখেছে!"

সবাই কিছুটা কৌতূহল নিয়ে বাইরে বেরোল। সেখানে দাঁড়িয়ে কান্তিলাল, তার পাশে চকচকে নতুন এক ওমনি গাড়ি!

বান্নো চমকে উঠল, "ওহ ঈশ্বর!"

কান্তিলাল চাবি বের করে বান্নোর হাতে দিল, "এটা তোমার জন্মদিনের উপহার, বান্নো! খুব তাড়াতাড়ি তুমি নিজেই গাড়ি চালাতে পারবে!"

বান্নো নির্বাক। চোখ থেকে টপটপ করে জল পড়তে লাগলো। এটা কি স্বপ্ন?

বান্নোর বাবা-মা বিস্ময়ে চেয়ে ছিলেন। তাদের মেয়েটা এত ভাগ্যবান! তারা কান্তিলালকে আশীর্বাদ করলেন। নতুন গাড়ির জন্য নারিয়াল ভেঙে পূজা করা হলো। আবার কেক কাটার সময় এলো। সবাই আনন্দে হাততালি দিল, যখন কান্তিলাল আর বান্নো একে অপরকে কেক খাওয়াল। তারপর এলো আরো চমক।

বাবা-মা তাকে দিলেন বিশাল এক টিভি। তুলসীভাবি দিলেন মাইক্রোওভেন। বান্নো মনে মনে ঈশ্বরকে কৃতজ্ঞতা জানাল।

কান্তিলাল হঠাৎ বলল, "চলো, একবার গাড়িতে বসে দেখি!"

শান্তিলাল পেছনের আসনে বসল, কোলে ছুটকি। সামনে কান্তিলাল আর বান্নো। বান্নো একটু সন্দেহের দৃষ্টিতে তাকাল। কান্তিলাল কি গাড়ি চালাতে জানে? তার লাইসেন্স আছে? কান্তিলাল তার হাসির মধ্যে সব বুঝে নিয়ে পকেট থেকে লাইসেন্স বের করে দেখাল, "এই যে, প্রমাণ দেখো! আমি ঠিকঠাক ড্রাইভ করব!" বান্নো অবাক হল। কান্তিলাল তখনই স্বীকার করল, ছয় মাস আগে কৃষ্ণার পরামর্শেই সে ড্রাইভিং শিখেছে।

তারপর গাড়ি স্টার্ট করল কান্তিলাল।

বান্নো মনে মনে ভাবল, "এ যেন কোনো রূপকথার গল্প!"

তারা শহরের এক নতুন দিক ঘুরে দেখতে বেরোল। একসময় গাড়ি থামল নদীর ধারে, যেখানে সেতু শেষ হয়েছে। বান্নো নদী আগে কখনো দেখেনি, শুধু শুনেছিল। আজ দেখল। কান্তিলাল বলল, "চলো, একটু ভেতরে যাই।" তারা প্রবেশ করল বিশাল এক নদীর ধারে নির্মিত পার্কে।

সেখানে ছিল আলো ঝলমলে টাওয়ার লাইট, প্রশস্ত পথ, ফুলের বাগান, বসার বেঞ্চ, শিশুপার্ক, যোগ ব্যায়ামের জন্য আলাদা জায়গা, দৌড়ানোর ট্র্যাক,

সবুজ গাছপালা; এক স্বপ্নময় পরিবেশ! শান্তিলাল আনন্দে ছুটে গেল দোলনার দিকে। কান্তিলাল বলল, "বান্নো, তুমিও একটু দোলো!"

বান্নো ছুটকিকে কোলে নিয়ে দোলনায় বসল। কান্তিলাল ধীরে ধীরে দোল দিল। বান্নো চোখ বন্ধ করল। মনে হলো, সে উড়ে যাচ্ছে। তারপর সে কান্তিলালকে বলল, "ছুটকিকে তুমি ধরো, এবার আমি একা দোল খেতে চাই!" অনেক বছর পর সে নিজের জন্য আনন্দ করছিল। এরপর, বান্নো কান্তিলালকে বলল, "তুমি এবার দোল খাও!" কান্তিলালও দোলনায় বসল, হাসতে হাসতে বান্নোর দিকে তাকাল। এই শহরের জীবন, এই দিন, এই মুহূর্ত—সব যেন এক অপূর্ব স্মৃতি হয়ে থাকল তাদের জন্য।

বান্নোর ফোন বেজে উঠল; বিমলাদাদী ও বাকিরা সবাই রেস্তোরাঁয় তাদের অপেক্ষা করছিলেন রাতের খাবারের জন্য। ফোনের শব্দে বান্নো বাস্তবে ফিরে এল। এতক্ষণ সে যেন আনন্দের মেঘে ভেসে চলছিল। এবার সে বাস্তবতায় ফিরল। তাড়াতাড়ি কান্তিলালকে দোলনা থেকে নামতে বলল। অনেক দেরি হয়ে গেছে, সবাই তাদের জন্য অপেক্ষা করছে। শাশুড়ি মা-ও ফোন করে তাড়া দিচ্ছিলেন তাড়াতাড়ি ফিরে আসার জন্য।

তারা রেস্তোরাঁয় পৌঁছাতেই দেখল, সবাই টেবিলে বসে তাদের অপেক্ষা করছে। কৃষ্ণা আগেই খাবারের অর্ডার দিয়ে দিয়েছিল, যা কান্তিলাল আর সে একসঙ্গে ঠিক করেছিল। শান্তিলাল উত্তেজিত হয়ে

সবাইকে জানাতে লাগল কী কী ঘটেছে। সে নিজের কথা, তার মায়ের কথা (শান্তিলাল এখন থেকেই তার পরীর মতো বন্ধুটিকেই মা বলে ডাকছিল) আর বাবার কথাও বলল। সবাই হাসিমুখে শুনছিল। বিমলাদাদী রসিকতা করে বললেন, তিনিও দোলনায় দুলতে চান! তবে তিনি ছেলের সঙ্গে যাবেন না, যাবেন কেবল তখনই যদি বান্নো তাকে গাড়ি চালিয়ে নদীর ধারে নিয়ে যায়।

কিন্তু বান্নো গাড়ি চালাতে জানত না। সবাই মিলে তাকে চ্যালেঞ্জ ছুঁড়ে দিল গাড়ি চালানো শেখার জন্য, যাতে সে তার শাশুড়ির ইচ্ছা পূরণ করতে পারে। খানিকটা দ্বিধায় পড়লেও বান্নো শেষমেশ চ্যালেঞ্জ গ্রহণ করল। পরিবারের মধ্যে একটা সুন্দর মুহূর্ত কাটল। তারপর সবাই যার যার বাড়ির পথে রওনা দিল কান্তিলালের নতুন গাড়িতে চড়ে। বান্নো, বিমলাদাদী আর বাচ্চারা নিজেদের অ্যাপার্টমেন্টে ফিরে এল।

ছুটকি আর চিম্পু ঘুমিয়ে পড়ার পর, বান্নো তাদের পাশে শুয়ে পড়ল। নিজের ভাগ্যের কথা ভাবতে লাগল। আগের বিয়েটা ভেস্তে যাওয়া কি দুর্ভাগ্যের ছিল, নাকি সেটাই তার মঙ্গলের জন্য ঘটেছিল? সে বুঝতে পারল না, সৃষ্টিকর্তা কীভাবে মানুষের জীবন সাজিয়ে দেন। কিন্তু সে তাঁকে ধন্যবাদ জানাল। কারণ সে সুখী ছিল, নিজেকে সৌভাগ্যবতী মনে করছিল। সে আরও কিছু চাইতে পারত না। এখন পালা তার দায়িত্ব পালনের। শক্তি দিতে হবে তাঁকে, যাতে সে তার সব কর্তব্য যথাযথভাবে পালন করতে পারে।

শান্তিলাল ছিল অসাধারণ মেধাবী ছেলে। তাকে সঠিকভাবে গড়ে তুলতে হবে, যাতে সে ভবিষ্যতে বড় কিছু করতে পারে। শাশুড়ি মা তাকে খুব ভালোবাসতেন, পরিবার নিয়ে অনেক স্বপ্ন ছিল তার। বিমলাদাদী পুরোপুরি তার ওপর নির্ভরশীল। কখনো তার কোনো আচরণে যেন বিমলাদাদীর মনে কষ্ট না লাগে। আর ছুটকি—বান্নো চায়, সে বড় হয়ে এমন একজন সফল ভারতীয় নারী হোক, যে সারা বিশ্ব জয় করবে। শান্তিলাল বোনকে অসম্ভব ভালোবাসে, সে নিশ্চয়ই ছুটকির পথপ্রদর্শক হবে। এইসব ভাবতে ভাবতে বান্নোর চোখ বুজে এল, সে গভীর ঘুমে তলিয়ে গেল।

পরদিন, প্রতিদিনের মতোই সে ভোরে উঠে কাজে লেগে গেল। শান্তিলাল আজ স্কুল যাওয়ার জন্য ভীষণ উৎসাহী ছিল। সাধারণত নতুন স্কুলে প্রথম প্রথম বাচ্চারা যেতে চায় না, কিন্তু শান্তিলাল ছিল ব্যতিক্রম। ছুটকি তখন বিমলাদাদীর কোলে ছিল, আর বান্নো ছেলেকে সঙ্গে নিয়ে বেরিয়ে পড়ল স্কুলের উদ্দেশ্যে। দাদী তাদের বিদায় জানিয়ে নিজের ঘরে ফিরে গেলেন।

বান্নোর জীবনের পরিবর্তন

পরবর্তী শুক্রবার রাতে, কান্তিলাল তিন বাক্স চিজ পিজ্জা নিয়ে শহরে এল। সবাই মিলে আনন্দ করে পিজ্জা খেল, যদিও বিমলাদাদী সাধারণ ডাল-রুটি খেতেই পছন্দ করলেন। পরের দিন বান্নোকে সঙ্গে নিয়ে শান্তিলালকে স্কুলে পৌঁছে দেওয়ার পরিকল্পনা করা হয়। তারপর কান্তিলাল তাকে একটি চমক দিতে চাইল। গাড়ি একটি অজানা জায়গায় গিয়ে থামল। বান্নো বোঝার চেষ্টা করছিল, কিন্তু সাইনবোর্ড দেখে সে অবাক হয়ে গেল, এটি ছিল "খেতান ড্রাইভিং স্কুল"। সে হতবাক হয়ে স্বামীর দিকে তাকিয়ে জিজ্ঞাসা করল, "আমরা এখানে কেন এসেছি? তুমি কি সত্যি সিরিয়াস?"

কান্তিলাল শুধু মাথা নেড়ে সম্মতি জানাল। বান্নো আবার বলল, "তুমি কি নিশ্চিত যে আমি শিখতে পারব? আমার খুব নার্ভাস লাগছে, আত্মবিশ্বাস নেই। এতে শুধু আমাদের সময়, টাকা আর পরিশ্রম নষ্ট হবে। আমি অনুরোধ করছি, আমাকে এখানে ভর্তি করিও না।" কান্তিলাল কিছু না বলে সোজা স্কুলের অফিসে ঢুকে ম্যানেজারের কাছে ভর্তি সংক্রান্ত তথ্য জিজ্ঞাসা করল। ম্যানেজার তাকে ফর্ম দিলেন এবং জানতে চাইলেন কে গাড়ি চালানো শিখবে। কান্তিলাল তখন বান্নোকে ভেতরে ডেকে বলল, "এই যে এলেন, আমার স্ত্রী, বান্নো ম্যাডাম, যিনি আপনার ইন্সট্রাক্টরের কাছে গাড়ি চালানো শিখবেন। উনি খুবই প্রতিভাবান

ও বুদ্ধিমতী। আমি নিশ্চিত উনি খুব তাড়াতাড়ি শিখে ফেলবেন।"

তারপর সে বান্নোর দিকে তাকিয়ে বলল, "তুমি তো চ্যালেঞ্জ নিয়েছ, এখন আর পিছিয়ে আসতে পারবে না। যদি পিছু হটো, তাহলে সবাই আমাকেই দোষ দেবে। তুমি নিশ্চয়ই তা চাও না। সুতরাং, আমাদের সম্মানের জন্যই তোমাকে শুধু গাড়ি চালানো শিখতে হবে না, রেকর্ড সময়ের মধ্যে ড্রাইভিং লাইসেন্সের পরীক্ষাও পাশ করতে হবে।" বান্নোর মনে পড়ল আগের রাতের সেই চ্যালেঞ্জ, যা সবাই তাকে দিয়েছিল এবং সে গ্রহণ করেছিল। সে সাহস সঞ্চয় করে ইন্সট্রাক্টরকে জিজ্ঞাসা করল, "স্যার, এখন পর্যন্ত আপনার কোন ছাত্র-ছাত্রী সবচেয়ে কম সময়ের মধ্যে গাড়ি চালানো শিখে এবং সফলভাবে ড্রাইভিং লাইসেন্স পরীক্ষায় পাশ করেছে?"

কান্তিলাল অবাক হয়ে গেল বান্নোর হঠাৎ করে বেড়ে যাওয়া আত্মবিশ্বাস দেখে। সে মিটিমিটি হাসছিল, আর বান্নো ভর্তি ফর্ম পূরণ করছিল। ঠিক হল, প্রতিদিন শান্তিলালকে স্কুলে নামিয়ে দিয়ে বান্নো তিন ঘণ্টা ড্রাইভিং স্কুলে প্রশিক্ষণ নেবে। তারপর আবার স্কুল থেকে ছেলেকে নিয়ে বাড়ি ফিরবে। সবাই নিশ্চিত ছিল যে বিমলাদাদী সেই সময় ছুটকির দেখাশোনা করতে পারবেন। বান্নো এর আগে কখনও এমন রোমাঞ্চ অনুভব করেনি। পরের দিন সে জীবনের এক নতুন অধ্যায়ে পা রাখতে চলেছে। যখন সে ড্রাইভিং লাইসেন্স পাবে, তখন স্বাধীনতার অর্থ তার কাছে এক নতুন রূপ নেবে। কান্তিলাল তাকে

ডাকছিল, কিন্তু সে যেন এক অদ্ভুত ঘোরের মধ্যে ছিল। কান্তিলাল তার কাঁধে হাত রেখে নাড়িয়ে দিয়ে বলল, "কী হলো? কী ভাবছিলে এত গভীর মনোযোগ দিয়ে?" বান্নো শুধু মাথা নেড়ে হাসল, কিছু বলল না। কান্তিলালও আর জোর করল না, বরং বলল, "ভর্তি প্রক্রিয়া শেষ করো, ফি জমা দাও।"

তারপর তারা শান্তিলালের স্কুলের দিকে রওনা দিল। ছেলেকে নিয়ে ফেরার পথে মিষ্টি কিনল বাড়িতে পূজোর জন্য। বিমলাদাদী অনুমান করলেন নিশ্চয়ই ভালো কিছু ঘটেছে। যখন জানলেন যে বান্নো ড্রাইভিং স্কুলে ভর্তি হয়েছে, তখন তিনি খুশিতে আশীর্বাদ করলেন। সবাই আনন্দ করল এবং মিষ্টি খেয়ে উদযাপন করল। পরদিন সকালেই কান্তিলাল শান্তিলালকে স্কুলে নামিয়ে দিয়ে বান্নোকে ড্রাইভিং স্কুলে পৌঁছে দিল। তারপর তাকে গ্রামে ফিরে যেতে হলো, কারণ কৃষ্ণা একাই পুরো পাইকারি ব্যবসার চাপ সামলাচ্ছিল। কান্তিলাল চলে যাওয়ার পর, ড্রাইভিং স্কুলের প্রশিক্ষক বান্নোকে তিনটি গাড়ি দেখিয়ে জানতে চাইলেন, কোনটি দিয়ে সে শিখতে চাইবে। বান্নো যুক্তি করে বলল, "আমি ওমনি গাড়ি দিয়েই শিখতে চাই, কারণ ড্রাইভিং লাইসেন্স পাওয়ার পর আমাকেই এই গাড়ি চালাতে হবে।"

প্রথম এক ঘণ্টা প্রশিক্ষক তাকে স্টিয়ারিং, ক্লাচ, ব্রেক, অ্যাক্সেলেটর ও গিয়ারের কাজ বুঝিয়ে দিলেন। তারপর তিনি বান্নোকে ড্রাইভিং সিটে বসিয়ে 'মক ড্রাইভিং' করতে বললেন। প্রশিক্ষক নির্দেশ দিচ্ছিলেন— "গিয়ার বদলাও, অ্যাক্সেলেটরে চাপ

দাও, ক্লাচ চেপে ধরো, সামনে তাকিয়ে থাকো"—এভাবে একের পর এক নির্দেশ। বারবার এই মহড়া করার পর, যখন বান্নো পুরোপুরি আত্মবিশ্বাসী হয়ে উঠল, তখন প্রশিক্ষক তাকে গাড়ি স্টার্ট করা শেখালেন। প্রথমে একটু দ্বিধাগ্রস্ত হলেও ধীরে ধীরে সে সমস্ত ভয় কাটিয়ে উঠল।

শিক্ষা সেশনের পরপরই বান্নো ছুটল শান্তিলালকে আনতে।

সন্ধ্যায় বাড়িতে সবাই অপেক্ষা করছিল বান্নোর প্রথম দিনের অভিজ্ঞতা শোনার জন্য। বিমলাদাদী লক্ষ্য করলেন, বান্নোর মধ্যে এক নতুন প্রাণচাঞ্চল্য দেখা দিয়েছে; যেন এই সুযোগটা ওর আত্মবিশ্বাসকে আবার ফিরিয়ে এনেছে। শান্তিলাল আর বিমলাদাদী একের পর এক প্রশ্ন করতে লাগল। বান্নো হাসিমুখে তাদের সব প্রশ্নের উত্তর দিল। সে তার কলেজ জীবনের কথা মনে করল, যখন তার মধ্যে এত আত্মবিশ্বাস ছিল যে কোনো চ্যালেঞ্জের মুখোমুখি হওয়ার জন্য। সেই পুরনো স্মৃতির সাথে আবার একটি মুখ ভেসে উঠল; সেই ব্যক্তি, যে তার জীবন প্রায় ধ্বংস করে দিয়েছিল। প্রথমবারের মতো বান্নোর মনে হলো, সুযোগ পেলে সে সেই দোষীকে খুঁজে বের করে শাস্তি দিতে চায়।

ছুটকি সকাল থেকেই অপেক্ষা করছিল মায়ের জন্য। বান্নো তাকে কোলে তুলে নিয়ে আদর করল, চিম্পুকেও ডাকল। তিনজনে কিছুক্ষণ খেলাধুলা করল, তারপর ছুটকিকে চিম্পুর হাতে দিয়ে সে তার দৈনন্দিন কাজ শেষ করতে চলে গেল। ছুটকির প্রথম

জন্মদিনের দিনই ছিল বান্নোর ড্রাইভিং টেস্ট। কান্তিলাল তাদের সাথে গিয়েছিল আঞ্চলিক পরিবহন অফিসে (RTO)। গত পাঁচ দিন ধরে সে বান্নোকে গাড়ি চালনার পর্যাপ্ত অনুশীলন করিয়েছিল।

পরীক্ষার আগে এক অফিসার বান্নোকে কিছু সিগন্যাল এবং ট্রাফিক নিয়ম সম্পর্কে জিজ্ঞাসাবাদ করলেন, তারপর তাকে নিজস্ব ওমনি গাড়িতে পরীক্ষকের সাথে ড্রাইভিং টেস্ট দিতে বললেন। বান্নো নিখুঁতভাবে প্রতিটি কাজ সম্পন্ন করল— নির্দিষ্ট নম্বর আট রুট, ইউ-টার্ন, ট্রাফিক সিগন্যাল অতিক্রম করা ইত্যাদি। পরীক্ষক সন্তুষ্ট হয়ে তাকে অভিনন্দন জানালেন এবং বললেন, "আপনি লাইসেন্স পাওয়ার জন্য উপযুক্ত। কাল এসে আপনার লাইসেন্স সংগ্রহ করুন।" বাড়ি ফিরে সবাই উচ্ছ্বসিত হয়ে মিষ্টি আর কেক নিয়ে দেবতার সামনে প্রার্থনা করল এবং ছুটকির জন্মদিন উদযাপন করল।

কান্তিলাল বান্নোকে কাছে টেনে নিয়ে বলল, "আমি জানতাম, তোমাকে গাড়ি উপহার দেওয়াটা বৃথা যাবে না। আমি তোমার উপর পূর্ণ বিশ্বাস রেখেছিলাম, আর তুমি আমার বিশ্বাসকে সত্য প্রমাণ করেছ। কিন্তু এটাতো কেবল প্রথম ধাপ। এখন আমি তোমাকে আরেকটি দায়িত্ব দিতে চাই। আমার পড়াশোনা করা হয়ে ওঠেনি, কিন্তু আমার একটা স্বপ্ন আছে। আমি চাই, আমাদের পুরো পরিবার— তুমি, শান্তিলাল, আর ছুটকি— সবাই উচ্চশিক্ষিত হোক। মানুষ আমাদের চিনবে শিক্ষিত পরিবার হিসেবে। বাচ্চাদের নিয়ে আমি কোনো দুশ্চিন্তা করি না, কারণ তুমি তাদের

পথপ্রদর্শক। কিন্তু তোমার ব্যাপারে আমার একটা ইচ্ছে আছে— তুমি তো গ্র্যাজুয়েশন শেষ করেই পড়াশোনা ছেড়ে দিয়েছিলে, তাই না? বিয়ের পর পরিস্থিতির কারণে তুমি আর পড়তে পারোনি।

এখন দশ বছর হয়ে গেছে, পড়াশোনায় ফেরা সহজ নয়। তবুও আমি চাই তুমি বিশ্ববিদ্যালয়ে ভর্তি হয়ে পোস্ট-গ্র্যাজুয়েশন সম্পন্ন করো। তোমার নিজের গাড়ি আছে, তুমি শান্তিলালকে স্কুলে নামিয়ে দিয়ে ক্লাসে যেতে পারবে, কয়েক ঘণ্টা পড়াশোনা করে আবার তাকে আনতে পারবে। বলো, তুমি রাজি?" বান্নো বিস্ময়ে হতবাক হয়ে গেল! কান্তিলাল কি সত্যিই তাকে এত ভালোবাসে? এত মানবিক? সে নিজেকে ভাগ্যবান মনে করল। স্বামীর প্রস্তাব কি সে ফিরিয়ে দিতে পারে?

সে একটুও দ্বিধা না করে বলল, "আমি তোমার প্রস্তাব ফিরিয়ে দেব না। তবে আমাকে একটু সময় দাও ভাবার জন্য। আমি এমন একটি বিষয় বেছে নিতে চাই, যা ভবিষ্যতে আমার জন্য ক্যারিয়ার হিসেবে কাজ করবে। এটা কি ঠিক হবে?" কান্তিলাল খুশি মনে মাথা নেড়ে সম্মতি জানাল। সে বান্নোকে কাছে টেনে নিয়ে সস্নেহে তার কপালে একটি চুমু এঁকে দিল। এটি শুধু এক নতুন গাড়ি চালানোর গল্প ছিল না, এটি ছিল বান্নোর জীবনের নতুন পথচলার শুরু। এক নতুন পরিচয়ের দিকে অগ্রসর হওয়ার গল্প।

বান্নো: এক শিক্ষার্থীর নতুন যাত্রা

নতুন একাডেমিক সেশন আসন্ন, আর কান্তিলাল ও বান্নোর পরিবারে একের পর এক আলোচনার সভা বসছে। বান্নো কোন বিষয়ে স্নাতকোত্তর করবে, তা কেউ ঠিক করে উঠতে পারছিল না। সীমাবদ্ধতা অনেক। শান্তিলাল ও ছোট্ট ছুটকি; এই দুই সন্তানকেই কোনোভাবেই অবহেলা করা যাবে না। তাদের দেখভালের দায়িত্ব বান্নোরই নিতে হবে। বান্নো জীববিজ্ঞানের ছাত্রী ছিল। তাকে এমন একটি বিষয় বেছে নিতে হবে যা তার ভবিষ্যৎ ক্যারিয়ারের ভিত্তি গড়তে সাহায্য করবে। কলেজজীবনে তার প্রিয় বিষয় ছিল রসায়ন। তাই বায়োকেমিস্ট্রিও হতে পারে একটি ভালো বিকল্প। কিন্তু বিশ্ববিদ্যালয়ে গিয়ে সে জানতে পারল, এক নতুন বিষয় শুরু হচ্ছে—ইন্ডাস্ট্রিয়াল কেমিস্ট্রি। তবে এই কোর্সের জন্য প্রচুর চাহিদা থাকায় বিশ্ববিদ্যালয় একটি স্ক্রিনিং টেস্ট নেবে।

বান্নো কোনো চ্যালেঞ্জ গ্রহণ করতে পিছপা হয় না। সে দরখাস্ত পূরণ করে, ফি জমা দেয় ও পরীক্ষায় বসে। সহজ ছিল না পরীক্ষা। দশ বছর ধরে পড়াশোনার সঙ্গে সরাসরি যোগাযোগ ছিল না তার। তবে কৃষ্ণা পাশে ছিল। সে কিছু ইন্ডাস্ট্রিয়াল কেমিস্ট্রির বই জোগাড় করে দেয়, যা পড়ে বান্নো প্রস্তুতি নিতে পারে। পরীক্ষায় সে চমৎকার নম্বর পায় এবং বিশ্ববিদ্যালয়ে ইন্ডাস্ট্রিয়াল কেমিস্ট্রিতে

স্নাতকোত্তরের সুযোগ পেয়ে যায়। বান্নোর পাশে ছিল কান্তিলাল, কৃষ্ণা, তুলসিভাবি, বিমলাদাদী, তার বাবা-মা। দাদা-দাদীরা আর নেই, কয়েক মাসের ব্যবধানে দুজনই বিদায় নিয়েছেন। এবার বান্নো—দুই সন্তানের মা, কান্তিলালের স্ত্রী, বিমলাদাদীর বউমা, মা-বাবার আদরের মেয়ে, কৃষ্ণার বোন—এক নতুন জীবন শুরু করল, শিক্ষার্থীর জীবন।

নতুন চ্যালেঞ্জ, সংসার, সন্তান ও পড়াশোনা

বান্নো দৃঢ়প্রতিজ্ঞ ছিল, তার পড়াশোনা শান্তিলালের পড়াশোনার ক্ষতি হতে দেবে না। ছুটকিও তো এখনো ছোট। বিমলাদাদী সকালবেলা রান্নার দায়িত্ব নিয়ে নিলেন, সন্ধ্যার রান্নার কাজ বান্নো নিজে করবে। সময় ব্যবস্থাপনাই ছিল সবচেয়ে বড় চ্যালেঞ্জ। তবে সৃষ্টিকর্তা যেন তাদের সাহায্য করতে চেয়েছিলেন। কান্তিলাল প্রতিদিনই তাকে গাড়িতে পৌঁছে দিত ও ফিরিয়ে আনত। কৃষ্ণা ছিল ব্যবসার দায়িত্ব সামলানোর জন্য। প্রথম সেমিস্টারে বান্নো ছিল তৃতীয়, কিন্তু দ্বিতীয় সেমিস্টারে সে প্রথম স্থান অধিকার করল।

এটা ছিল পুরো পরিবারের জন্য গর্বের মুহূর্ত। সবাই তাকে অভিনন্দন জানাল। শান্তিলালও অসাধারণ ছাত্র, সেও প্রথম স্থান অর্জন করল। পুরো পরিবার আনন্দে মেতে উঠল। কান্তিলালের আনন্দ যেন বান্নোর চেয়েও বেশি ছিল। তার স্বপ্ন ধীরে ধীরে বাস্তব হয়ে উঠছে। শেষ এক বছর, দুটো সেমিস্টার বাকি। তৃতীয় সেমিস্টারে বান্নো আগের মতোই সেরা স্থান দখল করল। কিন্তু চতুর্থ সেমিস্টারের শুরুতেই বিশাল সমস্যা দেখা দিল।

কঠিন সিদ্ধান্তের মুখে বান্নো

চতুর্থ সেমিস্টারের প্রথম দিনই ডিরেক্টর ঘোষণা করলেন, এই সেমিস্টারে কোনো ক্লাসরুম পড়াশোনা হবে না। এবার সবাইকে বাস্তব জীবনে শেখার জন্য দেশের বিভিন্ন শিল্প কারখানায় ইন্টার্নশিপ করতে হবে। তিনি আরও জানালেন, মেধা তালিকায় প্রথম তিনজনের জন্য বিশেষ সুযোগ থাকবে। কিছু নামী কোম্পানি এই তিনজনকে তাদের ইন্ডাস্ট্রিতে ইন্টার্নশিপের সুযোগ দেবে, ভালো পারফর্ম করলে স্থায়ী চাকরির সুযোগও মিলবে। তাছাড়া, স্টাইপেন্ডও মিলবে বেশ ভালো পরিমাণে। বান্নোর মাথায় যেন আকাশ ভেঙে পড়ল! তাদের শহরে কোনো বড় রাসায়নিক কারখানা নেই। নিকটবর্তী কারখানাগুলো মুম্বাইয়ের কাছাকাছি। এখন কী করবে সে? পড়াশোনা কি মাঝপথে ছেড়ে দেবে?

সে জানত, কান্তিলাল আগে থেকেই তথ্য সংগ্রহ করেছিল এবং জানত যে এই ইন্টার্নশিপ না করলে কোর্স সম্পন্ন হবে না। এখন বান্নোকে সিদ্ধান্ত নিতেই হবে। সে পরিবারের সবার সঙ্গে পরামর্শ করবে। কিন্তু তার আগে, তাকে বিশ্ববিদ্যালয়ে এক সম্মতিপত্র (consent form) জমা দিতে হবে। বান্নো ফোন হাতে নিল কান্তিলালের সঙ্গে কথা বলার জন্য। সে জানে, কান্তিলাল তাকে আগলে রেখেছে, কিন্তু এবার সিদ্ধান্ত নিতে হবে তার নিজেকেই।

অরবিন্দ ঘোষ

বান্নো শিক্ষার্থী

পরবর্তী শিক্ষাবর্ষ শুরু হতে চলেছে, আর সেই নিয়ে কান্তিলাল ও বান্নোর পরিবারের মধ্যে একের পর এক মিটিং চলছিল। কিন্তু এখনো ঠিক করা যায়নি, বান্নো কোন বিষয় নিয়ে তার স্নাতকোত্তর পড়বে। অনেক সীমাবদ্ধতা ছিল। শান্তিলাল আর ছুটকিই ছিল প্রধান কারণ। কোনো অবস্থাতেই ওদের উপেক্ষা করা যাবে না। ওদের দেখাশোনার দায়িত্ব শুধুমাত্র বান্নোর উপরই থাকবে। বান্নো জীববিজ্ঞান বিভাগের ছাত্রী ছিল। তাই তাকে এমন একটি বিষয় বেছে নিতে হতো, যা তার ভবিষ্যৎ গড়ার ক্ষেত্রে সহায়ক হবে। কলেজে পড়ার সময় তার প্রিয় বিষয় ছিল রসায়ন। বায়োকেমিস্ট্রি একটি ভালো বিকল্প হতে পারত। কিন্তু বিশ্ববিদ্যালয়ে গিয়ে সে জানতে পারল যে, এক নতুন বিষয়ের সূচনা হতে চলেছে; ইন্ডাস্ট্রিয়াল কেমিস্ট্রি। তবে বিষয়টি চাহিদাসম্পন্ন হওয়ায় বিশ্ববিদ্যালয় কর্তৃপক্ষ একটি স্ক্রিনিং টেস্ট নেবে। বান্নো কোনোদিন চ্যালেঞ্জ নিতে ভয় পায়নি। সে আবেদনপত্র পূরণ করে নির্ধারিত ফি ও অন্যান্য আনুষ্ঠানিকতা সম্পন্ন করল। পরীক্ষায় বসল। সহজ ছিল না একেবারেই। প্রায় দশ বছর হয়ে গেছে সে বিষয়টির সংস্পর্শে নেই। তবে কৃষ্ণা ছিল ওর পাশে। কৃষ্ণা কিছু ইন্ডাস্ট্রিয়াল কেমিস্ট্রির বই জোগাড় করেছিল, যা বান্নোকে প্রস্তুতি নিতে সাহায্য করল।

পরীক্ষায় বান্নো চমৎকার নম্বর পেল। আর সে সুযোগ পেল বিশ্ববিদ্যালয়ে ইন্ডাস্ট্রিয়াল কেমিস্ট্রির স্নাতকোত্তর কোর্সে ভর্তি হওয়ার। বান্নোর পাশে ছিল এক অসাধারণ সাপোর্ট সিস্টেম—কান্তিলাল, কৃষ্ণা, তুলসীভাবি, বিমলাদাদী, তার বাবা-মা। ওর দাদা-দাদীমা বেঁচে নেই। দুজনেই স্বল্প সময়ের ব্যবধানে পরপারে চলে গেছেন। বান্নো, দুই সন্তানের মা, কান্তিলালের স্ত্রী, বিমলাদাদীর বউমা, তার বাবা-মায়ের আদরের মেয়ে এবং কৃষ্ণের বোন, এবার এক নতুন জীবন শুরু করল—একজন শিক্ষার্থী হিসেবে।

সংগ্রামের শুরু

এটি ছিল বান্নোর জন্য এক কঠিন চ্যালেঞ্জ। সে ঠিক করেছিল, তার পড়াশোনা শান্তিলালের লালন-পালনের পথে কোনোভাবেই বাধা হবে না। ছুটকি তো এখনো একেবারে ছোট। বিমলাদাদী সকালে রান্নার দায়িত্ব নিলেন। সন্ধ্যায় সে নিজেই সব সামলাবে। সময় ব্যবস্থাপনাই ছিল সবচেয়ে বড় চ্যালেঞ্জ। কিন্তু ঈশ্বর যেন তাঁদের সাফল্য দিতেই চেয়েছিলেন। কান্তিলাল ছিলেন তাঁদের সবচেয়ে বড় শক্তি। প্রতিদিন যাতায়াতের সব দায়িত্বও কাঁধে তুলে নিলেন। কৃষ্ণা ছিল পাশে, ব্যবসার দেখাশোনায় সাহায্য করতে। আসলে, দুজনে মিলে খুচরা ব্যবসাটি বন্ধ করার কথা ভাবছিল, যদিও সেটার প্রতি এক ধরনের আবেগ ছিল।

প্রথম সেমেস্টারে বান্নো ক্লাসে তৃতীয় স্থান অধিকার করেছিল, কিন্তু দ্বিতীয় সেমেস্টারের পরীক্ষায় সে সবার উপরে উঠে এল; ক্লাসের প্রথম স্থান অধিকার করল। সবাই আনন্দে মেতে উঠল, অভিনন্দন জানাল তাকে। শান্তিলালও ছিল অত্যন্ত মেধাবী ছাত্র। সেও পরীক্ষায় প্রথম স্থান পেল। গোটা পরিবার আনন্দে ভাসল। শহরে সবাই তাদের অভিনন্দন জানাতে এল। কিন্তু কান্তিলালের খুশি যেন সবার চেয়ে বেশি ছিল। তার স্বপ্ন ধীরে ধীরে সত্যি হয়ে উঠছিল। এখনো এক বছর বাকি ছিল, যার মধ্যে আরও দুটি সেমেস্টার সম্পন্ন করতে হতো। তৃতীয় সেমেস্টারে বান্নোর কোনো সমস্যা হয়নি, বরং যথারীতি সে প্রথম স্থান অর্জন করল।

সত্যিকারের চ্যালেঞ্জ শুরু

কিন্তু চতুর্থ সেমেস্টারের শুরুতেই বড়সড় সমস্যা দেখা দিল।

প্রথম দিনই ডিরেক্টর সমস্ত ছাত্র-ছাত্রীদের একত্রিত করে জানালেন—এই সেমেস্টারে কোনো ক্লাসরুম পড়াশোনা হবে না। এবার প্রয়োগের পালা। সবাইকে দেশের কোনো এক কেমিক্যাল ইন্ডাস্ট্রিতে গিয়ে কাজ করতে হবে। শুধুমাত্র শ্রেণির সেরা তিনজনকে দেশের তিনটি শীর্ষস্থানীয় কেমিক্যাল ইন্ডাস্ট্রিতে কাজের সুযোগ দেওয়া হবে, যেখানে কোম্পানিগুলি অর্থসাহায্যও করবে। শুধু তাই নয়, ভালো পারফর্ম করলে তারা স্থায়ী চাকরির প্রস্তাবও পাবে। "হায় ঈশ্বর!" বান্নো হতভম্ব হয়ে গেল।

তার শহরে তো কোনো কেমিক্যাল ইন্ডাস্ট্রি নেই! নিকটতম শিল্প এলাকা ছিল মুম্বাইয়ের আশেপাশে। কিন্তু পড়াশোনা কি ছেড়ে দেওয়া যায়? না, সম্ভব নয়! সে দ্রুত পরিবারের সঙ্গে আলোচনা করল। কান্তিলাল আগেই জানত এ সমস্যা আসবে, কিন্তু আগে কিছু বলেনি। কান্তিলাল তার শ্বশুর-শাশুড়ি এবং তুলসীভাবির সঙ্গে কৃষ্ণাকেও ডেকে পাঠাল। বিমলাদাদীর পক্ষে অন্য শহরে বান্নো ও দুই সন্তানকে নিয়ে যাওয়া সম্ভব ছিল না। কান্তিলাল থাকবেন গ্রামে, তার মা'র সঙ্গে। আর বান্নোর বাবা-মা ছুটকিকে ও শান্তিলালকে নিয়ে মুম্বাই চলে যাবেন, যেখানে বান্নোর ইন্ডাস্ট্রিয়াল ট্রেনিং হবে। পরবর্তী সাতটি দিন কেটে

গেল উদ্বেগ আর উত্তেজনার মধ্যে। অবশ্য শান্তিলাল ছিল দারুণ উত্তেজিত!

নতুন যাত্রা শুরু

এক সপ্তাহ পর, বান্নোকে ডিপার্টমেন্টে ডেকে অভিনন্দন জানানো হলো। তার হাতে তুলে দেওয়া হলো ইন্ডাস্ট্রিয়াল ট্রেনিং-এর জন্য একটি নিয়োগপত্র। "বিশ্বাসই হচ্ছে না!"

বান্নো বিস্মিত হয়ে দেখল; Tata Chemicals তাকে মুম্বাইয়ের কাছে তাদের একটি কেমিক্যাল ইন্ডাস্ট্রিতে ইন্টার্নশিপের জন্য নিয়োগ করেছে! প্রথমে তাকে মুম্বাইয়ের প্রধান কার্যালয়ে রিপোর্ট করতে হবে। সে ডিরেক্টরকে ধন্যবাদ জানিয়ে বন্ধুদের খোঁজ নিল, কে কোথায় ইন্টার্নশিপ পাচ্ছে। তারপর দ্রুত বাড়ি ফিরে এলো, তার জীবনের প্রথম নিয়োগপত্র হাতে নিয়ে।

"৩৫,০০০ টাকা স্টাইপেন্ড! আমি কি স্বপ্ন দেখছি?" এবার সে নিজের উপার্জনে স্বাবলম্বী হতে পারবে! সব সম্ভব হয়েছে এক ব্যক্তির জন্য; কান্তিলাল! কান্তিলাল যখন নিয়োগপত্রটি দেখল, আনন্দে অভিভূত হয়ে ঈশ্বরকে ধন্যবাদ জানাল। "সত্যিই! এত সুন্দর আর প্রতিভাবান স্ত্রী পেয়েছি, তার জন্য আমি সবকিছু করতে পারি!" এক মুহূর্ত দেরি না করে কান্তিলাল পুরো পরিবারের মুম্বাইয়ের টিকিট বুক করল। তার সুযোগ হলো মা'কে মুম্বাই বেড়াতে নিয়ে যাওয়ার। পরবর্তী দু'দিন কান্তিলালের দম ফেলার সময় ছিল না। ব্যবসার দেখাশোনা, ভ্রমণের প্রস্তুতি—সব মিলিয়ে ব্যস্ততা চরমে।

অবশেষে তারা ট্রেনে উঠে রওনা দিল মুম্বাইয়ের পথে। কৃষ্ণা আগে থেকেই ফোর্ট এলাকার একটি হোটেল বুক করে রেখেছিল। সকালবেলা মুম্বাই পৌঁছে তারা হোটেলে চেক-ইন করল। বান্নো এক মুহূর্তও নষ্ট করল না। দ্রুত তৈরি হয়ে কান্তিলালকে বলল, "চলো, জলখাবার সেরে রেডি হয়ে নাও! আমাদের এখনই টাটা কেমিক্যালসের অফিসে যেতে হবে!"

প্রথম নিয়োগ

নির্ধারিত সময়ে, দুজনেই ভারতের অন্যতম বৃহৎ ব্যবসায়িক সংস্থার অফিসে পৌঁছালো। তারা মানবসম্পদ ব্যবস্থাপকের সঙ্গে দেখা করে নিয়োগপত্রটি জমা দিল। ব্যবস্থাপক অত্যন্ত ভদ্র ও আন্তরিক ছিলেন। তিনি তাদের চা ও জলখাবারের ব্যবস্থা করে দিলেন এবং বান্নোর ইন্টার্নশিপ প্রোগ্রামের বিস্তারিত জানালেন। প্রোগ্রামটি চারটি ভাগে বিভক্ত ছিল। প্রথম দুই সপ্তাহ অফিসের কাজের পরিবেশ বোঝার জন্য, পরবর্তী দশ সপ্তাহ তাদের শিল্প রঙ উৎপাদন কারখানায়, তার পরের দশ সপ্তাহ তাদের গাড়ির ব্যাটারি উৎপাদন কারখানায় কাজ করতে হবে এবং শেষের দুই সপ্তাহ রিপোর্ট লেখার জন্য নির্ধারিত ছিল, যেখানে রিপোর্টিং স্টাফের সাহায্য পাওয়া যাবে। বান্নোকে পরিবারের সঙ্গে থাকার অনুমতি দেওয়া হলো এবং তাদের জন্য একটি পারিবারিক কোয়ার্টার বরাদ্দ করা হলো। এরপর অফিস থেকে তাদের ট্রেনের ভাড়া ও আনুষঙ্গিক খরচ পরিশোধ করা হলো এবং প্রাথমিক খরচ মেটানোর জন্য অগ্রিম দশ হাজার টাকা দেওয়া হলো। এটাই ছিল বান্নোর প্রথম উপার্জন। তারা অফিসারকে ধন্যবাদ জানিয়ে হোটেলে ফিরে গেলেন স্থানান্তরের ব্যবস্থা করতে। বান্নোকে তিন দিনের মধ্যে কাজ শুরু করতে বলা হলো। বিমলাদাদী ও বাচ্চারা হোটেলের ঘরে অপেক্ষা করছিলেন।

দুজনেই হোটেলে ফিরল। সবাই উন্মুখ হয়ে অপেক্ষা করছিল। তারা বিমলাদাদী ও চিম্পুকে সবকিছু খুলে বলল। ঠিক হলো, তারা দুই দিন মুম্বাই ঘুরে দেখবে। তারা গেল নারিমান পয়েন্ট, অ্যাকোয়ারিয়াম, সমুদ্রসৈকত, বাজার, লক্ষ্মী মন্দির, গেটওয়ে অফ ইন্ডিয়া, এলিফ্যান্টা গুহা এবং আরও অনেক জায়গায়। পরদিন সন্ধ্যায় তারা বাড়ির পথে রওনা হলো। বান্নোকে কাজে যোগ দেওয়ার আগে অনেক কিছু গুছিয়ে নিতে হবে। পরদিন সকালে বান্নোর বাবা-মা এলেন, যাতে বান্নো ও বাচ্চাদের মুম্বাই যাত্রা চূড়ান্ত করা যায়। সময় একদম হাতে নেই। পরদিন ভোরেই মুম্বাইগামী ট্রেনে চড়তে হবে। বান্নো ঠিক করল, সরাসরি অফিসে গিয়ে তারপর কোম্পানির দেওয়া কোয়ার্টারে উঠবে, যেখানে পরবর্তী ছয় মাস থাকবে।

রাতে, কান্তিলাল অনেক নির্দেশ দিল বান্নোকে। বান্নো আশ্বস্ত করল, সে অফিস এবং পরিবার, দুটোরই যত্ন নেবে, তাই উদ্বিগ্ন হওয়ার কিছু নেই। ঠিক হলো, কান্তিলাল অন্তত মাসে একবার মুম্বাইতে বান্নোর সঙ্গে দেখা করতে যাবে।

বিমলাদাদীর মনে মিশ্র অনুভূতি কাজ করছিল বান্নোর এই নতুন চাকরি নিয়ে। তিনি নিজের মনেই ভাবছিলেন; যদি বান্নো মুম্বাইতে থেকে যাওয়ার মতো ভালো সুযোগ পেয়ে যায়? যদি বান্নো ও তার বাচ্চাদের মুম্বাইতেই থাকতে হয়, তাহলে কান্তিলাল কি তার হোলসেল ব্যবসা বন্ধ করে দেবে? সে তো ইতোমধ্যেই তার বাবার শুরু করা খুচরা ব্যবসা বন্ধ করে দিয়েছে।

যদি বান্নোর বাবা-মা দীর্ঘদিন মুম্বাইতে থাকতে না পারেন? যদি তাকেই যেতে হয়, তাহলে তার ছেলে কান্তিলালের দেখাশোনা কে করবে?

প্রশ্নের তালিকা এত লম্বা হয়ে গেল যে রাতে ঘুম আসছিল না। তিনি বেশ উদ্বিগ্ন ছিলেন এবং ভোরের অপেক্ষায় বিছানায় শুয়ে পড়লেন। ভোর চারটায় বিমলাদাদী উঠে পড়লেন। তিনি অবাক হয়ে দেখলেন, বান্নো এরই মধ্যে তৈরি হয়ে গেছে এবং সবার জন্য জলখাবার প্রস্তুত করছে।

সকাল ছয়টার মধ্যেই সবাই স্টেশনে পৌঁছে গেল মুম্বাইগামী ট্রেনে চড়ার জন্য।

মুম্বাই ডাকছে

বিমলাদাদীর জন্য এটা ছিল এক আবেগঘন মুহূর্ত, যখন তিনি বান্নো এবং তার সন্তানদের বিদায় জানালেন। শান্তিলাল সহ সকলেই চোখের জল মুছছিল। শান্তিলাল প্রথমবারের মতো তার দাদীর থেকে দূরে যাচ্ছিল, যাকে সে হৃদয় দিয়ে ভালোবাসে। সৃষ্টিকর্তা নিশ্চয়ই তাদের জন্য কিছু ভালো নির্ধারণ করেছেন।

বান্নো তার পরিবার নিয়ে মুম্বাই পৌঁছালেন। প্রথমে তিনি অফিসে গেলেন তার থাকার জায়গার চাবি নিতে, তারপর পরিবারের সঙ্গে কোয়ার্টারে প্রবেশ করলেন। এটি একটি সুন্দর ২BHK সম্পূর্ণ সজ্জিত বাংলো ছিল। বান্নোর বাবা-মা একটি ঘরে থাকবেন, আর অন্যটিতে বান্নো তার দুই সন্তানকে নিয়ে থাকবেন। বান্নো তার মাকে রান্নাঘর ও সন্তানদের দেখাশোনার দায়িত্ব দিলেন এবং নিজে অফিসের জন্য প্রস্তুত হতে লাগলেন।

শান্তিলাল কেন্দ্রীয় বিদ্যালয়ে ভর্তি হলো। যেহেতু সমস্ত কেন্দ্রীয় বিদ্যালয়ের পাঠ্যক্রম এক, তাই নতুন পরিবেশের সাথে মানিয়ে নিতে তার কোনো অসুবিধা হয়নি।

এটা ছিল বান্নোর অফিসে প্রথম দিন। তার ইন্টার্নশিপের তত্ত্বাবধায়ক ছিলেন শ্রী বালদেব কুমার, যিনি শিল্প রঙ উৎপাদন বিভাগের সিনিয়র ম্যানেজার। তিনি অত্যন্ত ব্যস্ত একজন কর্মকর্তা।

টাটা সংস্থায় কিছু নির্দিষ্ট নিয়ম মেনে চলতে হয়। তিনি বান্নোকে বুঝিয়ে দিলেন যে সংস্থা তার কাছ থেকে কী আশা করে। তিনি বললেন, "তুমি স্বাধীনভাবে কাজ করতে পারো, তবে লক্ষ্য অর্জন করতেই হবে। ফলাফল দিলে কেউ তোমার কাজে হস্তক্ষেপ করবে না। অফিস সময়ের মধ্যে আমাকে যেকোনো সময় যোগাযোগ করতে পারো।"

এরপর, বান্নোকে পরবর্তী সাত দিনের জন্য একটি রুটিন চার্ট দেওয়া হলো। যেহেতু উৎপাদন কারখানাগুলি সপ্তাহান্তে বন্ধ থাকত না, বান্নোরও রবিবার পুরো ছুটি পাওয়ার সুযোগ ছিল না। তবে কাজ শেষ হলেই সে বাড়ি যেতে পারবে। বালদেব কুমার তাকে জিজ্ঞেস করলেন, "কাজের ধরন সম্পর্কে তোমার কোনো মতামত আছে?"

বান্নো একটু সংকোচের সঙ্গে বলল, "আমি একটু নার্ভাস, স্যার। এটা আমার প্রথম কাজ। আমি আমার দায়িত্ব পালনে কোনো ত্রুটি রাখব না, কিন্তু প্রথমদিকে আপনাদের সহায়তা প্রয়োজন হবে। মাঝে মাঝে হয়তো আপনাকে বিরক্ত করব, তবে আমি কথা দিচ্ছি, একেবারে জরুরি না হলে আপনাকে ডিস্টার্ব করব না, এবং যখন করব, তখন সেটা খুবই গুরুত্বপূর্ণ কিছু হবে।"

বান্নো তার প্রথম পরিচয়পত্র পেল, যেখানে তার নাম ও পদবী লেখা ছিল। এটি তার প্রথম চাকরির আইডি কার্ড। বালদেব কুমার মুচকি হেসে বললেন, "ঠিক আছে।" এরপর তিনি ইন্টারকমে কাউকে ডাকলেন।

কিছুক্ষণ পর দরজায় কড়া নাড়ল, এবং এক মহিলা ভেতরে ঢুকলেন।

তিনি বললেন, "মিস দিসুজা, এ বান্নো। আমি তোমাকে বলেছিলাম যে আমাদের উৎপাদন বিভাগে একজন ইন্টার্ন আসছে। ও অত্যন্ত মেধাবী, আশা করি এখানেও ভালো করবে। ওকে সাহায্য করো, ওর কাজগুলো সম্পন্ন করতে এবং রিপোর্ট তৈরি করতে সহযোগিতা করো। তোমার তো জানা আছে, আমাদের পাক্ষিক বৈঠকে ইন্টার্নদের রিপোর্ট নিয়ে আলোচনা হয় এবং আমরা 'সেরা রিপোর্ট' পুরস্কার দিই। এই রিপোর্টগুলো মূল্যায়নে বেশ গুরুত্বপূর্ণ।"

দিসুজাহাসিমুখে বান্নোর সঙ্গে করমর্দন করে বললেন, "স্বাগত জানাই তোমাকে আমাদের সংস্থায়!"

এরপর, দিসুজা বান্নোকে নিয়ে বড় একটি হলে গেলেন, যেখানে অনেক টেবিলে বিভিন্ন কর্মকর্তা বসে কাজ করছিলেন। বান্নোকে তার জন্য নির্দিষ্ট একটি টেবিল দেখিয়ে দিসুজাবললেন, "এটা তোমার কর্মস্থল। তুমি এখানে বসবে।" এরপর তাকে একটি চার্ট দিয়ে বললেন, "এই তালিকায় অফিসারদের নাম, পদ এবং কাজের বিবরণ আছে। তোমাকে একে একে তাদের সঙ্গে দেখা করতে হবে, তাদের কাজ সম্পর্কে জানতে হবে।" প্রথম দিনে বান্নোর সাতজন কর্মকর্তার সঙ্গে দেখা করার কথা ছিল, এবং পরবর্তী দিনগুলোতে দশজন করে। বান্নো প্রথম অফিসারের কাছে গেলেন, যিনি কাঁচামাল সংগ্রহ বিভাগের দায়িত্বে ছিলেন। উৎপাদন ইউনিটের প্রতিটি খুঁটিনাটি

বোঝার সময় সে অভিভূত হয়ে পড়েছিল। প্রতিটি অফিসারের কাছ থেকে যা শিখছিল, তা সে নোট করে নিচ্ছিল। তৃতীয় অফিসারের সঙ্গে দেখা করার পর লাঞ্চের সময় হয়ে গেল। সবাই একে একে তাদের ডেস্ক ছেড়ে উঠে গেলেন।

দিসুজা এসে বান্নোকে বললেন, "চলো, ক্যান্টিনে যাই।"

তারা ক্যান্টিনে পৌঁছে ম্যানেজারের সঙ্গে বান্নোর পরিচয় করিয়ে দিলেন। দিসুজা বললেন, "এখানে অফিস স্টাফদের জন্য লাঞ্চ ফ্রি। তোমাকে শুধু তোমার আইডি কার্ড দেখাতে হবে। আমি বলব, অন্য সহকর্মীদের সঙ্গে বসে লাঞ্চ করো, এতে দ্রুত সবার সঙ্গে পরিচিত হতে পারবে। দুই সপ্তাহ পর যখন তোমার এই পর্ব শেষ হবে, তখন তুমি প্রায় সবাইকে চিনবে, যা ভবিষ্যতে কাজে লাগবে।" বান্নো খাবার নিয়ে প্রথম যে অফিসারের সঙ্গে দেখা করেছিল, তার টেবিলের দিকে গেলেন। সেখানে আরও একজন সহকর্মী ছিলেন। সে ভদ্রভাবে জিজ্ঞেস করল, "আমি কি এখানে বসতে পারি?" দুজনেই হাসিমুখে বললেন, "অবশ্যই, বসুন।"

লাঞ্চ চলাকালে বান্নো সংস্থার কাজের পরিবেশ সম্পর্কে অনেক কিছু জানতে পারলেন। এখানে সবাই কাজকে ভালোবাসেন, একাগ্রচিত্তে কাজ করেন এবং সংস্থার উন্নতিতে সর্বদা সচেষ্ট থাকেন। সে মনে মনে ভাবল, "এ কারণেই টাটারা এত বড় ও সফল। আমিও সৌভাগ্যবান, যে এমন সংস্থার অংশ হতে পেরেছি। আমিও কঠোর পরিশ্রম করব, যাতে জীবনে উন্নতি করতে পারি।" বান্নো মনে মনে প্রতিজ্ঞা করল, "আমি নিজেকে প্রমাণ করব!"

অরবিন্দ ঘোষ

মুম্বাই ডাকছে

পরবর্তী ছয় মাস মুম্বাই এবং গ্রামের সমস্ত পরিবারের জন্য অত্যন্ত ব্যস্ততার মধ্যে কেটেছিল। সবারই সময়ের অভাব ছিল, বিশেষ করে বান্নোর ক্ষেত্রে। সে এখন বুঝতে পারল যে সে কাজের প্রতি আসক্ত। সে আন্তরিকভাবে তার সমস্ত দায়িত্ব পালন করছিল এবং বারবার "সেরা প্রকল্প প্রতিবেদন" পুরস্কার পেয়েছিল। তার প্রাপ্ত সর্বোচ্চ নম্বর ভবিষ্যতে চাকরির জন্য তার জীবনবৃত্তান্তকে আরও শক্তিশালী করল। একইসঙ্গে, সে ছিল অত্যন্ত যত্নবান যে চিম্পুর পড়াশোনা যেন ঠিকঠাক হয়। চিম্পু অঙ্কে অত্যন্ত পারদর্শী।

এক রবিবার দুপুরে, বান্নো একটু আগেই বাড়ি ফিরে এল। সে দেখে হতবাক হয়ে গেল যে চিম্পু ছোট্ট ছুটকিকে হাতের আঙুলের সাহায্যে গণনার "আলোহা" পদ্ধতি শেখাচ্ছে। কিন্তু আরও বিস্ময়ের অপেক্ষা ছিল তার জন্য! ছুটকি শুধু সহজ অঙ্কের হিসাব মুখে মুখে করতে পারছিল না, বরং বিশ পর্যন্ত গুণন সূচি অবলীলায় মুখস্থ বলে দিচ্ছিল!

"ওহ্ ঈশ্বর! কখন এই ছোট্ট মেয়েটা এত কিছু শিখল?"

তার বাবা-মাও অবাক হয়ে জানতে পারলেন যে শantilal নিজে থেকেই এই দায়িত্ব নিয়েছে। তারা একসঙ্গে খেলত, একসঙ্গে শিখত। তারা একে অপরকে ভীষণ ভালোবাসে। বহুবার ছুটকি ঘোষণা

করেছে, "আমি যখন স্কুলে যাবো, তখন আমি আমার ভাইয়ার মতোই প্রথম হবো!"

বান্নো দুই ছেলেমেয়েকে জড়িয়ে ধরে আদর করল। তখন শantilal তার মায়ের দিকে তাকিয়ে বলল, "মা, তুমি ছুটকির চিন্তা কোরো না, আমি ওকে দেখে নেব। তুমি শুধু আমার পড়াশোনায় সাহায্য করো, আর অফিসে সবার মধ্যে সেরা হও। আমি চাই তুমি তোমার অফিসের ক্লাসে প্রথম হও!"

বান্নোর মুখ থেকে কোনো শব্দ বেরোল না। সে আবেগে আপ্লুত হয়ে পড়ল, তবে নিজেকে সামলে নিল।

এক নতুন চ্যালেঞ্জের ডাক

ইন্টার্নশিপ শেষ হলে, বান্নো এবং অন্যান্য ইন্টার্নরা তাদের চূড়ান্ত প্রকল্প প্রতিবেদন জমা দিল। বান্নোর প্রতিবেদনকে সেরা হিসেবে নির্বাচিত করা হল। সবাই তাকে অভিনন্দন জানাল। কিন্তু সে জানত না যে তার জন্য আরও বড় চমক অপেক্ষা করছে।

বান্নো বাড়ি ফিরে এল। এবার তারা ঠিক করল গ্রামে ফিরে যাবে। শantilal আবার তার পুরনো স্কুলে ভর্তি হবে।

কিন্তু মানুষ ভাবে এক, ঈশ্বর করেন আরেক।

পরদিন, বান্নো কোম্পানির জেনারেল ম্যানেজারের দফতরে গেল। রিসেপশনে তার পরিচয়পত্র ও সাক্ষাৎকারের চিঠি জমা দিল। কিছুক্ষণ পর তাকে ভেতরে ডাক পড়ল। বিশাল অফিসের ভেতর প্রবেশ করতেই দেখল, জেনারেল ম্যানেজার তার স্টেনোগ্রাফারকে একটি চিঠি ডিকটেট করছেন। তিনি বান্নোর দিকে তাকিয়ে হাত ইশারা করলেন বসার জন্য।

বান্নো বসল। সে একটু নার্ভাস ছিল। তার মনে নানা চিন্তা ঘুরছিল।

কিছুক্ষণ পরে, ম্যানেজার তার কাজ শেষ করে বান্নোর দিকে ঘুরলেন। তিনি বান্নোর দিকে হাত বাড়িয়ে দিলেন।

বান্নো হাত মিলিয়ে কৃতজ্ঞতা প্রকাশ করল।

তিনি বললেন, "বান্নো ম্যাডাম, আপনার ইন্টার্নশিপ কেমন লাগল? শুনেছি, আপনার প্রকল্প প্রতিবেদন সেরা হয়েছে! সেটি আমার কাছেও এসেছে, এই দেখুন। আমি কিছু বিষয় পরিষ্কার করতে চাই। আপনি কি মনে করেন, যদি আমরা আপনার প্রতিবেদনের সুপারিশগুলি মেনে চলি, তাহলে বর্তমান সেটআপেই উৎপাদনশীলতা বাড়ানো সম্ভব হবে? আপনি কি আমাকে বিস্তারিত ব্যাখ্যা করতে পারবেন?"

বান্নো তার প্রতিবেদনের প্রতিটি দিক স্পষ্টভাবে জানত। সে জানত তার দেওয়া সুপারিশের ভালো-মন্দ দিকগুলি। সে আত্মবিশ্বাসী ছিল।

সে অনুমতি চেয়ে স্মার্ট বোর্ড ব্যবহার করল। নিজের পেনড্রাইভ সংযুক্ত করল। পরবর্তী দেড় ঘণ্টা ধরে ক্রস-কোয়েশ্চনিং, আলোচনা চলল— যেন আদালতের যুক্তিতর্ক চলছে!

জেনারেল ম্যানেজার খুশি হলেন। তিনি বুঝতে পারলেন, বান্নোর ধারনা খুবই স্বচ্ছ এবং সে নিজের দেওয়া পদ্ধতিগুলোর কার্যকারিতা সম্পর্কে আত্মবিশ্বাসী।

অবশেষে, ম্যানেজার সরাসরি প্রশ্ন করলেন, "আপনি কি নিজেই আপনার সুপারিশ বাস্তবায়নের দায়িত্ব নিতে প্রস্তুত?"

বান্নো একটু থমকাল। তার বাড়ির কথা ভাবল, ছেলে-মেয়ের কথা ভাবল, কান্তিলালের কথা ভাবল, বড়দের

কথা ভাবল। সবাই কোনো না কোনোভাবে তার উপর নির্ভরশীল।

সে কি পারবে সব সামলাতে?

তারপর হঠাৎ শান্তিলাল এর কথা মনে পড়ল।

সে সবসময় বিশ্বাস করে, তার মা সব কিছু পারে! এই পৃথিবীতে এমন কিছু নেই যা তার মা করতে পারবে না! না, সে ছেলেকে হতাশ করতে পারে না। তাকে প্রমাণ করতে হবে, সে সত্যিই সুপারমম! এক মুহূর্ত দ্বিধা না করে, পূর্ণ আত্মবিশ্বাসে সে বলল, "হ্যাঁ স্যার, আমি চ্যালেঞ্জ নিতে প্রস্তুত! যদি আমাকে সুযোগ ও প্রয়োজনীয় সুবিধা দেওয়া হয়, আমি আমার প্রতিবেদনে বর্ণিত পদ্ধতি অনুসরণ করে উৎপাদন বাড়াতে পারব!"

টিম লিডার বান্নো

জেনারেল ম্যানেজার প্রথম দিন থেকেই বান্নোর ওপর নজর রাখছিলেন। তিনি খুবই উৎসুক ছিলেন বান্নোকে তাঁর দপ্তরে নিয়োগ করার জন্য। তিনি ইতোমধ্যেই তার জন্য একটি নিয়োগপত্র প্রস্তুত করে রেখেছিলেন। তিনি ড্রয়ার টেনে নিয়ে নিয়োগপত্রটি বের করলেন, বান্নোর হাতে তুলে দিলেন এবং বললেন,

"এটাই তোমার নিয়োগপত্র। তোমাকে বার্ষিক ১২ লাখ টাকার প্যাকেজে নিয়োগ করা হলো। তোমার থাকার ব্যবস্থা ও একটি গাড়ির ব্যবস্থা থাকবে। তোমার ও তোমার সবচেয়ে নিকট আত্মীয়দের জন্য চিকিৎসা বীমাও রয়েছে। এছাড়াও নিয়মিত প্রভিডেন্ট ফান্ড, গ্র্যাচুইটি ইত্যাদি অতিরিক্ত সুবিধা হিসেবে থাকবে। তোমার কাজের সময় হবে দৈনিক ১০ ঘণ্টা এবং সপ্তাহে ৫ দিন। তোমার পছন্দমত দুই দিন ছুটির ব্যবস্থা করা যাবে, যা নমনীয়। যদি তুমি সাপ্তাহিক ছুটি গ্রহণ না করো, তাহলে অতিরিক্ত সময় হিসেবে গণ্য হবে এবং সেই অনুযায়ী অতিরিক্ত পারিশ্রমিক প্রদান করা হবে।"

বান্নো কিছুই বুঝতে পারল না। কি সে স্বপ্ন দেখছিল? সে উঠে ফর্মটি হাতে নিল, ম্যানেজারকে ধন্যবাদ দিল এবং আবার বসে গেল। সে নিয়োগপত্রটি পড়তে লাগল। চোখ থেকে অশ্রু ঝরতে লাগল; সে জানত না কার প্রতি কৃতজ্ঞতা প্রকাশ করবে। সবাই তার

সাফল্যের পেছনে দায়ী, বালদেব স্যার, দিসুজাম্যাডাম, সহকর্মীরা, এবং তাঁর পরিবার।

সে অশ্রু মোছলেই কোমল কণ্ঠে বলল, "স্যার, আমি আপনাদের সকলের প্রতি ঋণী। তাদের ছাড়া আমি কিছুই নই। ভবিষ্যতেও আমি অনেকের ওপর নির্ভর করব। তবে আমি আত্মবিশ্বাসী, একসাথে আমরা আমাদের লক্ষ্যে পৌঁছাতে পারব। আমার ক্ষমতায় আপনাদের বিশ্বাস দেখানোর জন্য আপনাকে ধন্যবাদ। আমি যথাসাধ্য চেষ্টা করব আপনাদের গর্বিত করতে।"

ম্যানেজার বললেন, "ধন্যবাদ।"

সবাই বান্নোর এই সাফল্য দেখে অভিনন্দিত হলো। সবাই খুশি হলো যে তার অধ্যবসায়ের ফল পেয়েছে।

তবে বান্নোর জন্য আরেকটি চমক অপেক্ষা করছিল। অফিস থেকে বের হয়ে যখন সে ট্যাক্সি ধরতে দপ্তরের গেটের দিকে এগিয়ে গেল, তখন হঠাৎ দিসুজাম্যাডাম যেন আকাশ থেকে অবতরণ করে হাজির হলেন এবং বান্নোকে অনুসরণ করতে বললেন। ম্যাডাম তাকে নিয়ে গেলেন বারান্দার দিকে, যেখানে চকচকে নতুন একটি কালো সেডান গাড়ি দাঁড়িয়ে ছিল।

ড্রাইভার পিছনের দরজা খুলে তাকে অভিবাদন জানালেন।

দিসুজাম্যাডাম ড্রাইভারকে পরিচয় করালেন, "এই হল রামু। তিনি অনেকদিন থেকে আমাদের সঙ্গে

আছেন, খুবই বিশ্বস্ত। আজ থেকে তিনি তোমার সঙ্গী হবেন।”

কিছু বুঝতে পারার আগেই, দিসুজাম্যাডাম চলে গেলেন। বান্নো গাড়ির মধ্যে ঢুকে গেল; রামু দরজা বন্ধ করে ড্রাইভিং সিটে বসে গেল। বান্নো তার ঠিকানা বলল, রামু সেটি গাড়ির জিপিএস-এ ইনপুট দিল এবং গাড়ি যাত্রা শুরু করল।

একটি বড় কালো সেডান গাড়ি বান্নোর অফিসিয়াল কোয়ার্টারের গেটের কাছে পৌঁছাল। বান্নো ড্রাইভারকে হর্ন বাজাতে বলল। তখন বাচ্চারা দরজায় ছুটে এল। বড় গাড়ি দেখে তারা বিস্ময়ে চিৎকার করে উঠল। তারা উচ্ছ্বসিত হয়ে তাদের দাদী-দাদাকে ডাকল। দু'জনেই বেরিয়ে এসে গাড়িটি দেখলেন। তারা বুঝতে পারল না, কে আসতে পারে? মনে হলো, এই গাড়ি যেন তাদের নিজস্ব মেয়েকে নিয়ে এসেছে।

ড্রাইভার বেরিয়ে এসে পিছনের দরজা খুলল। বান্নো গাড়ি থেকে নেমে এল। সে সামনে দাঁড়িয়ে দেখল, তার সন্তান ও বাবা-মা অপেক্ষা করছে। সবাই অবাক হয়ে দেখল বান্নোকে। বান্নো তাদের কাছে গিয়ে তাদের পায়ে স্পর্শ করল। বাচ্চারা এসে আলিঙ্গন করল। একটি সুন্দর পরিবারের সাফল্যের গল্প এক জয়ধ্বনি দিয়ে শুরু হলো।

“ধন্যবাদ, ভগবান,” বান্নো মনে মনে বলল।

সবাই ভেতরে ঢুকে পূজার ঘরে গেল। বান্নো অতিরিক্ত ভাবে সৃষ্টিকর্তাকে ধন্যবাদ জানালেন, যিনি

পরিবারের জন্য অনেক কিছু করেছেন। তিনি তাঁর নিয়োগপত্রটি দেবতার সামনে রেখে, সকলের জন্য উজ্জ্বল ভবিষ্যতের প্রার্থনা করলেন। এরপর তিনি তাঁর বাবা-মাকে নিয়োগপত্রটি দেখালেন। প্রথম মুহূর্তেই তারা বিশ্বাস করতে পারল না—তাদের মেয়ে বান্নো, যিনি কয়েক বছর আগে জীবনের প্রত্যাশা হারিয়েছিল, এখন আবার আগের মত উজ্জ্বল হয়ে উঠেছে। তারা তাদের সেই অসাধারণ মেয়েকে ফিরে পেয়ে খুবই খুশি হলেন, যে কখনও কঠিন চ্যালেঞ্জ মেনে নিতে ভয় পেত না।

শান্তিলাল ও ছুটকিও বুঝতে পারল, কিছু সুন্দর ঘটেছে। বান্নো দুই সন্তানকে ডেকে বলল, "দেখো, তোমরা আমাকে চ্যালেঞ্জ করেছিলে—প্রথমে আমি যে আমার বর্তমান দায়িত্বে শীর্ষে ছিলাম, তা আমি দেখালাম। শুধু তাই নয়, কোম্পানি আমাকে অনেক ভালো কাজের জন্য নিয়োগ করেছে। তারা আমাকে গাড়ি ও এই স্থায়ী বাংলো উপহার দিয়েছে। আমি এখানে একজন ইন্টার্ন হিসেবে শুরু করেছিলাম, এখন আমি প্রকল্প ব্যবস্থাপক। তোমাদের মনে রাখতে হবে—আমি তোমাদের ইচ্ছা পূরণ করেছি, এবার তোমাদের পালা আমাদের স্বপ্ন পূরণ করার। তোমরা কি এই চ্যালেঞ্জ গ্রহণ করতে প্রস্তুত?"

বচ্চারা অবাক হয়ে একসঙ্গে চিৎকার করে বলল, "হ্যাঁ, আমরা তোমার চ্যালেঞ্জ গ্রহণ করছি! আমরা আমাদের সাধ্যমতো চেষ্টা করব তোমাদের স্বপ্ন পূরণ করতে, এটা আমাদের প্রতিজ্ঞা।" বান্নোর বাবা-মা

দেখছিলেন তাদের মেয়ে ও নাতি-নাতনিরা, যারা একে অপরকে প্রতিজ্ঞা করছিল যে, তারা বড়দের স্বপ্ন পূরণ করবে।

এরপর বান্নো বিমলাদাদী ও কান্তিলালকে ডেকে বলল, তাঁর অফিসে সাম্প্রতিক উন্নয়নের সুখবর শেয়ার করতে। কান্তিলাল শুনে অবাক হয়ে গেলেন; কৃষ্ণা দোকানের কাছে বসে ছিলেন। কান্তিলাল তাঁর কাছে গিয়ে তাকে জড়িয়ে ধরে বললেন, সবকিছু কৃষ্ণাকে জানালেন। কৃষ্ণা উত্তেজনায় লাফিয়ে উঠছিলেন। দোকানে গ্রাহকরা ছিলেন; সবাইকে মিষ্টি বিতরণ করা হলো। কৃষ্ণা তাঁর মা তুলসিভাবির জন্য একটি মিষ্টির প্যাকেট নিয়ে গেলেন, যিনি খুবই খুশি ছিলেন।

বিমলাদাদী পূজার ঘরে গিয়ে দেবতার কাছে কৃতজ্ঞতা জানালেন। কিছুক্ষণের মধ্যেই কান্তিলাল একটি মিষ্টির বাক্স নিয়ে হাজির হলেন। বিমলাদাদী তাঁর ছেলেকে জড়িয়ে ধরে বললেন, "দুঃখের দিন শেষ হয়ে গেছে।"

এবার তাঁদের পালা ছিল বান্নোর দায়িত্ব পূরণে সহায়তা করার অফিসে ও ঘরে। বাচ্চারা শিক্ষার ক্ষেত্রে সম্পূর্ণরূপে বান্নোর ওপর নির্ভরশীল ছিল।

অফিস খুবই প্রভাবিত ছিল যে, খুব কম সময়ে বান্নোর কাজের ক্ষেত্র প্রসারিত হয়ে গেল। সে এখন পঁয়ত্রিশ জনের একটি দলকে নেতৃত্ব দিচ্ছিল, যারা ইন্ডাস্ট্রিয়াল কেমিক্যালসের উৎপাদন ২৫ শতাংশ বাড়ানোর লক্ষ্যে কাজ করছিল। যদি তারা এই লক্ষ্য

অর্জন করে, তবে তাদের কোম্পানি ভারতের অন্যান্য সমস্ত কোম্পানির মধ্যে শীর্ষে থাকবে।

সাপ্তাহিক ছুটির পরিবর্তে, বান্নো একদিন ছুটি নেবে যদি তা অপরিহার্য হয়। এক বছরের মধ্যে, বান্নোর জন্য একটি তিনবেডরুমের বাংলো বরাদ্দ করা হলো। সপ্তাহের দিনগুলিতে, বিমলাদাদী ও কান্তিলাল কাণ্ডিলালের ওমনি গাড়িতে মুম্বাই আসে। এখন যেহেতু গাড়িটি কান্তিলালের জন্য নিবেদিত, তাই তাঁর মুম্বাই ভ্রমণের পরিমাণ অনেক গুণ বৃদ্ধি পেয়েছে। প্রকৃতপক্ষে, এটি তাঁর পাইকারি ব্যবসাকে এক নতুন উদ্দীপনা দিয়েছে। এখন সে সরাসরি প্রস্তুতকারকের সাথে প্রতিযোগিতামূলক মূল্য আলোচনা করতে পারছে, যাদের বেশিরভাগই মুম্বাইতে অবস্থিত।

তার মূল্য কাঠামোর কারণে, সে বিশাল গ্রাহক বেস তৈরি করতে সক্ষম হয়েছে। এখন তাঁরা তাঁদের ব্যবসা সম্প্রসারণের সম্ভাবনা অন্বেষণ করছেন। এদিকে, কৃষ্ণাও সিদ্ধান্ত নিয়েছে তার খুচরা মুদি বিভাগের কার্যক্রম বন্ধ করার।

কৃষ্ণের বিয়ে: এক আনন্দময় অধ্যায়

সম্প্রতি কৃষ্ণা বিয়েতে সম্মতি দিয়েছে। তুসলিভাবি, বিমলাদাদী ও বান্নোর বাবা-মা সবাই একসাথে একটি দল গঠন করে উপযুক্ত কনের সন্ধানে নেমে পড়লেন। তাদের চাহিদা ছিল খুবই সহজ – মেয়েটি যেন বি.কম. পাশ হয়, যাতে সে পারিবারিক ব্যবসায় কৃষ্ণাকে সাহায্য করতে পারে। অবশেষে তারা সিদ্ধান্ত নিল স্থানীয় সংবাদপত্রে বিজ্ঞাপন দেওয়ার। বান্নোর সাথে পরামর্শ করে একটি বিস্তারিত বিজ্ঞাপন প্রকাশ করা হলো।

মাত্র এক সপ্তাহের মধ্যেই অনেক প্রস্তাব এসে পৌঁছালো। বান্নো একটি তালিকা তৈরি করে প্রাথমিক বাছাই শুরু করল। সে কৃষ্ণের সাথে ই-মেলের মাধ্যমে নিয়মিত যোগাযোগ রাখছিল। অনেক প্রস্তাবের মধ্যে ছয়টি চূড়ান্ত করা হলো ভার্চুয়াল ও সরাসরি আলোচনার জন্য। ভার্চুয়াল আলোচনায় বান্নোসহ পরিবারের অন্যান্য সদস্যরাও অংশ নিলেন। এরপর আরও দুটি প্রস্তাব বাতিল করা হলো। শেষ পর্যন্ত চারটি পরিবারের সাথে সরাসরি সাক্ষাৎ করার সিদ্ধান্ত নেওয়া হলো।

তাদের মধ্যে এক মেয়ে বাসির, যা মুম্বাইয়ের কাছেই ছিল। তাই ঠিক করা হলো, ওই পরিবারের সদস্যরা নির্দিষ্ট দিনে বান্নোর বাড়িতে আসবেন। ঘটনাচক্রে,

দিনটি ছিল ২রা অক্টোবর – জাতীয় ছুটির দিন। সকলেই ছুটির আমেজে ছিলেন। বান্নো কৃষ্ণা ও তুসলিভাবিকে আমন্ত্রণ জানালো। বিমলাদাদী ও কান্তিলালও আসবেন, কারণ তাদের ব্যবসায়ও সেদিন ছুটি ছিল।

পরপর চারজন মেয়েকে দেখা হলো এবং শেষ পর্যন্ত দু'জনকে সংক্ষিপ্ত তালিকাভুক্ত করা হলো – একজন বাসির মেয়ে এবং অন্যজন আহমেদাবাদের। তবে বাসির মেয়ের বাড়ি তারা এখনো দেখেনি। তাই চূড়ান্ত সিদ্ধান্ত নেওয়ার আগে বাসি যাওয়ার পরিকল্পনা করা হলো। দুইটি গাড়ি – একটি ওমনি ও একটি সেডান – মুম্বাই থেকে বাসির উদ্দেশ্যে রওনা দিল। পথে চা ও জলখাবারের বিরতির পর তারা সময়মতো মেয়ের বাড়িতে পৌঁছালো।

মেয়েটির বাবা একজন অবসরপ্রাপ্ত তহশিলদার ছিলেন। তার একমাত্র সন্তান এই মেয়ে। তারা কৃষ্ণের পরিবারের উপস্থিতিতে খুবই আনন্দিত হয়েছিল। কৃষ্ণা পণপ্রথার বিরোধী, যা মেয়ের পরিবারের কাছে প্রশংসনীয় মনে হলো। যদিও তাদের বাড়ি ছোট ছিল, কিন্তু মন বড় ও উদার ছিল। মেয়েটি অতিথিদের অভ্যর্থনা জানিয়ে পরিবারের সকলের পায়ে হাত দিয়ে আশীর্বাদ নিল। যখন সে শান্তিলাল ও ছোট্ট ছুটকিকে চকলেট দিল, তখন সবাই খুশি হয়ে গেল। মেয়েটি বুদ্ধিমতী ছিল।

অবশেষে, সবাই মিলে সিদ্ধান্ত নিলেন – বাসির মেয়েটিই কৃষ্ণের জন্য উপযুক্ত জীবনসঙ্গী। আহমেদাবাদের মেয়ের পরিবারকে বিনয়ের সাথে

'দুঃখিত' বার্তা পাঠানো হলো। বাসির মেয়েটির নাম ছিল দীপ্তি। বান্নো দীপ্তিকে ফোন করে শুভেচ্ছা জানালো এবং তার পছন্দ-অপছন্দ সম্পর্কে জানতে চাইল। দীপ্তির উত্তরে বান্নো অবাক হয়ে গেল – কারণ সে জানাল, সে পারিবারিক ব্যবসায় যুক্ত হতে চায়। কৃষ্ণা সত্যিই ভাগ্যবান, এমন একজন জীবনসঙ্গিনী পেতে চলেছে, যে তার কাজে সঙ্গ দেবে। দীপ্তি ইতোমধ্যেই তার সিএ (CA) পরীক্ষার প্রথম ভাগ উত্তীর্ণ হয়েছে এবং দ্বিতীয় ভাগের প্রস্তুতিও নিচ্ছে। বান্নো খুব খুশি হলো, কারণ তার কাজিনের স্ত্রী এতটা উচ্চাকাঙ্ক্ষী ও পরিশ্রমী। মুহূর্তের মধ্যেই বান্নো ও দীপ্তির মধ্যে বন্ধুত্ব গড়ে উঠল, বয়সের পার্থক্য উপেক্ষা করেই।

তুসলিভাবি বান্নোর জন্য অনেক কিছু করেছেন। এবার বান্নোর পালা – সে নিশ্চিত করবে যে, বিয়ের যাবতীয় আচার-অনুষ্ঠান নির্বিঘ্নে সম্পন্ন হয়। প্রতিটি ভারতীয় পরিবারই মেয়ের বিয়ের জন্য প্রস্তুত থাকে। দীপ্তির পরিবারও তার ব্যতিক্রম নয়। গয়না, বরের জন্য হীরার আংটি ও সোনার চেইন সব প্রস্তুত ছিল। বাকি ছিল শুধু পোশাক ও আনুষঙ্গিক সামগ্রী কেনা। কৃষ্ণের পক্ষেও তুসলিভাবি সবকিছু প্রস্তুত রেখেছিলেন। বান্নোর বাবা-মা জানালেন, তুসলিভাবিকে কোনো চিন্তা করতে হবে না – তারা সব দায়িত্ব নেবেন।

বান্নোর কাছে এটি একটি বিরল সুযোগ ছিল – সেই আন্টিকে সাহায্য করার, যিনি তাকে অবসাদ থেকে উদ্ধার করেছিলেন, যিনি তাকে নতুন জীবন

দিয়েছেন। কৃষ্ণা সবসময় তার সহায়ক ছিল, তার কাছে সব সমস্যা শেয়ার করতে পারত বান্নো। এবার সে কৃষ্ণার সুখের জন্য কিছু করতে চেয়েছিল। দীপ্তির সিএ পরীক্ষার প্রস্তুতির জন্যও বান্নো তাকে গাইড করার সিদ্ধান্ত নিল।

এদিকে, বাড়িতে আনন্দময় পরিবেশ তৈরি হলো। ছোট্ট শান্তিলাল ও ছুটকি খুব খুশি, কারণ তারা নতুন মামিকে পেতে চলেছে। দুই পরিবারের বড়রা পুরোহিতদের সাথে আলোচনা করে বিয়ের তারিখ ঠিক করলেন। বিয়ে হবে পরবর্তী অক্ষয় তৃতীয়া তিথিতে, যা এখন থেকে দুই মাস পরে পড়বে।

বান্নো দীপ্তিকে শনিবার মুম্বাইয়ে আসতে বলল কেনাকাটার জন্য। দীপ্তি খুবই সরল ও অকপট মেয়ে ছিল। বান্নো তাকে বিভিন্ন বাজারে নিয়ে গেল। দীপ্তি নিজে যা পছন্দ করল, সেটাই কেনা হলো – বাড়তি খরচ এড়িয়ে।

অবশেষে বহু প্রতীক্ষিত দিনটি এসে গেল। কৃষ্ণা ও দীপ্তি বিবাহবন্ধনে আবদ্ধ হলো। তাদের আত্মীয়-পরিজন, বন্ধুবান্ধব সবাই উপস্থিত হয়ে নবদম্পতিকে আশীর্বাদ করলেন।

বান্নো কিছুটা স্বস্তি পেল – সে তার প্রিয় আন্টির পাশে থাকতে পেরেছে এবং তাকে সাহায্য করতে পেরেছে। ভালোবাসার প্রতিদান স্বরূপ, সে নবদম্পতির জন্য এক সপ্তাহের শিমলা হানিমুন ট্রিপ স্পন্সর করল। এভাবেই কৃষ্ণার জীবনের এক নতুন অধ্যায় শুরু হলো, সুখ, সমৃদ্ধি ও ভালোবাসার গল্প!

চেয়ারম্যানের অনুমোদন

আজ ছুটকির অষ্টম জন্মদিন। সে তৃতীয় শ্রেণিতে উন্নীত হবে। শান্তিলাল কিছুদিন আগেই তার তেরোতম জন্মদিন উদযাপন করেছে। সে এখন অষ্টম শ্রেণির ছাত্র। শান্তিলাল ও ছুটকি, দুজনেই কেন্দ্রীয় বিদ্যালয়ের মেধাবী ছাত্রছাত্রী। তাদের মা বিভিন্ন চ্যালেঞ্জ দিয়ে পড়াশোনায় আগ্রহী করে তুলেছেন, আর তার ফলস্বরূপ তারা সবসময় শ্রেষ্ঠত্ব অর্জন করেছে।

বান্নোর অনুমান সঠিক প্রমাণিত হয়েছে, উৎপাদন পদ্ধতি আধুনিকীকরণের ফলে বড় কোনো আর্থিক বোঝা না নিয়েই উৎপাদন পঁচিশ শতাংশ বৃদ্ধি পেয়েছে। বিভিন্ন আর্থিক প্রতিষ্ঠান তাদের ভবিষ্যৎ প্রকল্পের জন্য ঋণ দিতে আগ্রহী ছিল, কিন্তু টাটারা ছোট প্রকল্পের জন্য সাধারণত ঋণ গ্রহণ করে না। বান্নোর নিষ্ঠা ও অবদান তার বিভাগে সবার প্রশংসা কুড়িয়েছে। তাকে কর্নার অফিস দেওয়া হয়েছে, যেখানে সে দেড়শো জন কর্মী পরিচালনা করবে।

তার দল নতুন একটি রাসায়নিক উৎপাদন প্রকল্প শুরু করার সিদ্ধান্ত নিয়েছে। তারা সম্ভাব্যতা সমীক্ষা, লাভজনকতা, আর্থিক পরিকল্পনা, মানবসম্পদ ব্যবস্থাপনা ও বাজার গবেষণা সংক্রান্ত যৌথ প্রতিবেদন প্রস্তুত করছে। সাধারণ ব্যবস্থাপকের সুপারিশ সহ চূড়ান্ত প্রতিবেদন চেয়ারম্যানের অনুমোদনের জন্য পাঠানো হবে। যদি অনুমোদন

মেলে, তবে বান্নো নতুন উৎপাদন কারখানার সাধারণ ব্যবস্থাপক পদে উন্নীত হবে।

বান্নোর বর্তমান বস, যিনি প্রথম দিন তাকে নিয়োগপত্র দিয়েছিলেন, অত্যন্ত উচ্ছ্বাসিত। তিনি তার প্রতিভা ও দক্ষতার যথাযথ মূল্যায়ন করতে পেরেছেন। কর্পোরেট হেড অফিসে তার নাম কোম্পানির পরিচালক পদে বিবেচিত হচ্ছে।

এই সব অর্জনের পেছনে তার পরিবারের অমূল্য অবদান রয়েছে। তার স্বামী কান্তিলাল, শাশুড়ি মা, নিজের বাবা-মা, তার কাকিমা, তার ভাইপো কৃষ্ণা ও তার স্ত্রী দীপ্তি—এমনকি তার সন্তানরাও সবসময় তাকে সমর্থন করেছে।

বিশেষ করে শান্তিলালের কথা স্বীকার করতেই হয়, সে খুব অল্প বয়সেই নিজের ছোট বোন ছুটকির সমস্ত দায়িত্ব স্বেচ্ছায় গ্রহণ করেছে। বান্নো যখন তাদের সঙ্গে পড়াশোনা করত, তখন রিভিশনের দায়িত্ব শান্তিলাল নিজেই নিয়ে নিত। ছুটকিও এখন স্বাবলম্বী হয়ে পড়াশোনা করে, কারণ সে জানে তার দাদার সাহায্য সে সবসময় পাবে। এ কারণে বান্নো কাজের প্রতি আরো বেশি মনোযোগ দিতে পারছে।

বান্নো ও তার দল প্রকল্পের চূড়ান্ত প্রতিবেদন তৈরি করে সাধারণ ব্যবস্থাপকের কাছে জমা দিলো। তিনি অত্যন্ত জোরালো সুপারিশসহ সেটি চেয়ারম্যানের কাছে পাঠালেন। পরদিনই বান্নোর অফিসে সবাই তাকে উষ্ণ সংবর্ধনা দিলো।

এখন বড় পরিবর্তন আসতে চলেছে। বান্নোকে নতুন প্রকল্পের জন্য প্রায় আড়াইশো কিলোমিটার দূরে থানের কাছে স্থানান্তরিত হতে হবে। কিন্তু সমস্যা নেই, ওখানে একটি কেন্দ্রীয় বিদ্যালয় আছে, ফলে সন্তানদের পড়াশোনার অসুবিধা হবে না।

তার কোম্পানি সমস্ত ব্যবস্থা করবে, বাসস্থান, গাড়ি, এমনকি বাচ্চাদের ভর্তি পর্যন্ত। বান্নোর জন্য বরাদ্দ হয়েছে বিশাল এক সাধারণ ব্যবস্থাপকের বাংলো, পাঁচটি বেডরুম, বসার ঘর, মনোরম লন, দুটি গাড়ির গ্যারেজ ও পরিবারের জন্য দুইজন ড্রাইভার। কোম্পানির যুক্তি খুব পরিষ্কার; যদি ব্যবস্থাপক পরিবারের চিন্তা থেকে মুক্ত থাকেন, তবে তিনি কাজে আরো বেশি মনোযোগ দিতে পারবেন।

বান্নো অফিসে যেমন কঠোর নিয়মানুবর্তী, তেমনই বাড়িতে অত্যন্ত সাধারণ। সে দক্ষতার সঙ্গে কর্মীদের পরিচালনা করতে শিখেছে, এমনকি শ্রমিক ও কর্মকর্তাদের এক বিশাল দল গড়ে তুলতে পেরেছে, যারা তার জন্য সবকিছু করতে রাজি। গত পাঁচ বছরে তার অধীনে কারও গোপন রিপোর্টে কোনো খারাপ মন্তব্য আসেনি।

সেদিন, যখন সে অফিসে পৌঁছাল, দেখল সমস্ত অফিসার হলরুমে দাঁড়িয়ে রয়েছে। সবাই হাততালি দিচ্ছে! "অভিনন্দন ম্যাডাম!" উল্লাসধ্বনিতে পুরো হলঘর গমগম করে উঠলো। বান্নো হতবাক হয়ে গেল! কিছুই বুঝতে পারছিল না। সহকারী সাধারণ ব্যবস্থাপক এগিয়ে এসে বললেন, "ম্যাডাম, টাটা

গ্রুপের পক্ষ থেকে আপনাকে 'বর্ষসেরা মূল্যবান কর্মী' ঘোষণা করা হয়েছে! দলের পক্ষ থেকে আপনাকে প্রাণঢালা অভিনন্দন!"

বান্নো আবেগে বিহ্বল হয়ে পড়ল। সে ধন্যবাদ জানিয়ে বলল, "আপনারা কি সত্যিই মনে করেন, আমি আপনাদের সাহায্য ছাড়া এটা অর্জন করতে পারতাম? এই পুরস্কার আপনাদেরও, আমাদের সকলের সম্মিলিত প্রচেষ্টার ফসল। আমি এই সম্মান আপনাদের সকলের পক্ষ থেকে গ্রহণ করছি।"

আমেরিকায় ছুটি

সে তার ঘরে ঢুকল। টেবিলে একটা খাম রাখা ছিল। খামটা খুলতেই জীবনের দ্বিতীয় সবচেয়ে বড় চমক পেল, প্রথমটি ছিল তার বিয়ে। গ্রুপ থেকে তাকে ও তার পরিবারকে সম্পূর্ণ ব্যয়বহুল পনেরো দিনের জন্য আমেরিকায় ছুটি কাটানোর উপহার দেওয়া হয়েছে। সে ঈশ্বরকে প্রার্থনা করল এবং মনে মনে সেই অপরাধী লোকটিকে ধন্যবাদ জানাল, যে তার বিয়ে ভেঙে দিয়ে প্রায় তার জীবনটা নষ্ট করে দিয়েছিল। দাগটা আজও রয়ে গেছে, যা কখনও ভুলতে পারবে না; বরং সেটা তাকে জীবনে আরও উচ্চতায় ওঠার অনুপ্রেরণা দেবে। সে সঙ্গে সঙ্গে কান্তিলালকে ফোন করল—

"ডার্লিং, একটা দারুণ খবর আছে! আন্দাজ করতে পারো?"

"আরও একটা প্রমোশন?" কান্তিলাল জিজ্ঞাসা করল।

"না, এটা আমাদের সবার জন্য," বান্নো ইঙ্গিত দিল।

কিন্তু কান্তিলাল বুঝতে পারল না। "আমি কৌতূহলী, প্লিজ বলো," সে অনুরোধ করল।

"আমাদের পাসপোর্ট গুছিয়ে রাখো, আমরা সবাই পনেরো দিনের জন্য আমেরিকা যাচ্ছি! আমাদের সংস্থা আমাকে 'সর্বোৎকৃষ্ট কর্মচারী' পুরস্কার দিয়েছে,

আর এই আমেরিকা ট্রিপ তারই অংশ। পুরো খরচ কোম্পানি বহন করবে!"

এই দারুণ খবর শুনে পরিবারের সবাই উচ্ছ্বসিত হয়ে উঠল। কোম্পানিতে যোগ দেওয়ার সময় নিয়ম অনুযায়ী তাদের পরিবারের সবার পাসপোর্ট আগেই প্রস্তুত ছিল। বান্নোর জন্য কোম্পানি পেইড হলিডে দিচ্ছিল এবং সে তার স্বামী কান্তিলাল ও দুই সন্তানকে নিয়ে যেতে পারত। বান্নো বিশেষভাবে বিমলাদাদী, তার বাবা-মা ও তুলসিভাবিকেও সঙ্গে যেতে বলল। সে যথেষ্ট সক্ষম ছিল তাদের খরচ স্পনসর করার জন্য। কিন্তু কৃষ্ণ যেতে পারল না কারণ দিপ্তি তখন অন্তঃসত্ত্বা ছিল। তুলসিভাবিও অপারগতা প্রকাশ করল, কারণ সে ওই অবস্থায় দিপ্তির কাছ থেকে দূরে থাকতে চাইছিল না। বান্নো তাদের প্রতিশ্রুতি দিল, ভবিষ্যতে যখন তারা অবসর সময় পাবে, তখন তাদের জন্যও একটি দারুণ ভ্রমণের ব্যবস্থা করবে।

বান্নো কান্তিলালকে বলল, বারোশো মিষ্টির প্যাকেট তৈরি করতে, যা তার টিমের সব কর্মচারীদের মধ্যে বিতরণ করা হবে। কান্তিলাল সেই সুযোগে তার গ্রাহকদেরও খুশি করার পরিকল্পনা করল। কৃষ্ণ ও সে মিলে বিভিন্ন ধরনের মিষ্টি ও নাশতা তৈরি করল, যা মিষ্টির প্যাকেটগুলিতে রাখা হলো। প্রতিটি প্যাকেটের সঙ্গে একটি 'ধন্যবাদ' কার্ডও ছিল। সবাই খুব খুশি হলো।

অবশেষে তারা মুম্বাই বিমানবন্দরে পৌঁছালো আমেরিকা যাওয়ার জন্য। বান্নো আগেও অফিসের কাজে বহুবার বিমানে চড়েছে, কিন্তু কান্তিলাল,

বিমলাদাদীর স্বপ্ন

বিমলাদাদী ও বাচ্চারা প্রথমবার উড়োজাহাজে উঠতে চলেছে। মুম্বাই থেকে সান ফ্রান্সিসকো পর্যন্ত প্রায় আঠারো ঘণ্টার দীর্ঘ সফর ছিল। তারা ইমিগ্রেশন ফর্মালিটিস সম্পন্ন করল এবং বিমানে উঠে পড়ল। বিমলাদাদী বান্নোকে আশীর্বাদ করতেই থাকলেন। সত্যিই, বান্নো যেন ঈশ্বরের আশীর্বাদ হয়ে কান্তিলালের জীবনে এসেছে—এত গুণের অধিকারিণী হয়েও সে বরাবরই মাটির মানুষ রয়ে গেছে। কান্তিলালের আয়ের বহুগুণ বেশি উপার্জন করলেও সে কখনও পরিবারের ওপর কর্তৃত্ব ফলায়নি, বরং সবসময় সন্তানদের শেখায়, তাদের বাবাকে ও বিমলাদাদীকে আগে সম্মান করতে।

পরদিন তারা সান ফ্রান্সিসকো পৌঁছালো। দীর্ঘ ভ্রমণের কারণে তারা ক্লান্ত হয়ে পড়েছিল। সময়ের পার্থক্য ছিল অনেক, তাই তারা স্থানীয় সময় অনুযায়ী ঘড়ি ঠিক করল। তাদের নিতে আসা ট্যাক্সিচালক ছিলেন একজন ভারতীয়, যিনি তাদের আগেভাগেই বুক করা হোটেলে পৌঁছে দিলেন।

হোটেলের রুমটি ছিল দুটি কামরার একটি সুইট, যা পুরো পরিবারের জন্য আদর্শ। শান্তিলাল ও ছোট্ট ছুটকি খুব খুশি হল হোটেলের বিলাসবহুল পরিবেশ দেখে। বাথরুম ও বেডরুমে এত নতুন নতুন প্রযুক্তির ব্যবহার দেখে তারা অবাক হয়ে গেল। এমনকি বিছানার উচ্চতা ও তাপমাত্রাও নিয়ন্ত্রণ করা যাচ্ছিল! জেট ল্যাগের কারণে সকলে ক্লান্ত হয়ে পড়েছিল। সকালের জলখাবারের পর তারা ঘুমিয়ে পড়ল, হঠাৎ ডোরবেল বাজল।

হোটেল বয় এসে একটি খাম দিল। কান্তিলাল সেটি খুলে দেখল, ভিতরে কিছু কুপন রয়েছে। এগুলি শিশুদের জন্য বিশেষ উপহার কুপন ছিল। শিশুদের প্লে এরিয়াতে গিয়ে তারা সেগুলি রিডিম করতে পারবে। সবাই প্রস্তুত হয়ে সেখানে গেল।

সেখানে প্রচুর শিশু খেলছিল, বিশেষ করে কৃত্রিম বুদ্ধিমত্তার (AI) বিভিন্ন খেলায় মেতে ছিল। বান্নো প্রথমে তাদের নিয়ে গেল নেট জাম্পিং, তারপর লেদার হর্স রাইডিং ও কার রেসিং-এ। তাদের কিছু ফ্রি গেম খেলার কুপন ছিল। দুটো কুপন তাদের AI গেম খেলার জন্য বিশেষ হেডগিয়ার এনে দিল। দুই ঘণ্টা ধরে তারা মেতে থাকল।

এরপর সবাই ডাইনিং হলে গেল মধ্যাহ্নভোজের জন্য। রেস্তোরাঁর সাজসজ্জা অত্যন্ত মনোমুগ্ধকর ছিল, প্রতিটি টেবিলের জন্য আলাদা আলাদা বিশেষ ব্যবস্থা। ওয়েট্রেস ছুটকির জন্য একটি ছোট চেয়ার এনে দিল, কারণ ছোটদের জন্য বিশেষ বসার ব্যবস্থা ছিল। বিমলাদাদী সবচেয়ে বেশি উপভোগ করছিলেন। তিনি হোটেলের প্রতিটি বিষয়ে কৌতূহল দেখাচ্ছিলেন ও সবার কাছে নানা প্রশ্ন করছিলেন।

মুম্বাইয়ের মলে স্বয়ংক্রিয়ভাবে দরজা খোলা-বন্ধ হতে দেখেছিলেন, কিন্তু এখানে হাততালি বাজিয়ে বা কণ্ঠস্বরের মাধ্যমে পর্দা সরানো, আলো ও এসি চালু করার বিষয়টি তার কাছে সম্পূর্ণ নতুন ছিল।

প্রথমবার তারা দেখতে পেল কথা বলা রোবট, যারা খাবার পরিবেশন করছিল!

সন্ধ্যায়, তারা সান ফ্রান্সিসকোর সবচেয়ে আইকনিক স্থাপত্য 'গোল্ডেন গেট ব্রিজ' দেখতে গেল। এটি একটি সাসপেনশন ব্রিজ, যা সান ফ্রান্সিসকো উপসাগর এবং প্রশান্ত মহাসাগরকে সংযুক্ত করে। এটি এক মাইল দীর্ঘ একটি বিস্তৃত ব্রিজ, যেখানে একাধিক লেন ছিল। মানুষ সেখানে হাঁটতে, দৌড়াতে, সাইকেল চালাতে, স্কুটার বা গাড়ি চালাতে এবং স্কেটিং করতে পারত। শিশু এবং শারীরিকভাবে অক্ষম ব্যক্তিদের জন্য নির্দিষ্ট লেনও ছিল। জ্বলজ্বলে আলো ও রঙিন লেজার বিমের সৌন্দর্যে ব্রিজটি এত মনোমুগ্ধকর লাগছিল যে, সেখানে ঘণ্টার পর ঘণ্টা বসে এর সৌন্দর্য উপভোগ করা যেত। ব্রিজের ওপর বিভিন্ন খাবারের দোকানও ছিল। সবাই মিলে আমেরিকার স্ট্রিট ফুডের স্বাদ নিল।

পরবর্তী পরিকল্পনা ছিল হলিউড ভ্রমণের। পরদিন সকালে তারা হলিউড স্টুডিওতে গেল। ভাগ্যক্রমে, তারা সেখানে একটি সিনেমার শুটিং প্রত্যক্ষ করার সুযোগ পেল। সেটগুলো অত্যন্ত মনোমুগ্ধকর ছিল, তবে তারা শুটিংটি বেশ একঘেয়ে ও বিরক্তিকর মনে করল। তারা পুরো দিন স্টুডিওতেই কাটাল।

এরপর তারা একটি ফ্লাইট ধরে ওয়াশিংটন ডিসি গেল, হোয়াইট হাউস এবং ওয়াশিংটন মিউজিয়াম দেখার জন্য। সেখানে তারা দু'রাত কাটিয়ে পূর্ব উপকূলের উদ্দেশে রওনা দিল। সময় সীমিত ছিল, তাই তারা মাত্র পাঁচটি গুরুত্বপূর্ণ স্থান দেখার পরিকল্পনা করল—নিউ ইয়র্ক সিটি, নায়াগ্রা জলপ্রপাত, স্ট্যাচু অফ লিবার্টি, ডিজনিল্যান্ড এবং লাস ভেগাস। প্রতিটি

স্থানই ছিল স্মরণীয়, যা অন্তত একবার জীবনে দেখা উচিত।

বিমলাদাদী বান্নোর প্রতি কৃতজ্ঞ ছিল, কারণ বান্নো শুধু তার ভ্রমণের সমস্ত খরচ বহন করেনি, বরং সবসময় খেয়াল রেখেছে যেন তিনি কখনো একাকীত্ব অনুভব না করেন। সবসময় বান্নো তার সুবিধা-অসুবিধার খোঁজ নিত। বান্নো কান্তিলালকে বিশেষভাবে অনুরোধ করেছিল, বিমলাদাদীর আরামের ব্যাপারে সচেতন থাকতে।

সময় কত দ্রুত কেটে গেল, তারা বুঝতেই পারল না, আর ফিরে আসার সময় হয়ে গেল। তখন কেউ কল্পনাও করতে পারেনি যে, এই দুই ছোট্ট শিশু একদিন তাদের দক্ষতা দিয়ে আমেরিকার ভার গ্রহণ করবে।

ফেরার আগের দিন তারা এক দারুণ খবর পেল। দীপ্তি একটি পুত্রসন্তানের জন্ম দিয়েছে! কান্তিলাল পরিবারের সবাই এত আনন্দিত হয়ে উঠল যে, তারা উচ্ছ্বাসে চিৎকার করে উঠল। বাচ্চারা ঠিক করল যে, তারা নবজাতকের জন্য খেলনা এবং পোশাক কিনবে। সেই অনুযায়ী, তারা একটি মলে গেল এবং নবজাতক ও তার মায়ের জন্য অনেক কিছু কেনাকাটা করল।

পরদিন তারা আমেরিকা ছেড়ে নিজেদের মাতৃভূমি, ভারতে ফিরে এল। মুম্বাই পৌঁছানোর পর, জেটল্যাগ সামলে নেওয়ার পর, সবাই নবজাতককে দেখতে গেল, শুধু বান্নো ছাড়া। বান্নোকে তার অসমাপ্ত

কাজগুলো শেষ করতে সঙ্গে সঙ্গেই কাজে যোগ দিতে হলো। তবে সে ঠিক করল, সপ্তাহান্তে কৃষ্ণ ও দীপ্তির বাড়ি যাবে।

শিশুরা তাদের নতুন ছোট্ট ভাইকে দেখে ভীষণ খুশি হলো। তারা তার জন্য আমেরিকা থেকে আনা খেলনা, পোশাক ও অন্যান্য উপহারগুলো দেখাল। ছোট্ট ছুটকি ভীষণ উত্তেজিত ছিল, সে আমেরিকায় দেখা প্রতিটি জিনিস সম্পর্কে সবাইকে জানাতে লাগল। এরপর সবাই নবজাতকের নাম নিয়ে আলোচনা শুরু করল। সবাই একমত হলো যে, নামটি ছোট, সংক্ষিপ্ত এবং অর্থপূর্ণ হওয়া উচিত। তবে তারা কোনো সিদ্ধান্তে পৌঁছাতে পারল না, আলোচনাটি পরে আবার চালিয়ে যাওয়ার জন্য রেখে দিল।

বান্নো নবজাতককে আশীর্বাদ জানাতে দ্রুত একবার গিয়ে তাকে দশ গ্রাম ওজনের একটি স্বর্ণমুদ্রা উপহার দিল। দুপুরের খাবার শেষে, সে আবার মুম্বাই ফিরে গেল।

বান্নোর অন্তর্দৃষ্টি

মার্কিন যুক্তরাষ্ট্রে রওনা দেওয়ার আগেই বান্নো ব্যবসার বৈচিত্র্যকরণের জন্য একটি নতুন প্রস্তাব জমা দিয়েছিলেন। তিনি তাঁর পণ্যের জন্য একটি সমগ্র এশিয়াজুড়ে ব্র্যান্ড ইমেজ গড়তে চেয়েছিলেন। ভারতে তাঁর পণ্য সংশ্লিষ্ট শিল্পে যথেষ্ট জনপ্রিয়তা ও লাভজনকতা অর্জন করেছিল, কিন্তু তিনি তাতে সন্তুষ্ট ছিলেন না। তিনি এমন একজন ব্যক্তি ছিলেন না যিনি কেবলমাত্র লক্ষ্য অর্জন করেই তৃপ্ত হতেন। তাঁর বিশ্বাস ছিল, যে লক্ষ্য অর্জন করা সম্ভব, সেটি চূড়ান্ত লক্ষ্য হতে পারে না। বরং, তিনি এমন এক লক্ষ্য স্থির করতে চেয়েছিলেন যা তাঁর ও তাঁর দলের জন্য চ্যালেঞ্জিং হবে।

গত ছয় বছরে তাঁর দলের প্রতিটি সদস্য কঠোর পরিশ্রম ও পরিকল্পনার মাধ্যমে শক্তিশালী হয়ে উঠেছে এবং আগের প্রকল্পের চেয়েও বড় একটি নতুন উদ্যোগ নেওয়ার জন্য প্রস্তুত ছিল। বোর্ড সদস্যরা তাঁর নতুন প্রস্তাব শুনতে চেয়েছিলেন এবং চাইছিলেন তিনি সেটির যৌক্তিক ব্যাখ্যা দেন। এই প্রকল্পের প্রাথমিক পর্যায়েই কমপক্ষে পাঁচ লক্ষ ডলার খরচ হবে, শুধুমাত্র এশিয়া-প্যাসিফিক অঞ্চলের সম্ভাব্য শিল্প বাজারগুলি বিশ্লেষণ করার জন্য। একটি আলাদা গবেষক দলের প্রয়োজন হবে, এবং বিভিন্ন দেশে অফিস স্থাপনের জন্য অতিরিক্ত আর্থিক ব্যয়ও যুক্ত হবে।

বোর্ডের নিয়ম অনুসারে, কোনো প্রকল্প যদি প্রাথমিক পর্যায়ে পাঁচ লক্ষ ডলারের ব্যয় বহন করে, তবে সেটি তখনই অনুমোদিত হবে যদি বোর্ড সভায় উপস্থিত দুই-তৃতীয়াংশ সদস্য এর পক্ষে ভোট দেন। বান্নো এ নিয়ম সম্পর্কে সচেতন ছিলেন এবং নিজেকে সে অনুযায়ী প্রস্তুত করেছিলেন। তবে তাঁর নিজেরও একটি নিয়ম ছিল—যদি একজন সদস্যও তাঁর পরিকল্পনার বিপক্ষে যান, তবে তিনি প্রকল্পটি থেকে সরে দাঁড়াবেন।

তিনি বোঝানোর জন্য প্রস্তুত হয়েছিলেন যে এশিয়া-প্যাসিফিক অঞ্চলে নতুন প্রকল্প চালু করা সংস্থার জন্য কতটা লাভজনক হবে। সংস্থার অন্যান্য ব্যবসার জন্য অনেক এশীয় দেশে ইতিমধ্যেই অফিস ছিল, যা প্রাথমিক পর্যায়ে বাজার বিশ্লেষণের কাজে সহায়ক হবে। তিনি প্রশিক্ষণের একটি বিশেষ পদ্ধতি তৈরি করবেন যাতে বিদ্যমান কর্মীদেরই ব্যবহার করা যায় এবং খরচ কমানো যায়। প্রথম দিকে শিল্পগুলিকে ভারতের উৎপাদন কেন্দ্র থেকেই পণ্য সরবরাহ করা হবে, এবং পরবর্তীতে চাহিদা বাড়লে বিদেশে উৎপাদন কেন্দ্র স্থাপনের বিষয়টি বিবেচিত হতে পারে।

নির্ধারিত দিনে বান্নো বোর্ড মিটিং কক্ষে পৌঁছালেন। এটি ছিল প্রথমবার, যখন নব্বই শতাংশের বেশি বোর্ড সদস্য উপস্থিত ছিলেন। সকলেই তাঁর নেতৃত্বের গুণাবলি সম্পর্কে শুনেছিলেন, কিন্তু দু'-একজন ছাড়া কেউই তাঁকে সরাসরি দেখেননি বা কথা বলেননি। তাই সুযোগ পেয়ে সবাই তাঁকে শুনতে

চাইলেন, সেই নারী যিনি স্বল্প সময়ের মধ্যেই সংস্থার জন্য এত কিছু করেছেন।

বান্নো কক্ষে প্রবেশ করতেই উপস্থিত সদস্যদের সংখ্যা দেখে উজ্জীবিত হলেন। তাঁর প্রকল্পটি বোর্ড সদস্যদের আগ্রহ জাগিয়েছে এবং কয়েকজন নয়, বরং পুরো বোর্ডকেই তিনি বোঝানোর সুযোগ পেয়েছেন। তিনি সবাইকে সম্ভাষণ জানিয়ে নিজের পরিচয় দিলেন এবং সংস্থায় তাঁর কাজের প্রকৃতি ও বর্তমান প্রকল্পের সূচনা সম্পর্কে ব্যাখ্যা করলেন, যা ইতিমধ্যেই সংস্থার জন্য বিপুল মুনাফা এনে দিয়েছে। এরপর তিনি তাঁর সম্প্রসারণ পরিকল্পনা উপস্থাপন করলেন।

একটি বক্তব্য পুরো কক্ষের দৃষ্টি আকর্ষণ করল তিনি বললেন, "আমি চাই শিল্প রাসায়নিক উৎপাদন ক্ষেত্রটিকে ইস্পাত ও অন্যান্য ধাতু উৎপাদন খাতের মতো অগ্রণী খাতে পরিণত করতে। ভারী প্রকৌশল শিল্পগুলির পাশাপাশি রাসায়নিক শিল্পও সমান গুরুত্ব পাক, সরকার ও সমাজের চোখে। এখন আমি দেখাবো কিভাবে আমার প্রস্তাব আমাদের সংস্থার বিশ্বব্যাপী ভাবমূর্তি উজ্জ্বল করবে।" এরপর তিনি তাঁর সহকারীকে উপস্থাপনার কপি বিতরণ করতে বললেন এবং তাঁকে বাইরে অপেক্ষা করতে নির্দেশ দিলেন।

পরবর্তী দেড় ঘণ্টা যেন যুক্তি, পরিকল্পনা ও ভবিষ্যৎ দর্শনের এক মহোৎসব হয়ে উঠল। বোর্ড সদস্যরা বিস্মিত হলেন বান্নোর চিন্তা ও পরিকল্পনার স্বচ্ছতা দেখে। অনেকে মনে মনে ভাবলেন, "ভারত এবং

আন্তর্জাতিক বাজার সম্পর্কে এতো গভীর জ্ঞান তার এল কোথা থেকে?" অন্যরা তার আত্মবিশ্বাস ও সংকল্প দেখে অভিভূত হলেন। বোর্ড সদস্যরা একের পর এক প্রশ্ন করলেন, এবং বান্নো প্রত্যেকটির প্রযুক্তিগত ও বুদ্ধিদীপ্ত উত্তর দিল। এরপর তাঁকে পাশের কক্ষে অপেক্ষা করতে বলা হলো, যাতে বোর্ড সদস্যরা নিজেদের মধ্যে আলোচনা করতে পারেন। যদি প্রয়োজন হয়, তবে ভোটাভুটির মাধ্যমে সিদ্ধান্ত নেওয়া হবে। তখনই বান্নো উঠে দাঁড়াল এবং বলল "আমি আপনাদের কাছে একটি অনুরোধ রাখছি। যদি আপনাদের মধ্যে একজনও আমার প্রস্তাবে পুরোপুরি সন্তুষ্ট না হন, তবে আমি এটিকে অসম্পূর্ণ বলে মেনে নেব। আমি আপাতত সরে দাঁড়াব এবং আরও বেশি প্রস্তুতি নিয়ে পরবর্তীতে আবার আসব। আমি খণ্ডিত সিদ্ধান্তে বিশ্বাস করি না।" এরপর বান্নো সভাকক্ষ ত্যাগ করল।

দুই ঘণ্টা ধরে গভীর আলোচনা শেষে, বোর্ড একটি ঐতিহাসিক সিদ্ধান্তে উপনীত হলো; "যদি মিসেস বান্নো স্বয়ং নেতৃত্ব দেন এবং নতুন প্রকল্পের সমস্ত বিভাগ তত্ত্বাবধান করেন, তবে তাঁকে অনুমতি দেওয়া হলো পরিকল্পনা অনুযায়ী কাজ শুরু করার। প্রাথমিকভাবে পাঁচ লক্ষ ডলার বরাদ্দ করা হলো, যা পাঁচ কিস্তিতে বিতরণ করা হবে।"

বান্নোকে যখন ভিতরে ডাকা হলো, ও দেখল সকলের মুখ উজ্জ্বল। ও মনের মধ্যে একটুখানি আশা নিয়ে অপেক্ষা করল। রায় ঘোষণা করা হলো "জেনারেল ম্যানেজার বান্নোর জমা দেওয়া পরিকল্পনা

সর্বসম্মতিক্রমে গৃহীত হয়েছে।" বান্নোর চোখে আনন্দাশ্রু এসে গেল। ও মিস্টার বলদেবের দিকে তাকাল যাঁর অধীনে ও শিখেছিল কীভাবে নিখুঁত হতে হয়। এক নিঃশব্দ ইঙ্গিতে বান্নো তাঁকে ধন্যবাদ জানাল। বান্নো সকলকে আন্তরিক কৃতজ্ঞতা জানিয়ে একে একে প্রতিটি বোর্ড সদস্যের সঙ্গে করমর্দন করল এবং কক্ষ ত্যাগ করল।

তবে বান্নো জানতেন না, ঈশ্বর তাঁর জন্য আরও বড় কিছু পরিকল্পনা করে রেখেছেন...

জেনারেল ম্যানেজার বান্নো

বান্নোর কর্মক্ষেত্র বহুগুণে বেড়ে গিয়েছিল। কিন্তু একটি সিদ্ধান্ত সে দৃঢ়ভাবে নিয়ে নিয়েছিল সন্ধ্যা সাতটার পর আর অফিস বা কাজের চাপ নয়, এবং একান্ত জরুরি না হলে কোনো অফিসিয়াল ফোনও নয়। ফলে তার পরিবারের প্রতি দায়িত্ব বা সন্তানদের প্রতি মনোযোগ কোনোভাবেই কমেনি। বরং শান্তিলালের দ্বাদশ শ্রেণির পরীক্ষার জন্য সে আরও বেশি সময় দিচ্ছিল। যদিও শান্তিলাল পরীক্ষার জন্য পুরোপুরি প্রস্তুত ছিল, তার মা কিন্তু খুবই কঠোর। সে নিজেই ওর জন্য নতুন নতুন বৈজ্ঞানিক ও গাণিতিক সমস্যা তৈরি করত সমাধানের জন্য। ইংরেজি ও অন্যান্য ভাষার বিষয়গুলো বারবার রিভিশন করানো হত।

ছুটকি এবার অষ্টম শ্রেণিতে উঠেছে। সেও ক্লাসের সেরা ছাত্রী। এ বছর সে রাজ্যের ট্যালেন্ট সার্চ পরীক্ষায় বসছে, তার দাদার মতো। শান্তিলাল দশম শ্রেণিতে পড়াকালীনই জাতীয় প্রতিভা অন্বেষণ পরীক্ষায় উত্তীর্ণ হয়েছিল এবং তখন থেকেই সে ভারত সরকারের স্কলারশিপ পাচ্ছিল। ছুটকিও দাদার পথ অনুসরণ করছিল। বান্নো নিশ্চিত ছিল, তার দুই সন্তানই অসাধারণ ফল করবে।

অফিস এবং পরিবার দুটোই সমান দক্ষতায় সামলাচ্ছিল বান্নো। কাজের চাপ তার দৈনন্দিন পারিবারিক জীবনে কোনো প্রভাব ফেলতে পারেনি।

তবে সময়সূচীতে কিছু পরিবর্তন হয়েছিল। সে তার কাজের সময় নিজেই নির্ধারণ করত। মাসে বহুবার তাকে এশিয়ার বিভিন্ন দেশে যেতে হত। বিভিন্ন দেশের সঙ্গে সমন্বয় করাই ছিল তার দায়িত্ব। প্রথম পর্যায়ে সে ঠিক করেছিল, শুধু ফিলিপাইনস ও ভিয়েতনামের উপর মনোযোগ দেবে, কারণ এই দুই দেশে প্রশাসনিক ব্যয় তুলনামূলকভাবে কম। সে নিজে দু'বার সেখানে গিয়ে স্থানীয় সরকারের সঙ্গে আলোচনা করেছিল, যাতে উভয় পক্ষই লাভবান হয়। প্রযুক্তিগত ও ব্যবস্থাপনাগত দক্ষ জনবল সে সংগ্রহ করেছিল তার পরিকল্পনা বাস্তবায়নের জন্য।

পাঁচ দিন সে অফিস ও ভ্রমণে ব্যস্ত থাকত, আর দুদিন পুরোপুরি পরিবারকে দিত। সে কখনো ভুলত না যে সে কেবল একজন উচ্চপদস্থ কর্মী নয়, সে একজন মমতাময়ী মা, কান্তিলালের স্ত্রী, বিমলাদাদীর বউমা, এবং তার নিজের বাবা-মায়ের কন্যা। বান্নো সত্যিকারের এক বহুমুখী দক্ষতার প্রতীক ছিল। সে শান্ত, সহানুভূতিশীল, এবং তার টিমের প্রতিটি সদস্যকে ভালোভাবে চিনত। সে কখনোই ভুলত না তার এইচআর ম্যানেজারকে নির্দেশ দিতে, যাতে কর্মীদের জন্মদিনে সংস্থার লোগোসহ একটি উপহার ও শুভেচ্ছা কার্ড পাঠানো হয়। এই ছোট্ট সৌজন্যবোধ ব্যবস্থাপনা ও কর্মীদের মধ্যে এক আত্মিক সম্পর্ক গড়ে তুলেছিল। শুধু তাই নয়, সে তার টিমের সদস্যদের সমস্যা নিয়েও ভাবত। বহুবার নিজের পকেট থেকে টাকা খরচ করে সাহায্য করেছিল, কাউকে না জানিয়ে। ঈশ্বর তাকে অনেক কিছু

দিয়েছেন, এবার তার পালা কিছু ফিরিয়ে দেওয়ার। সে স্থির করেছিল, তার আয়ের অন্তত দুই শতাংশ কর্মীদের কল্যাণে ব্যয় করবে। তবে কাজের ক্ষেত্রে সে অত্যন্ত কঠোর ছিল। সময়মতো কাজ সম্পন্ন করাটা সে অত্যন্ত গুরুত্বপূর্ণ মনে করত এবং কোনোভাবেই বিলম্ব সহ্য করত না। তার টিম লিডারদেরও কঠোর পরিশ্রমী ও চ্যালেঞ্জ গ্রহণে সদা প্রস্তুত থাকার জন্য প্রশিক্ষিত করা হয়েছিল।

বান্নোর দক্ষতা, মানবিকতা ও নেতৃত্বগুণ এক অনন্য দৃষ্টান্ত স্থাপন করেছিল।

শান্তিলাল গেল আইআইটি-তে

শান্তিলাল দ্বাদশ শ্রেণি ও আইআইটি প্রবেশিকা পরীক্ষায় অসাধারণ ফল করল। সে মুম্বাই আইআইটি বেছে নিল, যাতে পরিবার থেকে বেশি দূরে না যেতে হয়। সে কম্পিউটার ইঞ্জিনিয়ারিং কে তার ক্যারিয়ার হিসেবে বেছে নিল। দ্বিতীয় বর্ষেই সে এমন একটি সফটওয়্যার তৈরি করল, যা ব্যাঙ্ক জালিয়াতির উৎস শনাক্ত করতে সক্ষম। এটি জাতীয় খবর হয়ে উঠল। ভারত সরকার বিষয়টি গুরুত্ব সহকারে নিল। তথ্য ও প্রযুক্তি মন্ত্রক আইআইটি মুম্বাই-এর সঙ্গে যোগাযোগ করে শান্তিলালের সঙ্গে সরকারি প্রতিনিধিদের একটি বৈঠকের ব্যবস্থা করার জন্য অনুরোধ জানায়।

অবশেষে, একটি উন্মুক্ত প্রদর্শনী অনুষ্ঠিত হয়, যেখানে সমস্ত স্টেকহোল্ডাররা উপস্থিত ছিলেন; ব্যাঙ্কের উচ্চপদস্থ কর্মকর্তা, আইন প্রয়োগকারী বিভাগ, সরকারি আধিকারিক এবং তথ্যপ্রযুক্তি বিশেষজ্ঞরা। শান্তিলাল নিজে ব্যাঙ্ক জালিয়াতির ছদ্মপরীক্ষা পরিচালনা করল। বিভিন্ন ভারতীয় ব্যাঙ্কে জালিয়াতির কৃত্রিম ঘটনা তৈরি করা হলো, আর সে প্রতিটি উৎসকে চিহ্নিত করে দিল। তবে সে এতটাই বুদ্ধিমান ছিল যে, আসল অ্যালগরিদমের বিশদ গোপন রাখল। তার এই যুগান্তকারী অবদানের জন্য প্রথম পেটেন্ট পেল। তার প্রোগ্রামিং দক্ষতার জন্য জাতীয় স্বীকৃতি পেল। সরকার তাকে ফুলব্রাইট স্কলারশিপ দিল, যাতে সে নিজের পছন্দের দেশে

উচ্চতর পড়াশোনা চালিয়ে যেতে পারে, তবে শর্ত একটাই; আইআইটি পড়াশোনা শেষ করার পরেই যেতে হবে।

ছুটকির প্রতিভার প্রকাশ

সময় তার নিজস্ব গতিতে এগিয়ে চলল। শান্তিলাল আইআইটি-তে কম্পিউটার ইঞ্জিনিয়ারিং পড়তে চলে গেল, আর তার বোন ছুটকি তখন অষ্টম শ্রেণিতে পড়ে। সেও তার দাদার মতোই সবসময় ক্লাসে প্রথম হতো। গণিত ও পদার্থবিদ্যা ছিল তার প্রিয় বিষয়। ছুটকি সর্বদাই বায়ুবিদ্যার (Aerodynamics) জটিল সমস্যাগুলি সমাধান করতে ভালোবাসত। বৈজ্ঞানিক চিন্তাভাবনায় সে তার সমবয়সীদের থেকে অনেক এগিয়ে ছিল। নবম শ্রেণিতে উঠতে না উঠতেই সে দশম ও একাদশ শ্রেণির সমস্যাগুলি সমাধান করতে শুরু করেছিল। সে বিভিন্ন বিজ্ঞান মডেল প্রতিযোগিতায় অংশ নিয়ে স্কুলের জন্য সুনাম অর্জন করেছিল। একদিন সে নিজের একটি রিমোট কন্ট্রোলড হেলিকপ্টার তৈরি করল, এবং সেটি সফলভাবেই কাজ করল। যদিও তার দাদা তাকে অনেক ইনপুট দিয়েছিল, তবে তার নিজস্ব অবদানও ছিল গুরুত্বপূর্ণ।

একদিন, আইআইটির গ্রন্থাগারে বসে শান্তিলাল একটি বিজ্ঞাপন দেখতে পেল। সেটি ছিল আন্তর্জাতিক স্তরের এক ড্রোন নির্মাণ প্রতিযোগিতার ঘোষণা। প্রথম তিন বিজয়ী সম্পূর্ণ স্কলারশিপ পাবে এবং নাসা, যুক্তরাষ্ট্রে গিয়ে উচ্চতর পড়াশোনার সুযোগ পাবে। শুধু তাই নয়, তারা পিএইচডি পর্যন্ত সমস্ত পড়াশোনার জন্য যাবতীয় সুযোগ-সুবিধা

পাবে। বিজ্ঞাপনটি দেখামাত্র শান্তিলাল আর দেরি না করে ছুটকিকে ফোন করল এবং প্রতিযোগিতার সমস্ত তথ্য জানিয়ে দিল। বিজ্ঞাপনের ছবি তুলে ছুটকিকে পাঠিয়েও দিল এবং বলল, সে যেন ভালোভাবে ভেবে দেখে। দরকার পড়লে, যে কোনো তথ্য বা সাহায্যের জন্য সে প্রস্তুত।

কিন্তু এটি ছিল একটি বড় চ্যালেঞ্জ। একই সঙ্গে, এতে যথেষ্ট আর্থিক ব্যয় ও ব্যর্থতার ঝুঁকিও ছিল। প্রকল্পটি সফল হতে পারে, আবার নাও হতে পারে। এমনকি সফল হলেও প্রথম তিনের মধ্যে আসতে পারবে কিনা, তা নিশ্চিত ছিল না। কিন্তু ছুটকির সৌভাগ্য ছিল যে তার বাবা-মা খুবই উদার ও উৎসাহদাতা, আর তার দাদা সবসময়ই তার পরীক্ষামূলক প্রকল্পে পাশে দাড়ায়। তাদের হাতে ছিল মাত্র ৩৫ দিন, এর মধ্যেই এমন একটি ড্রোন তৈরি করতে হবে যা বিশ্বজুড়ে অন্য যেকোনো ড্রোনের চেয়ে উন্নত হবে।

ছুটকি তার দাদাকে বলল, সে যেন সপ্তাহান্তে একদিন বাড়ি আসে। পরের রবিবার সবাই একসঙ্গে বসল, ছুটকি, তার বাবা-মা, দাদী এবং শান্তিলাল। সবাই মিলে প্রকল্পটির খুঁটিনাটি বুঝতে চেষ্টা করল। প্রথমেই তৈরি হলো ড্রোনের জন্য প্রয়োজনীয় যন্ত্রাংশের একটি তালিকা, যা দিয়ে একটি সাধারণ উড়তে সক্ষম ড্রোন তৈরি করা যাবে। তবে জানা ছিল, সব প্রতিযোগীই ড্রোন তৈরি করবে। অনেকেই পেশাদার সাহায্য নেবে, যদিও প্রকৃতপক্ষে এটি প্রত্যাশিত নয়। কিছু স্কুল তাদের বিজ্ঞান শিক্ষকদের গাইড হিসেবে নিয়োগ করবে। ফলে, সর্বোচ্চ স্তরের প্রতিযোগিতায়

টিকে থাকার জন্য চূড়ান্ত চ্যালেঞ্জ ছিল ড্রোনটিকে এমনভাবে উন্নত করা, যাতে এটি সর্বাধিক বৈজ্ঞানিক কার্য সম্পাদন করতে পারে।

ছুটকি সম্প্রতি তার দাদার দেওয়া ভূ-ভৌতিক বিজ্ঞানের (Geophysics) একটি বই পড়ছিল। সেখান থেকে তার মাথায় একটি দারুণ ধারণা এল। "সবাই শুনুন," উত্তেজিত গলায় ছুটকি বলল, "আমরা যদি আমাদের ড্রোনের মধ্যে একটি বিশেষ যন্ত্রাংশ বসাই, যা আকাশ থেকে মাটির গভীরে সঙ্কেত পাঠাবে এবং পৃথিবীর অভ্যন্তরের বিভিন্ন স্তরে প্রবেশ করে সেই সঙ্কেত ফিরে এনে বিশ্লেষণ করবে? এর মাধ্যমে আমরা জানতে পারব, সেখানে কী কী খনিজ পদার্থ রয়েছে, সেইসব উপাদানের অনুপাত কতটা, এমনকি ভূগর্ভস্থ বিশুদ্ধ পানির পরিমাণ ও গভীরতাও নির্ধারণ করা সম্ভব হবে! এছাড়াও, ভূমিকম্পের আগাম পূর্বাভাসও দেওয়া যেতে পারে সেখানে সিসমিক (Seismic) পরিবর্তন বিশ্লেষণ করে!"

ছুটকির কথাগুলি শুনে সবাই অবাক হয়ে গেল, বিশেষ করে শান্তিলাল আর তার মা বান্নো। এত ছোট বয়সেই তার মধ্যে এমন গভীর বৈজ্ঞানিক চিন্তাভাবনা! শান্তিলালের বুক গর্বে ভরে উঠল। সে দৃঢ় প্রতিজ্ঞ হলো তার বোনকে সাহায্য করবেই।

এই প্রকল্পের আনুমানিক ব্যয় হতে পারে প্রায় আড়াই লাখ টাকা। এটি একটি বিশাল পরিমাণ, কিন্তু তারা ঝুঁকি নেওয়ার সিদ্ধান্ত নিল। যখন ছুটকির স্কুল জানল যে তাদের এক মেধাবী ছাত্রী আন্তর্জাতিক প্রতিযোগিতায় একটি অভিনব ড্রোন তৈরি করতে

চলেছে, তখন তারা জরুরি গভর্নিং বোর্ডের সভা ডেকে ৫০,০০০ টাকা অনুদান দেওয়ার সিদ্ধান্ত নিল। তবে স্কুলের দুটি শর্ত ছিল প্রথমত, প্রতিযোগিতাটি ব্যক্তিগতভাবে নয়, স্কুলের নামে অংশগ্রহণ করতে হবে, যাতে স্কুলের খ্যাতি বৃদ্ধি পায়; দ্বিতীয়ত, তৈরি হওয়া ড্রোনটি স্কুলের সম্পত্তি হবে। ছুটকির পরিবার এই শর্ত মেনে নিল।

এরপর, প্রতিযোগিতার আনুষ্ঠানিক ফর্মালিটিগুলি স্কুলের পক্ষ থেকে সম্পন্ন করা হলো। অংশগ্রহণকারী ছাত্রীর পাশাপাশি দুটি গাইড শিক্ষককেও নাম জমা দিতে হতো। কিন্তু সমস্যা ছিল, স্কুলে একজনের বেশি যোগ্য বিজ্ঞান শিক্ষক ছিল না। বিশেষ অনুমতি নিয়ে শান্তিলালের নামও গাইড হিসেবে অন্তর্ভুক্ত করার পরিকল্পনা করা হলো। কিছুদিনের মধ্যেই, দিল্লির বিজ্ঞান মন্ত্রণালয় থেকে স্বীকৃতি এল, ছুটকির স্কুল জাতীয় পর্যায়ের প্রতিযোগিতায় অংশগ্রহণের অনুমোদন পেয়েছে!

এদিকে, কিছু গবেষণা প্রতিষ্ঠান এবং ভারতের প্রতিরক্ষা বিভাগের বৈজ্ঞানিক গবেষণা ও উন্নয়ন শাখা ছুটকির প্রকল্পে আর্থিক সহায়তা দেওয়ার সিদ্ধান্ত নিল। শুধু তাই নয়, প্রতিরক্ষা বিভাগ থেকে কিছু আধুনিক যন্ত্রাংশও সরবরাহ করা হলো। এরপর ছুটকি, শান্তিলাল এবং প্রতিরক্ষা বিভাগের কিছু অফিসারের মধ্যে গোপন বৈঠক অনুষ্ঠিত হলো। তারা আলোচনা করল, কীভাবে এই ড্রোনে উন্নত নজরদারি প্রযুক্তি সংযোজন করা যায়, যা সন্ত্রাস

দমনে সহায়ক হবে, বিশেষ করে দুর্গম পাহাড়ি অঞ্চলে।

এটি ভবিষ্যতে ভারতীয় প্রতিরক্ষা বাহিনীর জন্য উন্নত ড্রোন তৈরির পথ খুলে দিতে পারে। তবে স্কুলকে এই অংশ সম্পর্কে কিছু জানানো হয়নি। পরিকল্পনা হলো স্কুলের জন্য একটি সাধারণ উড়ন্ত ড্রোন তৈরি করা হবে, আর উন্নত সংস্করণটি প্রতিরক্ষা গবেষণার জন্য সংরক্ষিত থাকবে। অর্থের কোনো সমস্যা আর রইল না। শান্তিলাল আইআইটি থেকে সরকারি ছুটি নিয়ে পুরো সময় ছুটকিকে সাহায্য করার জন্য চলে এল। বেশিরভাগ গবেষণার কাজ তারা সরকারের ভূ-ভৌতিক গবেষণাগারে করল। মাত্র এক মাসের মধ্যে, পরিকল্পনা অনুযায়ী দুটি ড্রোন তৈরি হয়ে গেল।

জাতীয় পর্যায়ে প্রতিযোগিতায় প্রায় তিন শতাধিক স্কুল অংশগ্রহণ করেছিল, উপস্থাপনার দিনে, প্রতিযোগীদের ড্রোন তৈরির মৌলিকত্ব ও বিশেষত্ব বোঝার জন্য ছাত্র-ছাত্রী ও তাদের গাইডদের সাক্ষাৎকার নেওয়া হয়। অংশগ্রহণকারীরা নিজেদের তৈরি করা ড্রোনের বিশদ ব্যাখ্যা দেন, যাতে তাদের প্রকৃত দক্ষতা যাচাই করা যায়। এরপর প্রত্যেক প্রতিযোগী তাদের ড্রোনের উড়ান প্রদর্শন করেন। প্রতিটি বিভাগে চিন্ময়ী (ছুটকি) প্রথম স্থান অর্জন করে।

বিদ্যালয় এই সাফল্যে অত্যন্ত গর্বিত হয় এবং ছুটকি ও তার শিক্ষাগাইডের সম্মানে একটি সংবর্ধনা অনুষ্ঠানের আয়োজন করে। তার শিক্ষককে পুরস্কার

হিসেবে দুটি ইনক্রিমেন্ট এবং বিদ্যালয়ের সহকারী প্রধান শিক্ষকের পদোন্নতি দেওয়া হয়। বিদ্যালয় গর্বের সঙ্গে চিন্ময়ীর উড়ন্ত ড্রোনটি অন্যান্য ছাত্র-ছাত্রীদের সামনে প্রদর্শন করে। রাজ্যের রাজ্যপাল চিন্ময়ীকে একটি স্মারক ও পঁচিশ হাজার টাকা নগদ পুরস্কার প্রদান করেন।

দ্বিতীয় ড্রোনটি আরও উন্নত প্রযুক্তি দ্বারা সজ্জিত ছিল, যা আন্তর্জাতিক প্রতিযোগিতার জন্য ভারত সরকার পাঠায়। প্রতিযোগীদের বাছাই পর্ব দেখার অনুমতি ছিল না। বিশ্বের ১২৬টি দেশ এই প্রতিযোগিতায় অংশগ্রহণ করেছিল। ফ্লাইট ম্যানুভারিং ও নিরাপত্তার ভিত্তিতে মাত্র ২৬টি ড্রোন পরবর্তী পর্যায়ের জন্য নির্বাচিত হয়, যার মধ্যে চিন্ময়ীর ড্রোনও ছিল। এই পর্বে ড্রোনগুলি বিশেষজ্ঞরা চালান। এখনও পর্যন্ত ছুটকি (চিন্ময়ী) বাছাই প্রক্রিয়ার সঙ্গে সরাসরি জড়িত ছিল না। সে হঠাৎই আমন্ত্রণপত্র পায়, যাতে জানানো হয় যে তাকে পরবর্তী রাউন্ডের জন্য ব্যক্তিগতভাবে উপস্থিত থাকতে হবে। সে একজন গাইডকে সঙ্গে নিয়ে যেতে পারবে। তাদের জন্য দুটি 'ওপেন' এয়ার টিকেট পাঠানো হয়, যাতে তারা আমেরিকার নাসায় উপস্থিত থাকতে পারে।

ছুটকি ও তার দাদা শান্তিলাল একসঙ্গে বিমানে চড়ে আমেরিকার উদ্দেশ্যে রওনা হয়। নাসার পক্ষ থেকে একটি গাড়ি পাঠানো হয় তাদের এয়ারপোর্ট থেকে নিয়ে যাওয়ার জন্য এবং নাসার অতিথি ভবনে থাকার ব্যবস্থা করা হয়। এই পর্যায়ে, ড্রোনের মানবজাতির

জন্য উপযোগিতা যাচাই করা হবে। ছুটকি ও শান্তিলালকে তাদের ড্রোনের নানান কার্যকারিতা প্রদর্শন করতে হয়। অবশেষে সাতটি ড্রোন বেছে নেওয়া হয় সেরা তিনটি নির্ধারণের জন্য। পরবর্তী তিন দিন ধরে প্রতিযোগীরা তাদের ড্রোনের বিশেষত্ব তুলে ধরতে থাকে। ছুটকিকে নির্দিষ্ট উচ্চতা থেকে সংকেত পাঠিয়ে একটি নির্দিষ্ট স্থানে তথ্য সংগ্রহ করতে বলা হয়, যদিও সে জানত না যে এটি এমন একটি স্থান যেখানে আগেই আমেরিকান জিওলজিক্যাল সার্ভে বিভাগ তথ্য সংগ্রহ করেছিল। অবাক করার মতো ছুটকির ড্রোনের সংগৃহীত তথ্য ও তাদের আগের তথ্য হুবহু মিলে যায়।

এরপর তার স্পাই ক্যামেরা কিছু লুকানো বস্তু চিহ্নিত করতে সক্ষম হয়, তার নজরদারি ব্যবস্থা নিরাপদে সংরক্ষিত ধাতব বস্তুর উপস্থিতি শনাক্ত করে। এমনকি একপর্যায়ে আমেরিকান সংস্থা ছুটকির ড্রোনের ওপর নজরদারি চালানোর জন্য একটি পৃথক ড্রোন পাঠায়। কিন্তু অবাক করা বিষয় হলো, ছুটকির ড্রোন সাথে সাথে প্রতিক্রিয়া দেখিয়ে ডিজিটাল সংকেত পাঠিয়ে অপর ড্রোনটিকে সতর্ক করে দেয়। এত দূরত্ব থাকা সত্ত্বেও তার ড্রোন নির্ভুলভাবে এই কাজটি সম্পন্ন করে। ছুটকি পয়েন্টের দিক থেকে অনেক এগিয়ে ছিল, তবুও বিচারকরা নিশ্চিত হতে চাইলেন যে সত্যিই এই কাজ তার নিজস্ব প্রচেষ্টার ফল। তাই তাকে ড্রোনের নকশা ও কার্যপ্রণালী সম্পর্কে আরও বিস্তারিত উপস্থাপনা

দিতে বলা হয়। এই পর্যায়ে শান্তিলালকে উপস্থিত থাকার অনুমতি দেওয়া হয়নি।

ছুটকি একা বিচারকদের সামনে বিস্তারিত ব্যাখ্যা দেয়। মার্কিন প্রতিরক্ষা ও গোয়েন্দা বিভাগের কিছু বিশেষজ্ঞও এই পর্যায়ে উপস্থিত ছিলেন। ছুটকি তাদের সমস্ত প্রশ্নের অত্যন্ত দক্ষতার সঙ্গে উত্তর দেয়। উপস্থিত সকলেই, বিশেষ করে ভারতের বৈজ্ঞানিক প্রতিনিধি দল, এই ভারতীয় কিশোরীর প্রতিভা দেখে অভিভূত হয়ে যায়। চিন্ময়ীর ড্রোনটি মানবকল্যাণে ব্যবহারের জন্য সবচেয়ে বেশি কার্যকরী বিবেচিত হয়। সব বিচারকের সর্বোচ্চ নম্বর পেয়ে তার ড্রোন আন্তর্জাতিক প্রতিযোগিতায় প্রথম স্থান অধিকার করে। চিন্ময়ীসহ অন্য দুই সেরা প্রতিযোগীকে আমেরিকার প্রেসিডেন্টের হাত থেকে পদক গ্রহণের জন্য হোয়াইট হাউসে আমন্ত্রণ জানানো হয়। শান্তিলালও এই সম্মানসূচক আমন্ত্রণ পায়।

ভারতের সমস্ত সংবাদপত্রে এই খবর প্রকাশিত হয়। কান্তিলাল পরিবারের সব সদস্য ছুটকি ও শান্তিলালের এই বিরল অর্জনে অত্যন্ত গর্বিত হয়। চিন্ময়ী ফুলব্রাইট স্কলারশিপ অর্জন করে, যা তাকে নাসা-সংশ্লিষ্ট প্রতিষ্ঠানে পড়ার সুযোগ করে দেয়। কিন্তু সে প্রথমে দেশে ফিরে আসে, কারণ ভারত সরকার তাদের সংবর্ধনার জন্য রাষ্ট্রপতি ভবনে একটি বিশেষ অনুষ্ঠান আয়োজন করে। সেখানে ভারতের রাষ্ট্রপতির হাত থেকে চিন্ময়ী ও শান্তিলালকে বিশেষ

সম্মানে ভূষিত করা হয়। কান্তিলাল, বান্নো, বিমলাদাদী ও পরিবারের অন্যান্য সদস্যরা উপস্থিত ছিলেন।

ছোট্ট কিশোরী চিন্ময়ী রাষ্ট্রপতির কাছ থেকে পাঁচ লক্ষ টাকার নগদ পুরস্কার গ্রহণ করে। চিন্ময়ী ইতিমধ্যেই মহারাষ্ট্রের রাজ্যপাল, ভারত সরকার এবং মার্কিন প্রেসিডেন্টের কাছ থেকে সম্মানিত হয়েছে। তার ভবিষ্যৎ উজ্জ্বল হয়ে ওঠে। কান্তিলাল ও বান্নো সিদ্ধান্ত নেন, ছুটকি প্রথমে আইআইটি মুম্বাই থেকে অ্যারোনটিক্যাল ইঞ্জিনিয়ারিংয়ে বি.টেক সম্পন্ন করবে, তারপর উচ্চশিক্ষার জন্য আমেরিকায় যাবে।

ছুটকি ও তার স্বপ্নের উড়ান

ছুটকি ওরফে চিন্ময়ী ছিল জাতীয় প্রতিভা সন্ধান পরীক্ষার বৃত্তিপ্রাপ্ত ছাত্রী, তার দাদার মতোই উজ্জ্বল মেধাবী। দ্বাদশ শ্রেণি এবং আইআইটি প্রবেশিকা পরীক্ষায় দাদার মতোই উজ্জ্বল ফল করল সে। তবে তার বিষয় ছিল এয়ারোনটিক্যাল ইঞ্জিনিয়ারিং। তার এই বিষয় বেছে নেওয়ার পেছনে একটা ছোট্ট কাহিনি আছে।

ছোটবেলায়, যখন ছুটকির বয়স মাত্র পাঁচ বছর, তখন সে প্রথমবার আকাশে একটি বিমান উড়তে দেখে। সেটাই ছিল তার উড়ন্ত কিছুর সঙ্গে প্রথম পরিচয়। সে সঙ্গে সঙ্গেই বাবাকে বলল, "বাবা, তুমি আমার জন্য একটা প্লেন কিনে দাও, আমি প্লেন চালাতে চাই!" কান্তিলাল মেয়ের আবদার শুনে হাসলেন, কিন্তু নিরুৎসাহিত করলেন না। বরং তিনি মেয়ের কল্পনাশক্তিকে উসকে দিয়ে বললেন, "ঠিক আছে, আমি তোমার জন্য একটা ছোট্ট প্লেন আনব, যা এই বাড়ির ভেতর দৌড়াবে। তুমি যখন বড় হবে, তখন তোমার জন্য একটা আসল প্লেন আনব, যা উড়বে।"

পরের দিন কান্তিলাল একটি ছোট্ট টয় প্লেন আনলেন, যা মসৃণ মেঝেতে গড়িয়ে চলতে পারে। ছুটকি খুব খুশি হলো। সে পরদিন স্কুলে গিয়ে নিজের ব্যাগ থেকে প্লেনটি বের করে বন্ধুদের দেখাল। সবাই প্লেনটা ছুঁতে চাইল, কিন্তু ছুটকি কাউকে ধরতে দিল না। শিক্ষক দেখলেন যে পুরো ক্লাস প্লেনটি দেখার জন্য জড়ো

হয়েছে। তিনি সবাইকে একটি নতুন পাঠ শেখানোর সিদ্ধান্ত নিলেন।

তিনি রাইট ব্রাদার্সের গল্প শোনালেন, যারা প্রথম উড়োজাহাজ আবিষ্কার করেছিলেন। এরপর কাগজ দিয়ে একটি প্লেন বানিয়ে ক্লাসরুমে ওড়ালেন। ছোট ছোট ছাত্র-ছাত্রীরা হাততালি দিয়ে উল্লাস করল। এরপর শিক্ষক প্রত্যেককে একটি করে কাগজ দিলেন, যাতে তারা নিজেদের প্লেন বানাতে পারে। ধাপে ধাপে ভাঁজ করার নিয়ম দেখিয়ে শেখানো হলো। কিন্তু ছুটকি এতটাই মগ্ন ছিল তার নিজের প্লেন বানানোয় যে, শিক্ষকের দেওয়া ওড়ানোর কৌশল শোনাই হয়নি। শিক্ষক লক্ষ্য করলেন মেয়েটি নিজের প্লেনে এতটাই মনোযোগী যে সে কিছু শুনছেই না। তিনি কাছে এসে বুঝিয়ে দিলেন যে, আকাশে উড়তে গেলে বাতাসের ভূমিকা কতটা গুরুত্বপূর্ণ।

যদিও ছুটকি তখন খুব ছোট ছিল এবং পুরো বিষয়টি বুঝতে পারেনি, কিন্তু প্লেনের উড়ে যাওয়ার বিষয়টা তাকে মুগ্ধ করেছিল। স্কুল থেকে ফেরার পর, ব্যাগে করে নিয়ে আসা নিজের তৈরি কাগজের প্লেনগুলো সে একে একে বের করল। ঘরের সবার সামনে গর্বের সঙ্গে প্রথম প্লেনটি ছুঁড়ে দিল। প্লেনটি উড়ে গিয়ে কিছুক্ষণ পর মাটিতে পড়ল। বাবা তাকে কোলে নিয়ে বললেন, "একদিন তুমিই প্লেন ওড়াবে, আর আমরা সবাই যাত্রী হয়ে তোমার সঙ্গে উড়বো।"

তার দাদা শান্তিলাল তখন ষষ্ঠ শ্রেণিতে পড়ত, আর ক্লাসের প্রথম স্থান অধিকারী ছিল। দুই ভাইবোনই তাদের মায়ের কাছে পড়ত। শান্তিলাল ছোট বোনকে

খুব ভালোবাসত। সে ছুটকিকে পড়াশোনায় সাহায্য করত, তার হোমওয়ার্ক ঠিকঠাক হয়ে গেছে কিনা দেখত। এরপর, তারা দুজন মিলে আরও বেশি কাগজের প্লেন বানাতে শুরু করল। বিভিন্ন ধরনের ভাঁজ করে নতুন নতুন ডিজাইন তৈরি করল। কিছু প্লেন ভালো উড়ল, কিছু উড়ল না। তখন তারা বোঝার চেষ্টা করল, কোন ধরনের ভাঁজ প্লেনের গতিকে প্রভাবিত করছে।

এক সপ্তাহের মধ্যেই ছুটকি কাগজের প্লেন ওড়ানোর বিশেষজ্ঞ হয়ে উঠল। তার প্লেনগুলি এখন আরও দীর্ঘক্ষণ বাতাসে ভাসতে পারত। আর তখন থেকেই তার মনে দৃঢ় বিশ্বাস জন্মেছিল—একদিন সে সত্যিকারের প্লেন ওড়াবে!

শান্তিলালের ক্যারিয়ারের শুরু

শান্তিলাল আইআইটি-এর চূড়ান্ত পরীক্ষায় রেকর্ড নম্বর নিয়ে উত্তীর্ণ হয়। এমআইটি, যুক্তরাষ্ট্র তাকে গবেষণা সহকারী হিসেবে আমন্ত্রণ জানায়, যেখানে বিশাল আর্থিক সুবিধা দেওয়া হয়। অবশেষে, শান্তিলাল তার বুদ্ধিবৃত্তিক সাফল্যের পথে এগিয়ে যাওয়ার জন্য যুক্তরাষ্ট্রে পাড়ি দেয়।

'প্রতারণামূলক ডিজিটাল হ্যাকিং প্রতিরোধ' বিষয়ে পিএইচডি সম্পন্ন করার পর, শান্তিলাল নাসার সুপারসোনিক সংকেত বিশ্লেষণ বিভাগে সিনিয়র পরামর্শক হিসেবে যোগ দেয়। এই বিভাগটি ছিল নাসার সবচেয়ে গোপনীয় এবং উন্নত গবেষণা শাখাগুলোর একটি। খুব কম সংখ্যক ব্যক্তিই নাসার কম্পিউটার প্রোগ্রামিং গবেষণা ল্যাবরেটরিতে প্রবেশের সুযোগ পেতেন। শান্তিলাল ছিল সেই সৌভাগ্যবানদের একজন, যার অধীনে বিশ জন দক্ষ ও নিবেদিতপ্রাণ কম্পিউটার প্রোগ্রামিং বিশেষজ্ঞের একটি দল ছিল, যারা শান্তিলালের ধারণাগুলোকে বাস্তবে রূপ দেওয়ার জন্য কাজ করত।

এই বিভাগের কেউ কখনো তাদের গবেষণার প্রকৃতি সম্পর্কে প্রকাশ্যে কিছু বলতেন না। আসলে, তারা নিজেরাই জানতেন না যে, তাদের তৈরি মডিউলগুলি কোথায় এবং কীভাবে অন্য কোনো প্রোগ্রামে সংযুক্ত করা হচ্ছে। বিভাগীয় ও আন্তঃবিভাগীয় স্থানান্তর খুবই

সাধারণ ছিল, এবং সুস্পষ্ট কারণে কাউকে দীর্ঘদিন এক বিভাগে থাকতে দেওয়া হতো না।

নাসায় কিছুদিন কাজ করার পর, শান্তিলাল সিলিকন ভ্যালির মাইক্রোসফটে যোগ দেয়, যেখানে সে অত্যন্ত উচ্চ বেতন ও আকর্ষণীয় সুবিধা পেয়েছিল।

শান্তিলাল ও অঞ্জনার প্রথম দেখা

এক সুন্দর সন্ধ্যায়, শান্তিলাল এক পারিবারিক অনুষ্ঠানে অঞ্জনার সঙ্গে প্রথম দেখা করে। তার কয়েকজন বন্ধু ও তাদের পরিবার একত্রিত হয়েছিল অঞ্জনার জন্মদিন উদযাপনের জন্য। অঞ্জনা ছিল তার সহকর্মী ভেনুগোপাল কাট্টাম্পল্লির ছোট বোন। কাট্টাম্পল্লি পরিবার প্রায় তিন দশক আগে আমেরিকায় এসেছিল। অঞ্জনা ক্যালিফোর্নিয়াতেই জন্ম ও বড় হয়ে ওঠে। জন্মসূত্রে তিনি একজন আমেরিকান নাগরিক। বর্তমানে তিনি তাঁর মাস্টার্সের জন্য 'জাতিগত আমেরিকানদের সমসাময়িক সংগীত' বিষয়ে একটি গবেষণাপত্র লিখছিলেন।

অঞ্জনা নিজেও একজন অত্যন্ত দক্ষ গায়িকা ছিলেন। তিনি কর্ণাটকী সংগীত এবং বলিউডের হিন্দি গানগুলোর প্রতি বিশেষভাবে আকৃষ্ট ছিলেন। কেক কাটার ও শুভেচ্ছা জানানোর পর, অতিথিরা তাকে গান গাওয়ার জন্য অনুরোধ করল। শান্তিলাল একটি জিনিস লক্ষ্য করল। যেই মুহূর্তে ভেনুগোপাল তার সঙ্গে অঞ্জনার পরিচয় করিয়ে দিল এবং তারা করমর্দন করল, সেই মুহূর্ত থেকে অঞ্জনা মাঝে মাঝেই শান্তিলালের দিকে তাকাচ্ছিল। এতে শান্তিলাল খানিকটা অস্বস্তি অনুভব করল। এ রকম পরিস্থিতির সম্মুখীন সে আগে কখনো হয়নি।

তার শিক্ষাজীবন ও কর্মস্থলে বহু মহিলা সহপাঠী ও সহকর্মী ছিল, কিন্তু কখনোই কাউকে নিয়ে এমন অনুভূতি তার হয়নি। সে বারবার দৃষ্টি সরানোর চেষ্টা করছিল, কিন্তু যতবারই সে চোখ ফেরাচ্ছিল, ততবারই দেখছিল অঞ্জনা তাকে অপলক দৃষ্টিতে দেখছে। যেন তার মধ্যে এক প্রবল ঝড় সৃষ্টি হচ্ছিল। অঞ্জনার গাওয়া গানগুলো সে শুনতেই পেল না, আর অঞ্জনা স্পষ্টই বুঝতে পারছিল যে, শান্তিলাল তার গান শোনার বদলে অন্য কিছু ভাবছিল।

অনুষ্ঠান শেষে, মধ্যাহ্নভোজের আয়োজন করা হয়েছিল। সবাই খাবারের জন্য বসলে, অঞ্জনা সোজা শান্তিলালের কাছে এসে বলল, "আপনি আমাদের সঙ্গে বসবেন।" সে তার ভাই ভেনুগোপালের টেবিলে তাকে আমন্ত্রণ জানাল। ভেনুগোপালও শান্তিলালকে সঙ্গে পেয়ে খুশি হল। সিলিকন ভ্যালিতে শান্তিলাল অত্যন্ত মেধাবী ও প্রযুক্তিবিদ হিসেবে পরিচিত ছিল। কিন্তু ভেনুগোপাল অবাক হয়ে দেখল, তার বোন, যে বরাবরই অন্তর্মুখী স্বভাবের, সে আজ এমন একজনকে নিজে থেকে আমন্ত্রণ জানিয়েছে, যাকে সে মাত্র কিছুক্ষণ আগেই চিনেছে।

ভোজনের সময়, অঞ্জনা খুব আন্তরিকতার সঙ্গে শান্তিলালকে নানা রকম খাবার পরিবেশন করছিল। শান্তিলাল বারবার বলছিল, "আপনার কিছুই পরিবেশন করতে হবে না, আমি নিজেই নিয়ে নেব," কিন্তু অঞ্জনা কিছুতেই শুনল না। এতেই তার নিজের মায়ের কথা মনে পড়ে গেল—তিনি যেভাবে তাকে আদর করে খাবার খাওয়াতেন। মনে পড়ল তার ছোট

বোন ছুটকির কথা, যিনি তাকে অসম্ভব ভালোবাসতেন। এই মুহূর্তে, শান্তিলালের বড্ড বেশি মনে পড়ছিল তার মা ও বোনকে। সে অপেক্ষা করছিল কখন ছুটকি আইআইটি থেকে তার বি.টেক সম্পন্ন করে ফুলব্রাইট স্কলারশিপ নিয়ে আমেরিকায় আসবে। আগামী বছর সে এখানে আসবে। এই ভাবতে ভাবতে সে মৃদু হাসল।

অঞ্জনা তখনই তাকে জিজ্ঞেস করল, "আপনি হাসছেন কেন?"

শান্তিলাল বলল, "আমি আমার বোনকে খুব মিস করছি।"

ভোজন শেষ হলে, বিদায় নেবার আগে ভেনুগোপাল তাকে তার বাড়িতে আসার আমন্ত্রণ জানাল। শান্তিলাল তার বন্ধুর আমন্ত্রণ গ্রহণ করল, যদিও সে জানত না যে, ঈশ্বর তাদের জন্য অন্য কিছু পরিকল্পনা করে রেখেছেন।

অঞ্জনার ফোন কল

পরের রবিবার সকালে, শান্তিলাল অঞ্জনার ফোন পেল। "আপনি কখন আসছেন?"

শান্তিলাল তখন অফিসে কিছু জরুরি কাজ করছিল। সে উত্তর দিল, "আমি দুপুরের দিকে আসব, একটু দেরি হতে পারে। কাজ শেষ না হওয়া পর্যন্ত অফিস ছাড়তে পারব না।" কাজ শেষ হলে, শান্তিলাল তার গাড়িতে উঠল, জিপিএস-এ ভেনুগোপালের ঠিকানা দিল, এবং রওনা হল। বিকেল তিনটায় সে কাট্টাম্পল্লি পরিবারের বাড়িতে পৌঁছাল। দরজার সামনে দাঁড়িয়ে

ছিল অঞ্জনা ও ভেনুগোপাল। তারা দুজনেই তাকে দেখে আনন্দিত হল। শান্তিলাল দেরি হওয়ার জন্য ক্ষমা চাইল। সবাই বসার ঘরে বসল। অঞ্জনা তাকে স্বাগত জানানোর জন্য এক গ্লাস আনারসের জুস দিল। ঘটনাক্রমে, দুই পরিবারই মদ্যপান করত না। কিছুক্ষণ পরে, ভেনুগোপাল ও অঞ্জনার বাবা-মা বসার ঘরে এলেন। অঞ্জনা তাদের সঙ্গে শান্তিলালের পরিচয় করিয়ে দিল। শান্তিলাল সঙ্গে সঙ্গে উঠে দাঁড়িয়ে ভারতীয় ঐতিহ্য মেনে তাদের পায়ে হাত দিয়ে প্রণাম করল। তারা খুশি হয়ে শান্তিলালকে আশীর্বাদ করলেন।

কিন্তু শান্তিলাল জানত না, এর আগেই কাট্টাম্পল্লি পরিবারের সদস্যরা সেই পারিবারিক অনুষ্ঠানে তোলা তার ছবি দেখেছেন। অঞ্জনা তার বাবা-মার সঙ্গে খুব খোলামেলা সম্পর্ক রাখত। যদিও সে খুব বেশি মিশুক স্বভাবের ছিল না, তবুও ঈশ্বর জানেন, কেন সে শান্তিলালের জন্য এত প্রশংসাসূচক কথা বলেছিল। তাই তার বাবা-মা বেশ আগ্রহী ছিল এই ছেলেটিকে সামনে থেকে দেখার জন্য। অঞ্জনা জন্মসূত্রে আমেরিকান হলেও, সে কখনো কোনো ছেলের সঙ্গে বন্ধুত্ব গড়ে তোলেনি।

কিন্তু আজ, ঈশ্বর যেন নিজেই কিছু অন্যরকম পরিকল্পনা তৈরি করছিলেন।

অঞ্জনার বাবা শান্তিলালের সাথে কথা বলার সময় একটি গুরুত্বপূর্ণ প্রশ্ন করলেন। তিনি জানতে চাইলেন, "আমাদের কিছু বলো তোমার বাবা-মায়ের সম্পর্কে।" শান্তিলাল উত্তর দিল, "আমার বাবা

একজন পাইকারি মুদি ব্যবসায়ী, আর মা টাটা গ্রুপের ইন্ডাস্ট্রিয়াল কেমিক্যাল ম্যানুফ্যাকচারিং সেক্টরের জেনারেল ম্যানেজার। তিনি এশিয়া প্যাসিফিক অঞ্চলের দায়িত্বে আছেন।"

"তোমার কোনো ভাইবোন আছে?" অঞ্জনার মা জিজ্ঞাসা করলেন। "হ্যাঁ, আমার একটা ছোট বোন আছে, খুবই প্রতিভাবান। ওর নাম চিন্ময়ী, কিন্তু আমরা ওকে ভালোবেসে 'ছুটকি' বলে ডাকি। ও ইতিমধ্যেই এমন একটি ড্রোন তৈরি করেছে, যা আন্তর্জাতিক পর্যায়ে শ্রেষ্ঠ ড্রোনের স্বীকৃতি পেয়েছে এবং ওকে ভারতের রাষ্ট্রপতি ও আমেরিকার রাষ্ট্রপতি বিশেষ সম্মান দিয়েছেন। ও ফুলব্রাইট স্কলারশিপ পেয়ে আমেরিকায় পড়াশোনার সুযোগ পেয়েছে। বর্তমানে ও আইআইটি মুম্বাইতে অ্যারোনটিক্যাল ইঞ্জিনিয়ারিংয়ের চূড়ান্ত বর্ষে পড়ছে। আমি ওকে নিজের থেকেও বেশি ভালোবাসি।"

অজান্তেই, ও তার বোন 'ছুটকি'র সম্পূর্ণ বৃত্তান্ত দিয়ে ফেলল। "তোমার পরিবার অসাধারণ! খুব কমই এমন পরিবার দেখা যায়, যেখানে এতজন মেধাবী একসাথে থাকে। আমরা ওদের খুব দেখতে চাই। কবে আসবেন ওরা?" – জিজ্ঞেস করলেন অঞ্জনার বাবা, প্রবীণ কাট্টমপল্লি। শান্তিলাল হাসিমুখে উত্তর দিল, "খুব শিগগিরই ওরা আসবেন। শুধু চিন্ময়ীর শেষ পরীক্ষাটা হয়ে যাক। এরপর ওকে নাসার অধীনস্থ একটি প্রতিষ্ঠানে ক্যালিফোর্নিয়ায় রিপোর্ট করতে হবে। ও সুপারফাস্ট ড্রোনের অ্যারোডাইনামিক ইন্টেনসিটির উপর গবেষণা করবে।" অঞ্জনা ও ভেনুগোপাল

শান্তিলালের কথা মুগ্ধ হয়ে শুনছিলেন। তারা জানতেন, শান্তিলাল এখনও অবিবাহিত, তাই তাদের কৌতূহল আরও বেড়ে গেল। কিন্তু, আপাতত নিজেদের সংযত রাখাই ভালো মনে করলেন।

শান্তিলালও অস্থির হয়ে পড়েছিল। সে অধীর আগ্রহে ছুটকির প্রতিক্রিয়ার অপেক্ষায় ছিল। টকি? সে তো আসলে কিছুই পারে না! গতকাল রাতেই শান্তিলাল অনুজার জন্মদিনের পারিবারিক অনুষ্ঠানে তোলা ভেনুগোপাল ও অঞ্জনার ছবি পাঠিয়ে দিয়েছিল ছুটকিকে। কিন্তু ছুটকি এখনো কোনো উত্তর দেয়নি। শান্তিলাল বুঝতে পারছিল না, কেন সে এতটা নার্ভাস অনুভব করছে। জীবনে এত কঠিন পরিস্থিতির মুখোমুখি হয়েছে, তবুও কখনো এতটা অস্থির লাগেনি! কিন্তু বাস্তবতা ছিল অন্য। এই প্রথমবার তার ভাই কোনো মেয়ের ছবি ফোনে রেখেছে! অসম্ভব! তারপর নিজেকেই প্রশ্ন করল, “কেন অসম্ভব?” তার ভাই তো আটাশ বছরের, তার চেয়ে পাঁচ বছরের বড়। কোনো মেয়ের প্রতি আগ্রহ দেখানো স্বাভাবিক ব্যাপার। এতদিন তো সে শুধু নিজের ক্যারিয়ার গড়ার পেছনেই সময় ব্যয় করেছে। তবে কি সে এখনই মায়ের কাছে খবরটা জানিয়ে দেবে? সে জানত, বাবা-মা ইতিমধ্যেই শান্তিলালের বিয়ের ব্যাপারে আলোচনা করছেন। তাকে কিছু করতে হবে, যাতে বিয়ের প্রসঙ্গ আপাতত বন্ধ থাকে। কিন্তু এখন অন্তত একটা প্রতিক্রিয়া দিতেই হবে! ভাই হয়তো রেগে আছে, কারণ সে কোনো উত্তর দেয়নি।

অবশেষে সাহস সঞ্চয় করে ছুটকি একটি সহজ উত্তর দিল, "ছবির মেয়েটি সুন্দর, কিন্তু সম্পূর্ণ মতামত দেওয়ার আগে আরও কিছু তথ্য দরকার। নিম্নলিখিত প্রশ্নগুলোর উত্তর শুধু 'হ্যাঁ' বা 'না' দিয়ে দাও।

১. তুমি কি সত্যিই এই মেয়েটিকে পছন্দ করো?

২. তুমি কি ওকে বিয়ে করতে চাও?

৩. তুমি কি নিশ্চিত যে সে তোমার যোগ্য জীবনসঙ্গী হবে?

৪. সে কি আমাদের মা যেমনভাবে ঠাকুমার যত্ন নিয়েছেন, তেমনভাবে আমাদের বাবা-মায়ের যত্ন নিতে পারবে?

৫. তুমি কি তার স্বভাব দ্রুত বুঝতে আগ্রহী?

৬. তুমি কি কিছুদিন আমাদের আসার জন্য অপেক্ষা করতে পারবে?"

"প্রিয় দাদা, আপাতত, এই ব্যাপারটা নিয়ে চুপ থাকাই ভালো। বাবা-মায়ের ওপর ছেড়ে দাও, ওরাই ঠিক করবে সবকিছু।"

শাশ্বত সত্যের মতোই ছুটকির কথাগুলোও সবসময় ঠিক হয়। কিছুদিন অপেক্ষা করাই বুদ্ধিমানের কাজ। শান্তিলাল তার উত্তরে শুধু একটি 'থাম্বস আপ' ইমোজি পাঠাল।

রাতের খাবারের জন্য সবাই একসঙ্গে টেবিলে বসল। শান্তিলালও তাদের সঙ্গে ছিল। শুধু অঞ্জনা বসেনি। সে সবার খাবার পরিবেশন করে তারপর নিজের জন্য জায়গা নিল। খাবার পরিবেশনের পর সে শান্তিলালের ঠিক সামনে গিয়ে বসলো। "আপনারা শুরু করুন," সে বিনয়ের সঙ্গে বলল। সবাই একসঙ্গে প্রার্থনা করে খাওয়া শুরু করল।

রাতের খাবার শেষে, সবাই এক কাপ করে কফি নিয়ে বসলো। আলোচনার বিষয়বস্তু ছিল ভারত ও আমেরিকার জীবনযাত্রার পার্থক্য। বিশেষত সময়ের গুরুত্ব নিয়ে কথা হচ্ছিল। শান্তিলাল দেখেছিল, তার পরিবারে এক মুহূর্তও কেউ নষ্ট করে না। এমনকি বিমলা দাদীও সারাদিন ব্যস্ত থাকেন। তারপর সে তার মায়ের গল্প বলতে শুরু করল—একজন দৃঢ়সংকল্পিত নারী বান্নোর গল্প, যিনি নিজের স্বার্থ না দেখে শুধুমাত্র পরিবার আর দায়িত্বের জন্য জীবন উৎসর্গ করেছেন। তার মা কেমনভাবে প্রতিকূলতার বিরুদ্ধে লড়ে, সাফল্য অর্জন করেছেন, সেটাই সে বর্ণনা করল। তার প্রতিটি শব্দের মধ্যে এক গভীর আবেগ লুকিয়ে ছিল।

"বান্নোর গল্প এককথায় দৃঢ় সংকল্পের গল্প," শান্তিলাল বলছিল।

কেউ যেন চোখের সামনে দেখতে পাচ্ছিলেন বান্নোকে। সেই মুহূর্তে মনে হচ্ছিল, যেন তারা তাকে চেনেন, অনুভব করতে পারেন তার আত্মত্যাগ। রাত গভীর হয়ে আসছিল। শান্তিলাল বিদায় নেওয়ার জন্য

উঠে দাঁড়াল। কিন্তু এইবার শুধু অঞ্জনাই তাকে দরজা পর্যন্ত এগিয়ে দিল।

নিচু গলায় সে বলল, "প্রথমবারের মতো আমি কারও দ্বারা মুগ্ধ হয়েছি। এই স্মৃতি আমি অনেকদিন ধরে বয়ে নিয়ে যাব। আবার এসো, আমি অপেক্ষা করব। ছুটকির সঙ্গে কথা বলতে চাই। আমার ওর প্রতি কৌতূহল রয়েছে। তোমার পরিবারকে আমার শুভেচ্ছা জানিও। বিশেষ করে তোমার মা, বাবা আর দাদীকে। ছুটকির জন্য আমার ফোন নম্বর রেখে দিও। আমি ওর সঙ্গে কথা বলতে চাই। ওর মতো একজন মেয়ে যাকে আমাদের রাষ্ট্রপতি সম্মানিত করেছেন এটা একটা বিরাট ব্যাপার! দেখা হবে আবার, ভালো থেকো।"

শান্তিলাল চলে গেল, কিন্তু অঞ্জনা তখনো দরজার সামনে দাঁড়িয়ে ছিল। সে জানত না, সে কেন এতক্ষণ দাঁড়িয়ে আছে! যখন গাড়িটি চোখের আড়াল হয়ে গেল, তখন ধীর পায়ে ঘরের দিকে ফিরে গেল।

ঘরে ঢুকে দেখল, তার বাবা, মা ও দাদা অপেক্ষা করছেন। তার মা আদরভরা কণ্ঠে বললেন,

"অঞ্জনা, কিছুদিন আগেও যখন আমরা তোমার বিয়ের কথা তুলেছিলাম, তুমি বিষয়টা এড়িয়ে গেলে। আমরা তোমাকে জিজ্ঞাসা করেছিলাম, তুমি কি কারও প্রতি আগ্রহী? তুমি বলেছিলে, 'না'। কিন্তু আজ তোমার ব্যবহারে একটা পরিবর্তন দেখলাম। আমাদের মনে হচ্ছে তুমি শান্তিলালকে পছন্দ করছ।

আমাদের কিছু লুকিও না। সত্যি করে বলো, তুমি কি ওর প্রতি আগ্রহী?"

অঞ্জনা কিছুক্ষণ চুপ করে থাকল। তারপর ধীর গলায় বলল,

"হ্যাঁ, শান্তিলালকে আমি পছন্দ করেছি। তবে দাদা ভেনুগোপাল তার সহকর্মী, সে ওর সম্পর্কে আরও ভালো বলতে পারবে। তবে আমি খুশি হব যদি ওর পরিবার আমাদের প্রস্তাবে সম্মতি দেয়। তবে আমি একটা অনুরোধ করব কোনো তাড়াহুড়ো কোরো না। আমরা এখনো নিশ্চিত নই, শান্তিলালের আগে থেকেই কারও প্রতি কোনো অনুভূতি আছে কি না। তবে আমার মনে হয়, ওর ব্যবহার ও ইঙ্গিত থেকে এটা স্পষ্ট, ও আমার প্রতি আগ্রহী। আমার ষষ্ঠ ইন্দ্রিয়ও তাই বলছে। এখন সব কিছু তোমাদের ওপর নির্ভর করছে। আমার একটাই অনুরোধ, এই ব্যাপারটা খুব সতর্কভাবে সামলাবে।"

সকলেই সম্মতি জানালেন। সবাই বুঝতে পারল, এক নতুন অধ্যায়ের সূচনা হতে চলেছে!

অঞ্জনা তার ঘরে ঢুকল। হঠাৎ ফোন বেজে উঠল। অচেনা এক নম্বর, ভারত থেকে। সে তো ভারতে কাউকে বিশেষ চেনে না! কিছুক্ষণ বাজার পর ফোনটা থেমে গেল। কিছুক্ষণ পর আবার বাজল। দ্বিধাগ্রস্ত হলেও সে কলটা রিসিভ করল।

“হ্যালো?”

“আমি কি মিস অঞ্জনার সাথে কথা বলছি?”

“হ্যাঁ, আপনি কে?”

“আমি চিন্ময়ী, ওরফে ছুটকি, শান্তিলালের ছোট বোন। একটু কথা বলতে পারি?”

“ওহ মাই গড! চিন্ময়ী? ওহ! তোমার সাথে কথা বলে দারুণ লাগছে! তুমি আমার ফোন নম্বর কোথায় পেলে? তোমার ভাই-ই দিলো বুঝি? কিন্তু কখন? ও তো কিছুক্ষণ আগেই আমাদের বাড়ি থেকে বের হলো!”

“হ্যাঁ, আমি জানি। যাওয়ার আগেই ও আমাকে তোমার নম্বর দিয়ে বলল, যেন তোমার সাথে কথা বলি।”

“আর কিছু বলেছে?”

“তুমি কি আশা করছো যে ও কিছু বলবে?”

“না, এমনি জিজ্ঞেস করলাম। তোমার ভাই কিন্তু তোমার খুব প্রশংসা করছিলো। ও তোমাকে খুব ভালোবাসে।”

“আমার ভাইয়ের একটা নাম আছে, তুমি ওকে নির্দ্বিধায় নাম ধরে ডাকতে পারো। অফিসিয়ালি ওর নাম শান্তিলাল, কিন্তু আমাদের পরিবার ওকে অন্য নামে ডাকে।”

“তাই নাকি? কী নাম? আমি খুব কৌতূহলী! বলো না, প্লিজ! আমি কাউকে বলবো না, প্রতিশ্রুতি দিচ্ছি।”

“প্রতিশ্রুতি?”

“হ্যাঁ, প্রতিশ্রুতি।”

“ওর ডাকনাম হলো ‘চিম্পু’।”

"কি? চিম্পু? সত্যি? কত মিষ্টি নাম! চিম্পু!"—বলেই সে হাসতে লাগল।

"কিন্তু তুমি তো প্রতিশ্রুতি দিয়েছো, কাউকে বলবে না! এমনকি আমার ভাইকেও না!"

"ঠিক আছে, কথা দিলাম, বলবো না। কিন্তু তোমার ব্যাপারে আরও জানতে চাই।"

"আমার ব্যাপারে, নাকি আমার ভাইয়ের ব্যাপারে?"

"তোমার ব্যাপারে সত্যি করে বলো। তুমি আমাদের রাষ্ট্রপতির কাছ থেকে সম্মানিত হয়েছো, শুনে আমরা সবাই মুগ্ধ! তোমার সাফল্যে আমরা গর্বিত। তোমাকে সামনে থেকে দেখার জন্য আমি আর আমার পরিবার খুব আগ্রহী। আমরা শুনেছি তুমি এরোনটিক ইঞ্জিনিয়ার হতে চলেছো, আর তুমি ড্রোন বিশেষজ্ঞ!"

"তাহলে তো তুমি আমার সব কিছুই জানো! তার মানে আমার ভাই তোমার সামনে আমার বিশদ বিবরণ দিয়েছে। কিন্তু যতদূর আমি ওকে চিনি, ও সবার সাথে বেশি কথা বলে না। ওর খুব সীমিত বন্ধুবৃত্ত। দেখছি, তুমি ইতোমধ্যেই সেই বৃত্তের একজন হয়ে গেছো! কীভাবে এত দ্রুত সম্ভব হলো, আন্দাজ করতে পারছি।" বলল ছুটকি।

"তাহলে তুমি কি তোমার ভাই সম্পর্কে আরও কিছু বলতে পারবে? আমার বাবা-মা ওর সম্পর্কে আরও জানতে চায়। ওর কি কোনো প্রেমিকা আছে? থাকলে, সে কি ওর জীবনে খুব গুরুত্বপূর্ণ? কোথাকার মেয়ে?

আমরা ওর সব কিছু জানতে চাই। এটা আমার জীবনের প্রশ্ন...।" অজান্তেই অঞ্জনা বলে ফেলল যে তার জীবন শান্তিলালের উপর নির্ভর করছে।

"আরে ধরা পড়ে গেলে মিস! তোমার জীবন কি তাহলে ইতোমধ্যেই আমার ভাইয়ের উপর নির্ভরশীল?" ছুটকি হেসে বলল। "আচ্ছা, এখন পুরো নাটকটা পরিষ্কার হলো! আমার ভাই যে কিছু বলতে চাইছিল, সেটা আমি আগেই বুঝেছিলাম। কিন্তু ও এত লাজুক যে খোলাখুলি বলতে পারেনি। শুধু তোমার নম্বর দিয়ে বলল, যেন তোমার সাথে কথা বলি। দু'মিনিট পর আবার ফোন করে জিজ্ঞেস করল, আমি তোমার সাথে কথা বলেছি কিনা। আমি প্রথমবার ওকে এত অস্থির হতে দেখলাম!"

"তোমার প্রশ্নের উত্তর দিচ্ছি, ওর কোনো প্রেমিকা নেই। যদিও আইআইটি মুম্বাই-তে অনেক মেয়ে ওর সাথে বন্ধুত্ব করতে চেয়েছিল, কিন্তু ও কখনো তাতে আগ্রহ দেখায়নি। ও সবসময় নিজের লক্ষ্যে স্থির থেকেছে। জুনিয়রদের আদর্শ হয়ে উঠেছিল।"

"তাহলে মিস, তোমার দুশ্চিন্তা করার কিছু নেই! এটা আমার কথা। বরং এখন আমি ব্যস্ত হয়ে পড়েছি তোমাকে দেখার জন্য! কারণ তুমি আমার ভাইকে এতটা প্রভাবিত করেছো, যা আগে কেউ পারেনি। আমাদের বাড়ির কেউ এখনও কিছু জানে না। এটা কেবল আমার আর আমার ভাইয়ের মাঝে সীমাবদ্ধ।"

"কিন্তু একটা খবর তোমাকে দিতে হবে—আমার বাবা-মা এখন আমার ভাইয়ের জন্য মেয়ে খুঁজছে! এখন যেহেতু তুমি এ খেলায় প্রবেশ করেছো, আমি কিছু একটা ব্যবস্থা করব যাতে তারা আপাতত তাদের 'ট্যালেন্ট সার্চ প্রোগ্রাম' স্থগিত রাখে, যতক্ষণ না আমি মার্কিন যুক্তরাষ্ট্রে ভর্তি হই। একবার আমরা সেখানে পৌঁছালে, তারপর তোমার পালা হবে আমার বাবা-মাকে মুগ্ধ করার!"

"তারা খুবই সহজ-সরল মানুষ। শুধু চায় যে তাদের ছেলে যেন সুখী হয়। ব্যস, এইটুকুই।"

"ওহ, আমার পরীক্ষা চলছে। আমাকে এখন পড়তে বসতে হবে। পরে আবার কথা হবে। ঠিক আছে?"

"বাই দ্য ওয়ে, তুমি কি আমার ভাইয়ের জন্য কোনো বার্তা দিতে চাও?"

অঞ্জনা মুচকি হেসে বলল, "হ্যাঁ, শুধু বলো আমাদের পরিবার তোমাদের সবাইকে এখানে অপেক্ষা করবে কিছু গুরুত্বপূর্ণ আলোচনার জন্য।"

"ঠিক আছে, আমি ওকে জানিয়ে দেব। এখন যাই, কাল পরীক্ষার পর ফোন করব। বাই।"

ছুটকি ফোন রেখে ঘুরে দাঁড়াতেই দেখল দরজার সামনে তার মা দাঁড়িয়ে আছেন।

সে কি? মা কি সব শুনে ফেলেছেন?

বান্নো-ছুটকি সম্মুখীন

"তুই ঠিক আছিস তো? এইভাবে হাসতে হাসতে নিজেই ঘুরে বেড়াচ্ছিস কেন? কিছু লুকাচ্ছিস নাকি? তোর জীবনে কি কোনো ছেলে এসেছে? হায় ভগবান! পরীক্ষার মধ্যেই এসব কী করছিস? নিজের স্বপ্ন আর কেরিয়ার শেষ করতে চলেছিস? কে সে? কোনোদিন তো আমাকে বলিসনি! সব বল, কী চলছে আসলে?" বান্নো একসঙ্গে অনেকগুলো প্রশ্ন করে ফেলল। ছুটকি তখনো হাসছিল, কিন্তু চুপ করে রইল। তারপর সে মায়ের হাত ধরে বিছানায় বসাল। নিজে মায়ের পায়ের কাছে মেঝেতে বসে পড়ল। মায়ের পা ছুঁয়ে বলল, "মা, আমি কোনোদিন তোমার কাছে মিথ্যে বলিনি বা কিছু লুকাইনি। ভবিষ্যতেও বলব না। তুমি জানতে চাইছ আমি কার সঙ্গে কথা বলছিলাম? ঠিক আছে, বলব, কিন্তু প্রতিশ্রুতি দাও যে তুমি দাদাকে নিয়ে কোনো বকাবকি করবে না।"

"দাদা? মানে আমার চিম্পু? হায় ভগবান! তুই আমাকে আবার কোনো নতুন বিস্ময়ে ফেলতে চলেছিস না তো? কিন্তু তোকে আমি এখন চিম্পুর সঙ্গে কথা বলতে শুনিনি। তুই তাহলে কার সঙ্গে কথা বলছিলি? আর তোর দাদা এর মধ্যে কোথা থেকে এল?" বান্নো কৌতূহলভরে জানতে চাইল। ছুটকি হেসে বলল, "আমি একজন মেয়ের সঙ্গে কথা বলছিলাম, যিনি আমেরিকায় থাকেন। তার নাম

অঞ্জনা, ছোট থেকেই ওখানেই বড় হয়েছে। তার দাদা এক জন কম্পিউটার জিনিয়াস, যে তোমার আদরের ছেলে শান্তিলালের সঙ্গে কাজ করে। এবার দেখো, আমি তো যথেষ্ট ইঙ্গিত দিয়ে দিলাম! এবার বলো তো তুমি কী বুঝতে পারছ?"

বান্নো ছুটকিকে পাশে বসিয়ে উত্তেজিতভাবে বলল, "একটু বোঝার চেষ্টা করি... সিলিকন ভ্যালিতে আমার ছেলের এক সহকর্মীর বোন আছে, নাম অঞ্জনা। তোর কাছে তার ফোন নম্বর আছে, মানে তোর দাদা ওর নম্বর তোকে দিয়েছে। তার মানে চিম্পু ওকে চেনে, ওর নম্বরও রেখেছে! হায় ভগবান! কত কিছু ঘটে গেল, আর আমি কিছুই জানলাম না! আমি তো ভেবেছিলাম চিম্পু এত অন্তর্মুখী যে ওর জন্য মেয়ের খোঁজ আমাকেই করতে হবে। কিন্তু না, সে নিজেই নিজের জন্য মেয়ে পছন্দ করে নিয়েছে! তাও আবার একজন ভারতীয় পরিবারের মেয়ে! আমি তো খুশিতে আটখানা! আজই আমি চিম্পুর সঙ্গে কথা বলব, আর অঞ্জনার সঙ্গেও! তাড়াতাড়ি আমাকে ওর নম্বর দে!" বান্নো উৎসাহে উঠে দাঁড়াল। "না মা, তুমি প্রতিশ্রুতি দিয়েছিলে যে কাউকে কিছু বলবে না! দাদার বিশ্বাস ভাঙতে চাই না। তুমি একটু ধৈর্য ধরো। আমার পরীক্ষা শেষ হতে দাও, তারপর আমরাই আমেরিকা যাব। তখন সব কিছু নিজের চোখে দেখে বুঝতে পারবে। এখন দয়া করে কাউকে কিছু বোলো না, এমনকি দাদীকেও না!" ছুটকি সতর্ক করল।

বান্নোর মনে তখনও একটা প্রশ্ন ঘুরছিল ছুটকি কীভাবে জানল যে অঞ্জনার দাদা এক জন

কম্পিউটার জিনিয়াস? চিম্পু কি এ কথা ছুটকিকে নিজেই বলেছে? তবে কি ভাই-বোনের মধ্যে অনেক কথাবার্তা হয় যা সে জানে না? বান্নো মনে মনে ভাবল, "সব কিছু ঠিকঠাক বোঝার জন্য আমাকে আরও সতর্ক হতে হবে। এই বয়সে কোনো ভুল সিদ্ধান্ত ওদের ভবিষ্যত নষ্ট করে দিতে পারে।"বান্নো মেয়েকে ভালোবাসার সঙ্গে কপালে একটা চুমু খেল, তারপর অনেকগুলো প্রশ্ন মাথায় নিয়ে ঘর থেকে বেরিয়ে গেল।

ছুটকির পরিবর্তিত জীবন

ছুটকি তার পরীক্ষা শেষ করল। আগের পরীক্ষাগুলোর মতোই এবারও তার দৃঢ় বিশ্বাস ছিল যে সে সর্বোচ্চ নম্বর পাবে, বিশেষ করে তার বায়ুগতীয় অভিক্ষেপন (aerodynamic projections) বিষয়ক চূড়ান্ত প্রকল্প (final project thesis) এর উপর ভিত্তি করে। এই পুরো সময়টায় সে তার দাদার সঙ্গে নিয়মিত যোগাযোগ রাখলেও অঞ্জনার সঙ্গে কথা বলেনি। কারণ, দাদা তাকে কঠোরভাবে বলে দিয়েছিল যে, পরীক্ষার আগে মনোযোগ অন্যদিকে ঘুরিয়ে নেওয়া একদমই ঠিক হবে না। ছুটকি দাদার কথা মেনে নিয়েছিল। এখন সব শেষ। সে পুরোপুরি মুক্ত। এবার সে অঞ্জনার সঙ্গে নির্ভাবনায় কথা বলতে পারবে। সে সোজা মায়ের কাছে গিয়ে বলল, "মা, তুমি একটু আমার ঘরে এসো তো।"

বান্নো যখন ঘরে এল, ছুটকি দরজা বন্ধ করতে বলল, তারপর তাকে কাছে ডাকল। সে মোবাইল বের করে অঞ্জনার নম্বর ডায়াল করল। অঞ্জনা হয়তো সেই ফোনের অপেক্ষাতেই ছিল!

"হ্যালো চিন্ময়ী, কেমন আছ তুমি? আমি তোমার ফোনের জন্য অধীর আগ্রহে অপেক্ষা করছিলাম! প্রথমেই বলো, তোমার পরীক্ষা কেমন হলো? নিশ্চিত জানি, খুব ভালো হয়েছে। কেমন আছেন তোমার মা-বাবা আর দাদী? তুমি কি তোমার দাদাকে বলেছ যে আমরা তোমাদের এখানে স্বাগত জানানোর জন্য

অপেক্ষা করছি? প্লিজ, দাদীকেও আনবে মা-বাবার সঙ্গে! তোমাদের সবাইকে দেখার জন্য আমি খুবই উচ্ছ্বসিত! বলো তো, কেমন আছো আর কবে আসছো?"; অঞ্জনা একসঙ্গে অনেক কথা বলে ফেলল।

চিন্ময়ী একটু মজা করল, "আচ্ছা, আমি কিছু বলার আগে একটা কথা বলে নিই; আমাদের ফোনটা স্পিকারে আছে, আর কেউ আমাদের কথোপকথন শুনছে! আন্দাজ করতে পারো কে?"

অঞ্জনা একটু থেমে বলল, "মা? মানে, তোমার মা? আমি ভুল বলছি না, তাই তো?"

"একদম ঠিক ধরেছ! সেদিন যখন আমি তোমার সঙ্গে কথা বলছিলাম, মা ভুল বুঝেছিল যে আমি কোনো ছেলের সঙ্গে কথা বলছি! তখন আমাকে সত্যিটা বলতে হয়েছিল। কিন্তু নিশ্চিন্ত থাকো, এটা শুধুই আমার আর মায়ের মধ্যেই সীমাবদ্ধ। এখন মা তোমার সঙ্গে কথা বলতে চায়, আশীর্বাদ দিতে চায়! নাও, কথা বলো।" ছুটকি ফোনটা বান্নোর হাতে দিল। বান্নো মৃদু হেসে বলল, "হ্যালো, শান্তিলালের মা বলছি। শুনতে পাচ্ছো, অঞ্জনা?"

অঞ্জনা সঙ্গে সঙ্গে বলল, "হ্যাঁ আন্টি! আপনাকে আমার আন্তরিক প্রণাম ও শুভেচ্ছা। দয়া করে অনুভব করুন, আমি আপনার পায়ে স্পর্শ করছি। আপনার সঙ্গে কথা বলতে পেরে আমি নিজেকে খুবই ধন্য মনে করছি! কেমন আছেন আপনি, কাকা আর দাদী? প্লিজ, আমাদের কথা আর কিছুদিনের

জন্য গোপন রাখবেন, যতক্ষণ না আমরা ব্যক্তিগতভাবে দেখা করি। আমি নিশ্চিত, আপনি আমাকে ভুল বুঝবেন না, তাই তো আন্টি?"

বান্নো আবেগে আপ্লুত হয়ে বলল, "অঞ্জনা বেটা, শান্ত হও। মন থেকে তোমার জন্য আশীর্বাদ রইল। আর একটা কথা জানিয়ে রাখি; শান্তিলাল আমাকে 'ফেয়ারি ফ্রেন্ড' (fairy friend) বলে ডাকে! আমি চাই, তোমারও ফেয়ারি ফ্রেন্ড হই! আমি ঈশ্বরে বিশ্বাস করি। যদি তাঁর ইচ্ছে হয়, তাহলে তুমি আমার তৃতীয় সন্তান হবে!" বান্নোর চোখে জল চলে এল। হঠাৎ করেই সে মেয়েকে জড়িয়ে ধরল, তারপর কোনো কথা না বলেই ঘর থেকে বেরিয়ে গেল।

ছুটকি ফোন হাতে নিয়ে বলল, "মা ঘর থেকে বেরিয়ে গেল। ওনার চোখে জল ছিল, কিন্তু ওনার আনন্দের সীমা ছিল না! তুমি যখন প্রথম 'মা' বলে ডাকলে, তখনই যেন ওনার মনের মধ্যে এক ঝড় বয়ে গেল! ওনার মতোই আমার দাদাও তোমাকে প্রচণ্ড ভালোবাসবে! তুমি সত্যিই খুব ভাগ্যবান, এই পরিবারের অফুরন্ত ভালোবাসা পাবে। বিশেষ করে আমার দাদার থেকে! আমি ধন্য যে আমার দাদা নিজের বোনের জন্য সবকিছু করতে পারে!

আমরা আগামী সপ্তাহে ক্যালিফোর্নিয়া আসছি। খুব তাড়াতাড়ি তোমার সঙ্গে দেখা হবে! তবে একটা কথা বলো তো, দাদা এখনো তোমাকে ফোন করেনি, তাই না? ও খুব লাজুক। ওর স্বভাবই এমন। প্লিজ, ওকে ভুল বুঝো না। বরং উল্টোটা করো; তুমিই একবার ওকে

ফোন করো! আমি ওর প্রতিক্রিয়া দেখতে চাই! প্লিজ, ফোন করো আর আমাকে জানাও!"

অঞ্জনা মৃদু হাসল, "আমি নিজেও লাজুক! আমরা আমাদের সীমাবদ্ধতা জানি। আমিও তোমার দাদাকে ফোন করতে চাইতাম, কিন্তু পারিনি। তবে এবার ঠিক করেছি, আজ অফিস শেষ হলে ফোন করব! অপেক্ষা করো, তোমাকে ফোন করব!"

"ঠিক আছে! ভালো থেকো! বাই!"

"বাই, তুমি-ও ভালো থেকো!"

শান্তিলাল হঠাৎ ফোনের রিংটোন শুনল। ফোনের স্ক্রিনে নাম দেখে সে কিছুক্ষণ স্তব্ধ হয়ে গেল অঞ্জনা!

সে বিস্মিত এবং আনন্দিত হয়ে ফোন ধরল, "হ্যালো অঞ্জনা! ধন্যবাদ আমাকে ফোন করার জন্য। আমি তোমাকে ফোন করতে ইতস্তত করছিলাম। জানতাম না, তুমি সেটা পছন্দ করবে কি না! কিন্তু এখন তুমি নিজেই ফোন করেছ, আর আমার সব দ্বিধা মুছে গেছে! কেমন আছো? চিন্ময়ী কি তোমাকে ফোন করেছিল? সে কী বলল?"

শান্তিলাল ও অঞ্জনার কথোপকথন

শান্তিলাল ফোনের স্ক্রিনে অঞ্জনার নাম দেখে চমকে গেল। আনন্দে অভিভূত হয়ে সে ফোন রিসিভ করল—

"হ্যালো অঞ্জনা! ফোন করার জন্য ধন্যবাদ। আমি দ্বিধায় ছিলাম, ভেবেছিলাম তুমি হয়তো পছন্দ করবে না। কিন্তু এখন তুমি ফোন করেছো, আমার সব দ্বিধা কেটে গেছে। কেমন আছো? চিন্ময়ীর সাথে কি কথা হয়েছে? ও কী বলল?"

"হ্যাঁ, চিন্ময়ীর সাথে কথা হয়েছে। ও শুধু মেধাবীই নয়, অসম্ভব ভালো মনের মেয়ে। আর জানো, আমি আসলে তোমার ফোনের অপেক্ষায় ছিলাম! যাই হোক, আমি কিছু একটা জানিয়ে তোমাকে চমকে দিতে চাই; আজ আমি তোমার মায়ের সাথে কথা বলেছি!"

"কি!" শান্তিলাল অবাক হয়ে চিৎকার করে উঠল।

"শান্ত হও! সব ব্যাখ্যা দিচ্ছি। সেদিন যখন আমি আর চিন্ময়ী কথা বলছিলাম, তখন আন্টি শুনে ভেবেছিলেন ও কোনো ছেলের সাথে কথা বলছে। তাই তখনই চিন্ময়ী সত্যিটা বলেছিল। আজ আন্টি নিজে আমাকে ফোন করলেন। উনি অসাধারণ মানুষ! বললেন, উনিও আমার পরীবন্ধু হবেন, তোমার

মতো। আমাকে আশীর্বাদ করেছেন। উনি খুবই খুশি এবং আমাকে তার তৃতীয় সন্তান হিসেবেও ভাবতে রাজি। আমি এতটাই আনন্দিত যে তোমাকে না জানিয়ে থাকতে পারলাম না!"

শান্তিলাল চুপ করে গেল। তার মাথায় একটাই চিন্তা ঘুরছিল—সে প্রথমবার মায়ের কাছে কিছু লুকিয়েছিল। তাকে ক্ষমা চাইতেই হবে! মা যেন ভুল না বোঝেন। চিন্ময়ীর কাছ থেকে মা'র মনের অবস্থা জেনে তারপর কথা বলতে হবে। সে ভুলেই গিয়েছিল, অঞ্জনা এখনো ফোনের ওপারে আছে।

"হ্যালো, মিস্টার শান্তিলাল! আছেন? শুনতে পাচ্ছেন?"

সে হুঁশ ফিরিয়ে বলল, "হ্যাঁ, শুনছি। আমি বুঝতে পারছি না, মাকে না জানিয়ে আমি ঠিক করলাম কিনা। যদি মা আমাকে ভুল বোঝেন? যতক্ষণ না আমি ক্ষমা চাইছি, শান্তি পাবো না। প্রথমে চিন্ময়ীর সাথে কথা বলি, তারপর মায়ের সাথে।"

"ভালো সিদ্ধান্ত। যখন কথা বলবে, আমার প্রণাম দিও। নিজেকে দোষারোপ করো না, সব ঠিক হয়ে যাবে। সবাই আসছে, আমি দাদীকেও আসতে বলেছি। এটা দুই পরিবারের জন্য অসাধারণ মুহূর্ত হবে! ঠিক আছে, দেরি হয়ে যাচ্ছে। এখন মায়ের সাথে কথা বলো, শুভরাত্রি, ভালো থেকো।"

****

শান্তিলাল ও বান্নোর কথা

"হ্যালো"; বান্নোর কণ্ঠস্বর ভেসে এল।

কিন্তু ওদিক থেকে কোনো উত্তর এলো না।

"হ্যালো, চিম্পু, জানি তুমি আছো। কেন এত ভয় পাচ্ছো? কোনো ভুল করেছো, যা তোমার পরীর বন্ধু জানতে পারবে না?"

"মা, আমি দুঃখিত। আমি ভয় পেয়েছিলাম, তাই প্রথমে চিন্ময়ীকে বলেছিলাম। তোমাকে বলা উচিত ছিল। প্লিজ আমাকে ক্ষমা করো!" শান্তিলালের গলা ধরে এল।

বান্নো হাসলেন, "শোনো, তুমি কোনো ভুল করোনি! আমি গর্বিত তোমার জন্য। অঞ্জনা দারুণ মেয়ে, ও আমাদের পরিবারের জন্য সম্পূর্ণ উপযুক্ত। আর বিয়ে তো ঈশ্বরের বিধান, একে অগ্রাহ্য করা উচিত নয়!"

"মা, তোমার কথায় আমি কতটা স্বস্তি পেলাম, বলে বোঝাতে পারবো না!"

"আরেকটা কথা চিম্পু, অঞ্জনার দাদা ভেনুগোপালের সম্পর্কে কিছু বলো তো? ও কেমন ছেলে?"

শান্তিলাল হাসল, "মা! তুমি কি ছুটকির কথা ভাবছো? বাহ! তুমি কত দূরদর্শী! সত্যি বলছি, ভেনুগোপাল দারুণ প্রতিভাবান! মা, তুমি অসাধারণ!"

"কিছু মনে কোরো না, বাবা। এখন যেহেতু তুমি আমার ইচ্ছের কথা জেনে গেছো, তুমি এ নিয়ে ভাবতে পারো। যতটা সম্ভব তথ্য সংগ্রহ করার চেষ্টা করো যাতে ভবিষ্যতে আমাদের অনুশোচনা না করতে হয়। যদি সবকিছু ঠিকঠাক চলে, তাহলে আমরা একটার বদলে দুটো বিয়ের কথা ভাবতে পারি। কিন্তু ছুটকিকে এত তাড়াতাড়ি বিয়েতে রাজি করানো বিশাল কঠিন কাজ হবে। সে অবশ্যই আপত্তি জানাবে, কিন্তু তোমার কথা সে শোনে। শুধুমাত্র তুমিই তাকে রাজি করাতে পারো। তুমি তো আমার দুশ্চিন্তা বুঝতে পারছো, তাই না? আমার ভয় হচ্ছে, যদি NASA-র সহযোগী কোনো প্রতিষ্ঠানে মাস্টার্স শেষ করার পর ছুটকি নিজেকে সম্পূর্ণভাবে এয়ারোনটিক্যাল রিসার্চ ও ডেভেলপমেন্টের কাজে নিয়োজিত করে এবং বিভিন্ন ধরনের ড্রোন তৈরিতে ডুবে যায়, তাহলে সে বিয়ের কথা ভাবার সুযোগই পাবে না। আমি তো তোমাদের দুজনকেই ভালোভাবে চিনি। কাজের প্রতি একনিষ্ঠতায় সে তোমার হুবহু প্রতিচ্ছবি। আমার ছেলে, তুমি আমাকে কথা দাও যে তুমি এই ব্যাপারটা গুরুত্বসহকারে বিবেচনা করবে।"

চিম্পু স্পষ্টভাবে বলল, "হ্যাঁ মা, আমি তোমাকে কথা দিচ্ছি যে আমি এ নিয়ে ভাবব। তবে আমি ছুটকিকে তার মাস্টার্সের আগে বিয়ে করতে দেব না। ও যেন আগে বিয়ে করে, তারপর যে কোনো ধরনের গবেষণা করতে পারে। এটা কি তোমার কাছে ঠিক আছে? আমি ওকে ভেনুগোপালের সাথে এনগেজমেন্ট করানোর কথাও বলতে পারি, যদি তারা দুজনেই রাজি

হয়। তারপর সে মাস্টার্স শেষ করে, তারপর বিয়ে করবে। ভেনুগোপাল আমার থেকে এক বছর জুনিয়র, সুতরাং সেও অপেক্ষা করতে পারবে। তবে সবকিছু নির্ভর করছে তারা পরস্পরকে পছন্দ করে কিনা, যখন তাদের দেখা হবে।"

বন্নো সন্তুষ্ট হয়েছিলেন ছেলের চিন্তাভাবনার স্পষ্টতা দেখে। যেহেতু তাকে একটি মিটিংয়ে যোগ দিতে হবে, তাই তিনি চিম্পুকে শুয়ে পড়তে বললেন।

আমেরিকার ঘটনাবলী

তারা ক্যালিফোর্নিয়া এয়ারপোর্ট, আমেরিকায় অবতরণ করল। দুটি গাড়ি তাদের জন্য অপেক্ষা করছিল। আশ্চর্যের বিষয়, শান্তিলালের সঙ্গে ভেনুগোপাল ও অঞ্জনাও তাদের রিসিভ করতে এসেছে। ভেনুগোপাল ও অঞ্জনা দুজনেই এসে দাদী, কান্তিলাল এবং বন্নোর পায়ে হাত দিয়ে প্রণাম করল। সবাই তাদের আশীর্বাদ করল। এরপর শান্তিলাল এগিয়ে এসে পরিবারের সদস্যদের স্বাগত জানালো। একে একে সবাইকে বুকে টেনে নিল, তারপর সবার পায়ে হাত দিয়ে প্রণাম করল। প্রায় দেড় বছর পর সবাই একে অপরের সঙ্গে দেখা করছে।

বন্নো ভেনুগোপাল ও তার বোন অঞ্জনাকে লক্ষ করল। দুজনেই দেখতে খুব সুন্দর এবং আকর্ষণীয়। কান্তিলাল কিছুই জানত না। দাদী তার নাতিকে আশীর্বাদ করে স্নেহভরে কপালে চুমু খেল। অঞ্জনা দাদীর কাছে গিয়ে বলল, "দাদী, আমাকেও কপালে একটা চুমু দাও।" দাদী হাসতে হাসতে বলল, "ইশ! আমার যদি তোমার মতো একটা বউমা থাকত!"

অঞ্জনা সঙ্গে সঙ্গে বন্নোর দিকে তাকালো, যেন জানতে চাইছে, "দাদী কি কিছু জানেন?" কিন্তু বন্নো চোখের ইশারায় বুঝিয়ে দিল, "না, দাদী কিছুই জানেন না।" তারা একটি বিশাল কলোনিতে পৌঁছালো, যেখানে অসংখ্য উচ্চ-তলার বহুতল ভবন ছিল। বিল্ডিংগুলোর পরিচয় ছিল A, B, C, D... এইভাবে।

শান্তিলালের অ্যাপার্টমেন্ট ছিল 'H' বিল্ডিংয়ে, ৩৮ তলায়, ফ্ল্যাট নম্বর ৬; অর্থাৎ ঠিকানা ছিল H3806। একইভাবে, ভেনুগোপালের পরিবার থাকত ফ্ল্যাট নম্বর B2904 তে।

এই কমপ্লেক্সে সবরকম সুযোগ-সুবিধা ছিল; সুইমিং পুল, জগিং ট্র্যাক, শিশুদের পার্ক, কমিউনিটি সেন্টার, ছোট থিয়েটার, জিম, বোলিং হল ইত্যাদি। এছাড়াও, এখানে একটি বিশাল স্পোর্টস কমপ্লেক্স ছিল, যেখানে নানা ধরনের খেলাধুলার ব্যবস্থা ছিল। ভেনুগোপাল ও অঞ্জনা বিদায় নেওয়ার অনুমতি চাইল। তারা শান্তিলালের ফ্ল্যাটে ঢুকল না, তবে বলল পরে আসবে। কিন্তু হঠাৎ করেই অঞ্জনা দৌড়ে ফিরে এল, বন্নোকে জড়িয়ে ধরে আলিঙ্গন করল, তারপর তার কানে ফিসফিস করে বলল, "ধন্যবাদ।" এরপর দ্রুত চলে গেল। সবাই অবাক হয়ে গেল, শুধু বন্নো ছাড়া।

যাত্রী ক্লান্তি কাটানোর জন্য সবাই একটু বিশ্রাম নিতে গেল। প্রায় চার ঘণ্টা পর, সবাই জেগে উঠে আনপ্যাক করার জন্য প্রস্তুত হল। বন্নো ও দাদী রান্নাঘরে গিয়ে রাতের খাবার তৈরির ব্যবস্থা করতে চাইলে শান্তিলাল বলল, "না, আজ কিছু করতে হবে না। প্রথম দিন তো, আমি আগেই খাবারের অর্ডার দিয়ে রেখেছি।" রাত আটটার সময় খাবার এসে গেল। রাতের খাবার খেয়ে পাঁচজন মিলে নিচে নেমে বাগানে কিছুক্ষণ হাঁটল। লম্বা সফরের ক্লান্তি সবার মধ্যে ছিল। তাই খুব বেশি দেরি না করে সবাই দ্রুত ঘুমিয়ে পড়ল।

অরবিন্দ ঘোষ

ছুটকির নাসায় যাত্রা

পরের দিন সকালে, চিন্ময়ী একটি ফোনকল পেল সেই প্রতিষ্ঠানের কাছ থেকে যেখানে তার ভর্তি হওয়ার কথা ছিল। তাকে সেদিনই NASA-র প্রধান দফতর ও প্রতিষ্ঠানে রিপোর্ট করতে হবে সমস্ত আনুষ্ঠানিকতা সম্পন্ন করার জন্য। সিদ্ধান্ত হল, ছুটকির সঙ্গে তার বাবা-মা যাবেন, আর শান্তিলাল অফিস যাওয়ার পথে তাদের গাড়িতে পৌঁছে দেবে। শান্তিলাল আগেই জানিয়ে রেখেছিল যে সে অফিসে দুপুরের শিফটে যাবে।

তারা নাসায় পৌঁছালো। শান্তিলাল এই অফিস খুব ভালোভাবে চিনত। গেট পাসের জন্য তারা চিঠি দেখাল। NASA-র কর্মকর্তারা খুব আন্তরিকভাবে তাদের স্বাগত জানালেন। সমস্ত আনুষ্ঠানিকতা সম্পন্ন হল। চিন্ময়ী সরকারের সঙ্গে দুই বছরের চাকরির চুক্তিপত্রে স্বাক্ষর করল, পাশাপাশি আরেকটি নথিতে স্বাক্ষর করল যেখানে জানানো ছিল যে সে মাস্টার্স শেষ না করে মাঝপথে ছেড়ে যেতে পারবে না। অর্থাৎ, সে মোট চার বছর মার্কিন প্রতিরক্ষা বিভাগের সঙ্গে যুক্ত থাকবে।

বন্নো কর্মকর্তার সঙ্গে কিছু কথা বলতে চাইল। সে জানতে চাইল, "বিয়ের বিষয়ে কি কোনো নির্দিষ্ট নিয়ম আছে?" কর্তারা বললেন, "না, বিয়ের বিষয়ে কোনো কঠোর নিয়ম নেই। তবে তাকে অবশ্যই

পড়াশোনা শেষ করে কমপক্ষে দুই বছর দপ্তরে কাজ করতে হবে।”

সবাই খুব খুশি হল, শুধু ছুটকি বাদে! “এরা এখন এসব কী বাজে কথা বলছে?” ছুটকি অবাক হয়ে দেখল, তার দাদা পর্যন্ত এই আলোচনায় যোগ দিয়েছে! ও মা! ও একা শত্রুশিবিরে পড়ে গেছে!

সে ভাবল, "অঞ্জনা কি আমার বাঁচার উপায় বের করতে পারে?" সে অঞ্জনার সঙ্গে কথা বলার সিদ্ধান্ত নিল। কিন্তু বন্নো খুব তীক্ষ্ণ বুদ্ধির মহিলা ছিল। সে জানত, তার মেয়ে যে করেই হোক এই পরিকল্পনা বানচাল করার চেষ্টা করবে। তাই সে আগে থেকেই অঞ্জনাকে ফোন করল, যাতে ছুটকি তার আগে ফোন করতে না পারে।

“হ্যালো আন্টি! তোমার ফোন পেয়ে কত ভালো লাগছে! কেমন আছো আন্টি? কাল রাতে ঠিকমতো ঘুমিয়েছ? চিন্ময়ী যেখানে যেখানে যাওয়ার কথা ছিল, সব ঠিকঠাক হয়েছে তো?” অঞ্জনা একসঙ্গে অনেকগুলো প্রশ্ন করল।

“হ্যাঁ, সব ঠিক আছে মা। কিন্তু তোমাকে একটা জরুরি বিষয়ে কথা বলতে ফোন করেছি। আমি জানি, খুব শিগগিরই চিন্ময়ী তোমাকে ফোন করবে, কিন্তু আমি চাই তার আগে আমি তোমার সঙ্গে কথা বলি।”

“বলো আন্টি, কী ব্যাপার?”

“আমি তোমার কাছে একটা ব্যক্তিগত প্রশ্ন করতে চাই। তুমি চিন্ময়ীকে কেমন পছন্দ করো?”

"ওহ আন্টি, আমি ওকে খুব ভালোবাসি! ইশ, যদি ও আমার বোন হতো! কিন্তু তুমি হঠাৎ এই প্রশ্ন করছ কেন? কিছু ঘটেছে নাকি?" অঞ্জনা জানতে চাইল।

"যদি বলি, চিন্ময়ীকে কি তোমার ভাইয়ের বউ হিসেবে ভাবা যায়?" বন্নো সরাসরি প্রশ্ন করল। "আমি শুনেছি, তোমাদের পরিবার ভেনুগোপালের জন্য ভালো মেয়ে খুঁজছে।"

"ওহ ঈশ্বর! এটা যদি সত্যি হয়, তাহলে কত ভালো হয়! চিন্ময়ী আমাদের পরিবারের সদস্য হলে তো আমরা ধন্য হয়ে যাব। কিন্তু আন্টি, চিন্ময়ীর মত কী? ও কি আমার ভাইকে জীবনসঙ্গী হিসেবে মেনে নেবে?" অঞ্জনা সংশয় প্রকাশ করল।

"এই জন্যই তো আমি তোমাকে ফোন করলাম। ও ইতিমধ্যেই বুঝে গিয়েছে যে আমাদের মধ্যে কিছু একটা চলছে। তাই সে নিশ্চিতভাবেই তোমার সাহায্য চাইবে যাতে আমরা এই বিষয়ে আর এগোতে না পারি।"

"কিন্তু আন্টি, যদি ও সত্যিই আমার ভাইকে পছন্দ না করে, তাহলে তো আমাদের কিছু করার নেই। ওর মতামতই আসল।" অঞ্জনা যুক্তি দিল।

"না, ব্যাপারটা তা নয়। ও শুধু চায় অন্তত চার-পাঁচ বছর বিয়ের কথা না ভাবতে। কিন্তু তুমি ছাড়া কেউ ওর সিদ্ধান্ত বদলাতে পারবে না। ও ভাবে তুমি ওর একমাত্র রক্ষাকর্ত্রী! তাই যদি ও তোমার সঙ্গে কথা বলে, তুমি জানো কীভাবে সামলাতে হবে, যেন ও একটুও সন্দেহ না করে যে তুমিও আমাদের দলে

আছো। এখন সবকিছু তোমার উপর নির্ভর করছে, অঞ্জনা। সাবধানে থেকো, ঠিক আছে? বাই।"

বন্নো ফোন কেটে দিল। অঞ্জনা তখনও বুঝে উঠতে পারেনি, ঠিক কী ঘটে গেল! এমন সময় ফোন বেজে উঠল। চিন্ময়ী! সে মনে মনে ঈশ্বরের কাছে প্রার্থনা করল, তারপর ফোন ধরল।

"হাই চিন্ময়ী! তুমি নিশ্চিত শতবর্ষ বাঁচবে, কারণ আমি এখনই তোমার কথা ভাবছিলাম আর ভাবছিলাম তোমাকে ফোন করব! কিন্তু আমাদের এক ঘনিষ্ঠ আত্মীয়ের সঙ্গে কথা বলতে গিয়ে দেরি হয়ে গেল। বলো, নাসা আর তোমার ইনস্টিটিউটে কেমন লাগল?"

"অঞ্জনা, আমি খুব কম সময়েই তোমাকে আমার সেরা বন্ধু মনে করতে শুরু করেছি। তোমার সঙ্গে সবকিছু খোলাখুলি বলতে পারি। আমি কি তোমার কাছে একটা অনুরোধ করতে পারি?"

চিন্ময়ীর গলা কেঁপে উঠল। সে প্রায় কান্নার দোরগোড়ায় পৌঁছে গিয়েছিল...

অঞ্জনার দোটানা

অঞ্জনার মনে একধরনের অপরাধবোধ কাজ করছিল। সে এত সুন্দর ও প্রতিভাবান একটি মেয়ের সঙ্গে প্রতারণা করছে! চিন্ময়ীর জন্য তার খারাপ লাগছিল। কিন্তু একটা বিষয় সে এড়িয়ে যেতে পারছিল না—তার ভাই ভেণুগোপাল সত্যিই এক অসাধারণ মানুষ। শুধু সুদর্শনই নয়, অত্যন্ত মেধাবী, নিশ্চিত ভবিষ্যৎ রয়েছে, আর ভদ্রতা ও সদাচারিতায় অতুলনীয়। তিনি খোলামেলা ও মিশুক প্রকৃতির মানুষ। অন্যদিকে, চিন্ময়ীও কম নয়; অত্যন্ত মেধাবী, চমৎকার স্বভাবের মেয়ে।

ব্যক্তিগতভাবে, অঞ্জনার মনে হচ্ছিল যে বান্নো আন্টির কথা শোনা উচিত, তবে সে কোনোভাবেই তার নতুন বন্ধু চিন্ময়ীর সঙ্গে বিশ্বাসঘাতকতা করতে পারবে না। সে খুবই দোটানায় পড়ে গেল। এখন পর্যন্ত সে শুধুই নিজের ভবিষ্যতের কথা ভেবেছে, কিন্তু এখন থেকে তাকে ভাইয়ের কথাও ভাবতে হবে। তাড়াতাড়ি নিজেকে সামলে নিয়ে সে চিন্ময়ীর সঙ্গে কথোপকথন চালিয়ে গেল।

"তুমি আমার প্রকৃত বন্ধু। বলো তো, কী সাহায্য চাইছো? আমি আমার সর্বোচ্চ চেষ্টা করব।"

"তুমি শুধু নিশ্চিত করো যে আমার পরিবারের চক্রান্ত ব্যর্থ হয়!" চিন্ময়ীর কণ্ঠে গভীর উদ্বেগ ছিল।

অঞ্জনা হাসলেও ফোনে নিজের উদ্বেগের ছাপ রাখল। "কি? তোমার বিরুদ্ধে কে চক্রান্ত করছে? কেন? তারা কী চায়? দয়া করে একটু বিস্তারিত বলো, আমি সত্যিই চিন্তিত।"

"ওরা আমাকে ফাঁদে ফেলতে চাইছে!" চিন্ময়ী ক্ষুব্ধ স্বরে বলল।

"কী? এর মানে কী?" অঞ্জনা প্রশ্ন করল, যেন কিছুই জানে না।

"ওরা চায় আমি তোমার সঙ্গে একসঙ্গে বিয়ে করি!" চিন্ময়ী তার উদ্বেগ প্রকাশ করল।

"ওহ! দারুণ তো! তোমার তো খুশি হওয়ার কথা। ছেলেটা কে? তুমি তাকে চেনো?" অঞ্জনা প্রশ্নের পর প্রশ্ন ছুঁড়ে দিল।

"চুপ করো! তুমি জানো, আগামী দুই বছর আমি মাস্টার্স শেষ করব। তারপর আরও দুই বছর নাসায় কাজ করতে হবে। তারপর আমার ক্যারিয়ার নিজের পথে চলবে। এখন বলো, এর মাঝে বিয়েটা কোথায় ফিট করে? এটা একেবারেই অসম্ভব, আর তুমি জানো সেটা! আমার পাশে দাঁড়ানোর মতো কেউ নেই, একমাত্র তুমি ছাড়া। অনুগ্রহ করে সাহায্য করো, যাতে তারা তাদের এই ষড়যন্ত্রে সফল না হয়।" চিন্ময়ী প্রায় কাঁদো কাঁদো গলায় বলল।

"ঠিক আছে, আমি অবশ্যই তোমাকে সাহায্য করব। কিন্তু তার আগে একটা প্রশ্নের উত্তর দাও। তুমি কি জানো, তোমার পরিবারের ঠিক করা ছেলেটা কে?" অঞ্জনা কৌশলী প্রশ্ন করল।

চিন্ময়ীর জন্য প্রশ্নটা কঠিন ছিল। সে ভেণুগোপালকে দেখেছে এবং তার সম্পর্কে জানে। যে কোনো মেয়ে এমন একজন জীবনসঙ্গী পেলে নিজেকে ভাগ্যবান মনে করবে। তার ওপর, ভেণুগোপাল তো অঞ্জনার ভাই! অঞ্জনা তো তার ভবিষ্যৎ ভাশুরানি! এখন অঞ্জনাকে সে কী যুক্তি দেখাবে যাতে এই বিয়েটা রুখে দেওয়া যায়? চিন্ময়ী বুঝতে পারছিল না কী উত্তর দেবে। সত্যিটা বলে দেবে যে ছেলেটি ভেণুগোপাল, নাকি ধোঁয়াশা তৈরি করবে? সে নিরাপদ খেলতে চাইল।

"না, আমি পুরোপুরি নিশ্চিত নই। তবে মনে হচ্ছে পরিবারের লোকেরা ছেলেটিকে ভালো করেই চেনে, না হলে এত গুরুত্ব দিত না।"

সে কৌশলে উত্তর এড়িয়ে গেল।

অঞ্জনা জানত চিন্ময়ীর মনের অবস্থা। তবে সিদ্ধান্ত নেওয়ার আগে তাকে অবশ্যই তার ভাইয়ের মতামত জানতে হবে। ভেণুগোপালও যদি রাজি না থাকে, তাহলে এই ব্যাপারে এগোনোর কোনো মানে নেই। অঞ্জনা সময় নেওয়ার সিদ্ধান্ত নিল। সে বলল, "ঠিক আছে। ভাবছি কীভাবে তোমাকে সাহায্য করতে পারি। চিন্তা করো না, যতক্ষণ না তুমি রাজি হচ্ছো, কেউ তোমাকে জোর করবে না। এটা আমার কথা দিলাম!"

চিন্ময়ী আশ্বস্ত বোধ করল। সে অঞ্জনাকে ধন্যবাদ দিল। পরিবারের অন্য সদস্যরা যা খুশি পরিকল্পনা করুক, যতক্ষণ অঞ্জনা তার পক্ষে আছে, ততক্ষণ

কিছুই হবে না। সে স্বস্তির নিঃশ্বাস ফেলল এবং বাকি পরিবারের সদস্যদের পুরোপুরি উপেক্ষা করল, যেন কিছুই ঘটেনি। কিন্তু বান্নো এত সহজে হাল ছাড়ার মানুষ নন। অঞ্জনার কাছ থেকে সব তথ্য জেনে নিলেন। এবার থেকে তারা আরও সতর্কভাবে পরিকল্পনা করবে...

সুনিপুণ পরিকল্পনা

অঞ্জনা ও বান্নোর মধ্যে ঠিক হয়ে গেল যে তিন দিন পর, কান্তিলাল অঞ্জনার বাড়িতে যাবে কট্টমপল্লী পরিবারের সকল সদস্যকে তাদের বাড়িতে নৈশভোজের আমন্ত্রণ জানাতে। তার আগ পর্যন্ত, অঞ্জনা চেষ্টা করবে ভেণুগোপাল ও চিন্ময়ীর সম্ভাব্য মিলনের সুযোগ খুঁজে বের করতে। তখন পর্যন্ত কেউ চিন্ময়ীর সামনে এই বিষয়ে একটিও কথা বলবে না। তার সাথে স্বাভাবিক আচরণ করা হবে, যেন কিছুই ঘটেনি।

এছাড়া, শান্তিলাল ঠিক করল যে চারজন তরুণ-তরুণীর জন্য একটি পিকনিকের ব্যবস্থা করবে, যাতে অঞ্জনা শান্তিলালকে আরও ভালোভাবে চিনতে পারে, বড়রা তাদের সম্পর্কে আলোচনা শুরুর আগে। তবে তারা জানত না যে কান্তিলাল ও বান্নোর বড়দের জন্য ভিন্ন পরিকল্পনা রয়েছে। তারা নিজেরাও ছোটদের ছাড়াই একসঙ্গে মধ্যাহ্নভোজের আয়োজন করবে। রবিবার হওয়ায় শান্তিলাল ও অঞ্জনা একসঙ্গে বাইরে যাওয়ার সিদ্ধান্ত নিল। শান্তিলাল ছোটকি (ছুটকি) কে আমন্ত্রণ জানালো, আর অঞ্জনা তার ভাই ভেণুগোপালকে সঙ্গে যেতে অনুরোধ করল।

পরদিন সকালে, শান্তিলাল ও ছোটকি তাদের গাড়িতে গিয়ে অঞ্জনা ও ভেণুগোপালকে তুলে নিল এবং পাহাড়ঘেরা এক মনোরম বনাঞ্চলে রওনা দিল, যা জনপ্রিয় এক পিকনিক স্পট। সেখানে অনেক

পর্যটক আসেন ও সারাদিন আনন্দ উপভোগ করেন। যাত্রাপথে চিন্ময়ীর কোনো অস্বস্তি হয়নি, কারণ ভেণুগোপাল শান্তিলালের পাশের আসনে বসেছিল, আর পেছনে বসেছিল অঞ্জনা ও চিন্ময়ী। পরিকল্পনা অনুযায়ী, অঞ্জনা ও শান্তিলাল একসঙ্গে একটু হাঁটতে বেরিয়ে যাবে, আর বাকি দুজনকে কথা বলার সুযোগ করে দেবে। সকালবেলার জলখাবারের পর, শান্তিলাল অঞ্জনাকে হাঁটতে যাওয়ার জন্য অনুরোধ করল। চিন্ময়ী এতে একদমই স্বস্তি বোধ করছিল না। কিন্তু যখন অঞ্জনা একটু দ্বিধাগ্রস্ত হয়ে শান্তিলালের সঙ্গে হাঁটতে গেল, তখন চিন্ময়ীর সামনে কোনো বিকল্প থাকল না, সৌজন্যবশত তাকে ভেণুগোপালের সঙ্গে কথা বলতেই হলো। সে প্রথমেই কথা বলল, "হ্যালো, সেদিন আপনাকে এয়ারপোর্টে আমাদের রিসিভ করতে আসতে দেখেছিলাম। আপনার সেই সদয় ব্যবহারের জন্য ধন্যবাদ। আমি কি আপনাকে এক কাপ চা করে দেব?"

ভেণুগোপাল হাসল এবং বলল,

"শান্তিলাল আমার খুব ঘনিষ্ঠ বন্ধু। সে এক্সপার্ট প্রোগ্রামিং ডেভেলপারও। আমরা সবাই তার প্রতিভা ও দক্ষতার জন্য তাকে সম্মান করি। যে কোনো সমস্যা বিশ্লেষণ করার অসাধারণ ক্ষমতা রয়েছে তার। আমরা প্রায়ই তার সাহায্য নিই। সেই কারণেই আমি এয়ারপোর্টে তার পরিবারের সদস্যদের, তোমাকে সহ, রিসিভ করতে গিয়েছিলাম।" চিন্ময়ী বলল— "আপনার বোন অঞ্জনা খুব ভালো ও প্রতিভাবান মেয়ে। আমরা খুব খুশি যে আমার ভাই ও

সে পরস্পরকে পছন্দ করে। বিশেষ করে আমার মা নিশ্চিত করবেন যেন সে সর্বদা সুখী থাকে। আমাদের পরিবারের সবাই এই দুই পরিবারের মিলনের জন্য অপেক্ষা করছে।" ভেণুগোপাল বলল; "তোমার এই আশ্বাসের জন্য ধন্যবাদ। আমি আমার বোনকে খুব ভালোবাসি এবং পরিবারকেও। যদিও আমার বোন আমেরিকায় জন্মেছে ও বড় হয়েছে, তবু সে ভারতীয় সংস্কৃতির প্রতি খুবই শ্রদ্ধাশীল।

এখন আমার পালা, তোমার সম্পর্কে কিছু জানার। ঠিক আছে, আমি অনুমান করে বলি— তোমার নাম মিস চিন্ময়ী। শুনেছি, তুমি ইতোমধ্যেই আমেরিকার প্রেসিডেন্টের কাছ থেকে একটি সম্মানজনক পদক পেয়েছ, যা এক অসাধারণ অর্জন। তুমি ন্যাশনাল ট্যালেন্ট সার্চ স্কলার, ফুলব্রাইট ফেলোশিপ পেয়েছ, এবং এরোডায়নামিক ইঞ্জিনিয়ারিং-এ মাস্টার্স করছ। তুমি একজন এক্সপার্ট ড্রোন ডেভেলপার এবং আগামী দুই বছর NASA-তে যুক্ত থাকবে। আমি কি ঠিক বললাম, নাকি কোনো গুরুত্বপূর্ণ তথ্য বাদ পড়েছে? আমি তোমার ডাকনামও জানি, তবে সেটা বলব না!"

ভেণুগোপালের বলা কথাগুলো শুনে চিন্ময়ী একইসঙ্গে চমকে গেল এবং মুগ্ধও হলো। তার ভাই শান্তিলাল তার সবকিছু, এমনকি ডাকনাম পর্যন্ত ভেণুগোপালকে বলে দিয়েছে! এটা খুব খারাপ হয়েছে। শান্তিলালকে এই জন্য একটা ভালো করে ধমক দেওয়া দরকার।

কিন্তু জীবনে প্রথমবারের মতো, এক যুবকের কাছ থেকে নিজের প্রশংসা শুনে সে খুশি হলো। হঠাৎ করেই তার মনে হলো, ভেণুগোপাল দেখতে অসম্ভব সুন্দর। তার চোখে চোখ রাখা কঠিন হয়ে উঠল। মনে হলো, ভেণুগোপাল তাকে গভীরভাবে লক্ষ্য করছে। নীরবতা ভেঙে ভেণুগোপাল বলল "কি হলো? এত চুপচাপ হয়ে গেলে কেন? আমি কি তোমার তৈরি করা ড্রোন সম্পর্কে কিছু জানতে পারি? তুমি কি আমাকে সেই টেকনিক্যাল বিষয়গুলোর প্রোটোকল ব্যাখ্যা করতে পারবে? আমি কি তোমাকে সাহায্য করতে পারি এমন কিছু মডেল বানাতে, যা আরও হালকা, শক্তিশালী, এবং নিরাপদ হবে যা বিভিন্ন দেশের সীমান্ত সুরক্ষায় সহায়ক হবে?"

সেটাই ছিল মুহূর্ত, যখন চিন্ময়ী সবকিছু ভুলে গিয়ে ড্রোনের মূলগত ধারণা ও কার্যকারিতা নিয়ে গভীর আলোচনা শুরু করল। তারা এতটাই ডুবে গিয়েছিল আলোচনায় যে বুঝতেই পারেনি কখন শান্তিলাল ও অঞ্জনা ফিরে এসেছে এবং তাদের বৈজ্ঞানিক আলোচনা শুনছিল। কিছুক্ষণ পর ভেণুগোপাল খেয়াল করল ও বলল, "ওহ, তোমরা ফিরে এসেছ! আমাদের দারুণ আলোচনা হলো চিন্ময়ীর ভবিষ্যৎ পরিকল্পনা নিয়ে কীভাবে সে পরবর্তী প্রজন্মের ড্রোনের ডিজাইন উন্নত করতে চায়।"

তারা দেখতে পেল, চিন্ময়ী খুবই খুশি। দুপুরের খাবারের পর, অঞ্জনা চিন্ময়ীকে হাঁটতে যাওয়ার অনুরোধ করল। সে বুঝতে চেয়েছিল, ভেণুগোপালের সঙ্গে কথা বলার পর চিন্ময়ীর মনোভাব পাল্টেছে কি

না। চিন্ময়ী মুচকি হেসে বলল "আমি জানি তুমি কী জানতে চাও, অঞ্জনা।" অঞ্জনা হেসে বলল "ঠিক আছে, আমিও জানি তুমি প্রশ্নটা জানো। তাহলে সময় নষ্ট না করে বলো, তুমি কি এখনো মনে করো যে বিবাহ নামক প্রতিষ্ঠানটা এতই খারাপ?"

"আমি জানি না, অঞ্জনা। তবে তোমার ভাইয়ের সঙ্গে কথা বলার পর আমার মনে হচ্ছে, যদি জীবনসঙ্গী সত্যিই বোঝার মানুষ হয়, যদি সে তোমার দক্ষতা বাড়াতে সাহায্য করে, তোমার স্বপ্নগুলোকে লালন করতে সাহায্য করে, তাহলে হয়তো বিয়ে খারাপ কিছু নয়। কিন্তু যদি তা না ঘটে, তাহলে এর চেয়ে খারাপ আর কিছু হতে পারে না।" চিন্ময়ী নিজের অবস্থান বোঝানোর সর্বোচ্চ চেষ্টা করল।

"তুমি কি বলতে চাচ্ছ যে, আমার ভাইয়ের মতো কেউ হলে সে তোমার স্বপ্ন ও আকাঙ্ক্ষা পূরণ করতে সাহায্য করতে পারে?" অঞ্জনা জানতে চাইল।

"তোমার ভাইয়ের মতো মানুষ পাওয়া খুব কঠিন, অঞ্জনা। মুহূর্তের মধ্যেই ও বুঝে গেল আমি কোন ধরনের আলোচনা পছন্দ করি। মনে হয় আমাদের দুজনেরই বিজ্ঞান নিয়ে চিন্তাভাবনার তরঙ্গদৈর্ঘ্য একরকম। আমি নিশ্চিত নই... তবে একটা কথা বলতে পারি, আমি আর বিয়ের বিরুদ্ধে নই, অবশ্যই শর্ত প্রযোজ্য।" চিন্ময়ী দ্বিধাহীনভাবে বলল।

হঠাৎ করেই অঞ্জনা চিন্ময়ীকে শক্ত করে জড়িয়ে ধরল এবং বলল, "এক মিনিট অপেক্ষা করো, তোমার জন্য একটা চমক আছে।" সে ফোন বের করে একটা

নম্বর ডায়াল করল। নম্বর ডায়াল করার সময় সে আস্তে আস্তে সংখ্যা উচ্চারণ করছিল, আর তখনই চিন্ময়ী বুঝতে পারল যে অঞ্জনা তার মাকে ফোন করছে।

মুহূর্তের মধ্যে ফোনের ওপাশ থেকে যখন তার মা রিসিভ করলেন, তখন অঞ্জনা উচ্ছ্বসিত কণ্ঠে চিৎকার করে উঠল, "কাকিমা, মিশন সফল! চিন্ময়ীর আর বিয়ে-ভীতি নেই! বাকি সব আমায় ছেড়ে দিন, আমি সামলে নেব!"

তারপর সে ফোনটা কেটে চিন্ময়ীর দিকে তাকাল। বান্নো চোখ তুলে তাকালেন, ঈশ্বরকে ধন্যবাদ দিলেন এবং কৃতজ্ঞতার সঙ্গে অঞ্জনাকেও। হায় ঈশ্বর! অঞ্জনাও এই বৃহৎ ষড়যন্ত্রের অংশ ছিল! চিন্ময়ীর মনে হলো যেন পুরো ব্যাপারটা এক সুপরিকল্পিত চক্রান্ত!

"তুমিও, ব্রুটাস?" চিন্ময়ী মজা করে বলল। তারপর দুজনেই হেসে উঠল।

অঞ্জনা সব বলে দিল। যখন চিন্ময়ী তাকে ফোন করার চেষ্টা করছিল, তখন সে তার মায়ের সঙ্গে কথা বলছিল। চিন্ময়ী ও বেণুগোপালের একান্তে কথা বলার সুযোগ তৈরি করা, তাদের পিকনিকে নিয়ে যাওয়া, এমনকি দুপুরের খাবারের পর শান্তিলালের সঙ্গে বেরিয়ে যাওয়াও ছিল পুরো পরিকল্পনারই অংশ।

চিন্ময়ী বিশ্বাসই করতে পারছিল না যে, তার নিজের মা পর্যন্ত এতদূর এগিয়ে গেছেন, শুধুমাত্র তার সুখের

জন্য! এখন সে নিশ্চিত হতে পারছিল না, কাকে বেশি ধন্যবাদ জানাবে; তার মাকে, নাকি অঞ্জনাকে!

মিশন সম্পন্ন

হঠাৎ চিন্ময়ীর মনে পড়ল, সে ভেনুগোপালের জন্য চা বানানোর কথা একেবারেই ভুলে গেছে! তার কথা শুনতে এতটাই মগ্ন হয়ে পড়েছিল যে সব কিছু ভুলে গিয়েছিল। সে তাড়াতাড়ি অঞ্জনাকে বলল, "আমি একটু আসছি," তারপর ছুটে গিয়ে ভেনুগোপালের সামনে গিয়ে বলল, "সরি!" সে ব্যস্ত হয়ে চা বানিয়ে তার হাতে দিল। ভেনুগোপাল চায়ের কাপে চুমুক দিয়ে বলল, "দারুণ চা!"

তবে ঈশ্বর জানেন কেন, আধ ঘণ্টার মধ্যেই চিন্ময়ী নিজেকে যেন এক ভিন্ন জগতে আবিষ্কার করল। চা বানিয়ে দেওয়া তার জন্য আনন্দের হয়ে উঠল। ভেনুগোপালের সঙ্গে কথা বলতেও সে উপভোগ করছিল। মনে মনে ভাবল, 'হয়তো বিয়ের ধারণাটা এতটা খারাপ নয়, যতটা আগে মনে করতাম।' এই ক'দিন যাদের সে নিজের "শত্রু" ভেবেছিল, তাদেরকেই এখন শুভাকাঙ্ক্ষী মনে হতে লাগল। মা আর অঞ্জনার প্রতি তার কৃতজ্ঞতাবোধ জন্মালো। কী অসাধারণ পরিকল্পনা করেছিল সবাই মিলে!

কিন্তু একটা প্রশ্ন তাকে ভাবিয়ে তুলল, ভেনুগোপাল কি এই পরিকল্পনার অংশ ছিল? নাকি সে সম্পূর্ণ অনিচ্ছাকৃতভাবে এতে জড়িয়ে পড়েছে? সে অঞ্জনার কাছে যেতে চাইল, কিন্তু একই সাথে মনে হলো, এখানেই থেকে একটু বেশি কথা বলা উচিত

ভেনুগোপালের সঙ্গে। সাহস সঞ্চয় করে বলল, "তোমার কিছু লাগবে? আমাকে যেতে হবে, অঞ্জনা লনে অপেক্ষা করছে।" সে হাতের ইশারায় দেখাল।

অঞ্জনার কাছে ফিরে গিয়ে সে অকপটে স্বীকার করল, "এখন আর আমি বিয়ের বিরুদ্ধে নই, যদি সঙ্গী সঠিক হয়। আর তুমি কোনো বোকা প্রশ্ন করার আগে বলে দিই হয়তো তোমার ভাই-ই আমার জন্য সঠিক মানুষ। কিন্তু আমি জানি না, ওর পছন্দ-অপছন্দ কী, তাই নিশ্চিত নই। আমি ওর অনুভূতি জানতে চাই। যেহেতু তুমি আমার মায়ের কাজটা করেছ, এখন আমার কাজটাও করো। যত তাড়াতাড়ি সম্ভব ওর কাছে জেনে নাও ওর প্রত্যাশা কী?"

ফেরার পথে, গাড়ির সামনের সিটে বসল অঞ্জনা আর শান্তিলাল। আর পিছনের সিটে চিন্ময়ী আর ভেনুগোপাল। ভেনুগোপাল তাকিয়ে বলল, "এখানে এসে বসো," তারপর নিচু গলায় ফিসফিস করে বলল, "আমার বোন ফোন করে বলল তুমি আমার কাছ থেকে কিছু জানতে চাও। কী জানতে চাও?" চিন্ময়ী মনে মনে বলল, "হায় ঈশ্বর! এই মেয়ে এতটাই ভয়ঙ্কর! সরাসরি সব দায়িত্ব আমার ঘাড়ে ফিরিয়ে দিল!"

সে বুঝল, প্রশ্নটা তাকেই করতে হবে!

সামনের সিটে বসে থাকা অঞ্জনাকে পেছন থেকে একটা চিমটি কেটে দিল। 'উফ্' অঞ্জনা ব্যথায় চিৎকার করে উঠল। শান্তিলাল অবাক হয়ে জিজ্ঞেস করল, "কী হলো?" অঞ্জনা দ্রুত সামলে নিয়ে বলল,

"কিছু না, তুমি শুধু ড্রাইভিং-এ মন দাও।" পিছনের সিটে ভেনুগোপাল মৃদু হাসল, তারপর নিচু গলায় বলল, "আমি জানি তুমি কী জানতে চাও। আমি তোমাকে অপ্রস্তুত অবস্থায় ফেলব না। তোমার সব প্রশ্নের একটাই উত্তর..."

সে চিন্ময়ীর দু'হাত আলতো করে ধরল, তারপর বলল, "আমি এই হাত দু'টো সারাজীবন ধরে রাখতে চাই। তুমি কি আমাকে সে অনুমতি দেবে?" সামনের সিটের আয়নায় অঞ্জনা সব লক্ষ্য করছিল। মুখে চাপা হাসি, সঙ্গে সঙ্গে ফোন বের করে বান্নো-কে একটা মেসেজ পাঠাল:

"জোড়া তৈরি, এবার তাড়াতাড়ি কাজ শুরু করো!" পরিকল্পনার সফলতা, কিন্তু এক প্রশ্ন রয়ে গেল... বান্নো মেসেজ পড়ে সেটা কান্তিলাল আর বিমলাদাদীর হাতে দিল। দুজনেই হতভম্ব হয়ে গেল! "কীভাবে সম্ভব? মাত্র একদিনে চিন্ময়ী রাজি হয়ে গেল?" ওরা তো ছোটবেলা থেকেই জানে "ছুটকি"-কে! সে কতটা নিজের কেরিয়ারের প্রতি নিবেদিত! কিন্তু সবচেয়ে বড় প্রশ্ন ভেনুগোপাল কি সত্যিই রাজি? নাকি সে শুধু চিন্ময়ীর ভাবনাকে বুঝতে চেয়েছিল? যাই হোক, এই মুহূর্তে বান্নোর হাতে সময় ছিল না এই প্রশ্নের উত্তর খোঁজার। কারণ অফিসের ভিডিও কনফারেন্স শুরু হতে চলেছে। সে এখন 'ওয়ার্ক ফ্রম হোম'-এ ছিল।

পিকনিক শেষ করে সবাই ফিরে এল। শান্তিলাল গাড়ি থেকে নেমে অঞ্জনা আর ভেনুগোপালকে তাঁদের

ফ্ল্যাটের সামনে নামিয়ে দিল, তারপর নিজে বাড়ি ফিরে এল। তার মুখে ছিল প্রশান্তির ছাপ। একদিনে দু'টো বড় প্রাপ্তি পেল; এক, অঞ্জনার সঙ্গে পুরো দিন কাটানোর সুযোগ।
দুই, তার বোন ছুটকি "বিয়ের ধারণা" নিয়ে নতুন করে ভাবতে শুরু করেছে। চিন্ময়ীকে সে গভীরভাবে লক্ষ্য করল। সে যেন শান্ত হয়ে গেছে, তার মধ্যে একটা পরিবর্তন এসেছে। এক নতুন চিন্ময়ী... ।

বাড়ির সবাই চিন্ময়ীকে দেখে আনন্দিত, কিন্তু সে যেন খুব বেশি কথা বলছে না। যে কোনো প্রশ্নের উত্তর সে "হ্যাঁ" বা "না" বলেই দিচ্ছে। বান্নো রুম থেকে বেরিয়ে এলে চিন্ময়ী উঠে দাঁড়াল। "আমি খুব ক্লান্ত, একটু বিশ্রাম নেব।" বান্নো কিছু বলল না, শুধু তার চলে যাওয়া দেখল।

****

মায়েরা সব বোঝে।

সে জানত, চিন্ময়ীকে একটু সময় দিতে হবে। ওর ভেতরে কিছু একটা চলছে। এদিকে শান্তিলাল সবাইকে পুরো ঘটনা খুলে বলল। কীভাবে চিন্ময়ী ও ভেনুগোপালের মধ্যে আলোচনা হয়েছিল, কীভাবে চিন্ময়ী স্বীকার করেছে যে, "বিয়ে খারাপ কিছু নয়, যদি তা জীবনের চূড়ান্ত লক্ষ্য না হয়"। "জীবনের লক্ষ্য হওয়া উচিত এমন কিছু অর্জন করা, যা মানবজাতির কল্যাণে আসে।" এই কথাগুলো শুনে বান্নো একবার চিন্ময়ীর ঘরের দিকে তাকাল। তার

মনের গভীরে একটা বিশ্বাস জন্মালো,তার মেয়ে সত্যিই বদলে গেছে!

স্বীকারোক্তি

প্রায় এক ঘণ্টা পর, বান্নো ছুটকির দরজায় নক করল। ছুটকি ভেতর থেকে বলল, "দরজা খোলা আছে মা, ভিতরে এসো।" বান্নো দরজা খুলে দেখল, ছুটকি বিছানায় বসে আছে, হাঁটুতে থুতনি রেখে, দুই হাতে পা আঁকড়ে ধরে। সাধারণত, মেয়েরা তখনই এমন ভঙ্গি নেয়, যখন তারা চিন্তিত থাকে। বান্নো ধীরে ধীরে ছুটকির কাছে গিয়ে তাকে নিজের দিকে টেনে নিল। ছুটকির চোখে জল। বান্নো তার চোখের জল মুছে দিল এবং পাশে বসে রইল। ছুটকি তখনও তার পায়ের দিকে তাকিয়ে আছে, মায়ের দিকে নয়। বান্নো আলতোভাবে তার থুতনি তুলে ধরে বলল, "যা বলতে চাও, খোলাখুলি বলো। আমি তোমার ইচ্ছার বিরুদ্ধে কিছুই করব না। যদি তুমি না চাও, আমি তোমাকে বিয়ে করতে কখনোই বাধ্য করব না।"

"আমি ভেনুগোপালকে বিয়ে করতে চাই।"

"কি? আবার বলো!"

"আমি ভেনুগোপালকে বিয়ে করতে চাই, কিন্তু আমাকে একটু সময় দিতে হবে।"

বান্নো নিজেকে সামলাতে পারল না, সে ছুটকিকে শক্ত করে জড়িয়ে ধরল। এ মুহূর্তটা মা-মেয়ের জন্য এক অপূর্ব অনুভূতি নিয়ে এল। বান্নো আশ্বস্ত করল যে, সে কখনোই ছুটকিকে জোর করবে না; ছুটকি নিজে রাজি না হওয়া পর্যন্ত কোনো কথা বলবে না।

এরপর সে জানতে চাইল, ছুটকির মনে ভেনুগোপাল সম্পর্কে কী ধারণা তৈরি হয়েছে এবং কী এমন ঘটল যে, তার মত পাল্টে গেল।

ছুটকি মায়ের কাছে খুলে বলল। সে জানাল, তাদের আলোচনার পুরোটা সময় কেবল তার গবেষণা প্রকল্প ও ভবিষ্যৎ পরিকল্পনা নিয়েই কথা হয়েছে; যেখানে সে উন্নত বৈশিষ্ট্যযুক্ত একটি ড্রোন তৈরি করতে চায়। ভেনুগোপাল তার প্রকল্পে গভীর আগ্রহ দেখিয়েছে এবং সাহায্য করার ইচ্ছা প্রকাশ করেছে। সে বলেছে, উন্নত রোবটিক প্রযুক্তির মাধ্যমে ড্রোনটিকে এমনভাবে উন্নত করা যেতে পারে যাতে এটি শত্রুর রাডার ফাঁকি দিয়ে আরও উচ্চতায় উড়তে পারে।

ছুটকি বলল, "মা, আমি চার বছর আইআইটিতে পড়েছি। অনেক মেধাবী ছেলেদের দেখেছি। কিন্তু কারও সাথেই আমার বুদ্ধিবৃত্তিক (Inellectual) চিন্তার তরঙ্গদৈর্ঘ্য (Wave length) মেলেনি। প্রথমবারের মতো আমি অনুভব করলাম, ভেনুগোপালের সঙ্গে কথা বলার সময় আমি স্বাচ্ছন্দ্য বোধ করছি। পুরো দিনটা ওর সঙ্গে কাটালাম। ও খুবই পরিণত এবং সংবেদনশীল মানুষ। তার চিন্তাধারা একদম খোলামেলা এবং সরল। সে খুব সহজেই তোমাদের পরিকল্পনা বুঝে ফেলেছে। সে স্বীকার করেছে যে, যদি আমার কোনো আপত্তি না থাকে, তবে সে আনন্দের সাথেই আমার জীবনসঙ্গী হতে রাজি।

আর একটা কথা বলেছে, যা আমার মন ও হৃদয় ছুঁয়ে গেছে। সে বলেছে, আমি যেন মনোযোগ না হারাই

এবং সময় নষ্ট না করি। আমার মাস্টার্স প্রোগ্রাম শেষ হওয়ার আগ পর্যন্ত সে আমাকে বিয়ে করতে রাজি হবে না। আমি খুব খুশি যে, তোমরা সবাই একসঙ্গে বসে আমার আর ভেনুগোপালের দেখা করার ব্যবস্থা করলে। আর অঞ্জনা! সে তো তোমার অন্যতম সেরা ষড়যন্ত্রকারী! আমি এখন থেকে তোমাদের দুইজনকে নিয়ে সবসময় সতর্ক থাকব, যখনই তোমরা কোনো পরিকল্পনা আঁটতে যাবে।"

পরদিন, দুই তরুণীকে শান্তিলাল ও ভেনুগোপালের অফিসে নিয়ে যাওয়া হল। তারা দুজনই ওদের কর্মস্থল দেখে মুগ্ধ হয়ে গেল। সেখানে সব রকম কাজের সুবিধা ও বিনোদনের ব্যবস্থা ছিল। একাধিক চা-কফির মেশিন বসানো ছিল। একটি হলরুম ছিল, যেখানে কর্মীরা যোগব্যায়াম ও ইনডোর গেমস খেলতে পারত। প্রতিষ্ঠান চেয়েছিল তাদের কর্মীরা সবসময় সতেজ থাকুক, কারণ কেবল তখনই তারা মনোযোগ দিয়ে কাজ করতে পারবে।

নির্ণায়ক পদক্ষেপ

দুই দিন পর, দুই পরিবারের অভিভাবকেরা একসঙ্গে নৈশভোজের টেবিলে মিলিত হলেন। আলোচনার পর সিদ্ধান্ত নেওয়া হল যে, অঞ্জনা ও শান্তিলাল এবং চিন্ময়ী ও ভেনুগোপালের বাগদান শীঘ্রই কোনো শুভ দিনে সম্পন্ন করা হবে। প্রায় এক মাস পর, শান্তিলাল ও অঞ্জনার বিয়ে হবে। আর প্রায় দেড় বছর পর, যখন চিন্ময়ী তার গবেষণা প্রকল্প শুরু করবে, তখন সে ও ভেনুগোপাল পরিণয়সূত্রে আবদ্ধ হবে। সিদ্ধান্ত গ্রহণের আগে চারজন তরুণ-তরুণীর মতামত চাওয়া হয়। সবাই একসঙ্গে একবাক্যে সম্মতি জানাল।

কাট্টমপল্লি পরিবার তাদের পারিবারিক পুরোহিতকে ই-মেইল পাঠিয়ে বাগদান ও বিয়ের জন্য শুভ দিন নির্ধারণ করতে অনুরোধ করল। চিন্ময়ী তার নতুন শিক্ষা প্রতিষ্ঠানে যোগ দিল এবং হোস্টেলে চলে গেল। যেহেতু তার কোর্সটি সম্পূর্ণ গবেষণাভিত্তিক, তাই এর নির্দিষ্ট কোনো সময়সীমা ছিল না। শিক্ষার্থীরা নিজেদের সুবিধামতো কাজ করতে পারত। এরোনটিক ইঞ্জিনিয়ারিং বিভাগের ক্যাম্পাস ছিল বিশাল, কারণ সেখানে ছোট কম্পিউটার নিয়ন্ত্রিত উড়োজাহাজ ও ড্রোন ওড়ানোর জন্য খোলা জায়গার প্রয়োজন ছিল।

চিন্ময়ী এমন এক জায়গায় এসে পৌঁছেছিল, যা ছিল তার স্বপ্নের গন্তব্য। কোনো আর্থিক সমস্যা নেই, সময়ের কোনো বাঁধাধরা নিয়ম নেই, সে চাইলে

সারাদিন-রাত কাজ করতে পারবে। তার ঘরের ডেস্কে বসে সে ঘণ্টার পর ঘণ্টা তার স্বপ্নের প্রকল্পের নকশা তৈরি করতে পারবে। ভেনুগোপাল ও তার ভাই সবসময় তার পাশে থাকত, তাকে দিকনির্দেশনা দিত। নিজেকে সে সত্যিই ভাগ্যবান মনে করল। তার প্রকল্প গাইড ছিলেন একজন অভিজ্ঞ এরোনটিক ইঞ্জিনিয়ার। প্রতিভা ও কঠোর পরিশ্রমের এক অনন্য সংমিশ্রণ ঘটেছিল এই গবেষণা কেন্দ্রে।

প্রথমে তারা বারবার ব্যর্থ হল, কিন্তু তারা জানত যে, নতুন কিছু উদ্ভাবনের পথে এটি স্বাভাবিক। কিছুক্ষণের জন্য খারাপ লাগলেও তারা ভেঙে পড়েনি। পরের মুহূর্তেই তারা আবার নতুন উদ্যমে কঠোর পরিশ্রমে ঝাঁপিয়ে পড়ল এবং আরও কঠিন একটি প্রকল্প হাতে নিল। চিন্ময়ী এমন একটি পরিবেশে কাজ করছিল, যেখানে ব্যর্থতা শব্দটির কোনো অস্তিত্বই ছিল না। এখানে সবাই 'ব্যর্থতা'কে 'একটি দুর্ঘটনা' হিসেবে দেখত এবং নতুনভাবে শুরু করত।

প্রায় একশো পঞ্চাশ জনের এক ঘনিষ্ঠ পারিবারিক সভায় দুই যুগলের বাগদান অনুষ্ঠান সম্পন্ন হল— চিন্ময়ী ও ভেনুগোপাল এবং শান্তিলাল ও অঞ্জনা। শ্রী কাট্টমপল্লি নিজেই পুরোহিতের দায়িত্ব পালন করলেন এবং কান্তিলাল তার সহকারী হিসেবে ছিলেন। আংটি বদল ও মালাবদলের পর্ব সম্পন্ন হল। বড়রা নবদম্পতিদের আশীর্বাদ করলেন এবং সবাই একসঙ্গে মধ্যাহ্নভোজে অংশ নিলেন। অনুষ্ঠানটি ছিল ছোট কিন্তু হৃদয়ছোঁয়া। সবাই খুশি ছিল।

ভারতে

আকাশের অনেক ওপরে, এয়ার ইন্ডিয়ার একটি ফ্লাইটে বসে বান্নো তার ছেলে ও মেয়ের বাগদানের অনুষ্ঠানের ছবি দেখছিল। তার চোখের জল থামার নামই নিচ্ছিল না। কান্তিলাল তার হাত ধরলেন এবং বললেন, "একদম চিন্তা করো না। ঈশ্বরকে ধন্যবাদ দাও, যিনি আমাদের এমন সুন্দর সন্তান দিয়েছেন। আমি আরও বেশি সৌভাগ্যবান কারণ তোমাকে পেয়েছি। এখন সময় হয়েছে ওদের উড়তে দেওয়ার, নিজেদের জীবন গড়ে নেওয়ার। আপাতত, আমাদের মা ওদের দেখভাল করবেন। কেঁদো না, বরং ঘুমানোর চেষ্টা করো। পথটা অনেক দীর্ঘ। তোমার জন্য অনেক ব্যস্ত সময় অপেক্ষা করছে। জানি, পিছিয়ে থাকা কাজগুলো তোমাকে বিশ্রাম নিতে দেবে না। তাছাড়া, তুমি তো কাজের নেশায় ডুবে থাকো। আমি আমার ব্যবসা নিয়ে ব্যস্ত থাকব। তোমার মা-বাবা তোমার যত্ন নেবেন, কিন্তু আমি তো সপ্তাহশেষ পর্যন্ত থাকতে পারব না। তোমাকে একা রেখে যাওয়ার চিন্তায় আমি সত্যিই উদ্বিগ্ন।"

বান্নো কান্তিলালের হাত শক্ত করে চেপে ধরলেন এবং তাকে আশ্বস্ত করলেন যে তিনি নিজের খেয়াল রাখবেন। আবারও তার মনে পড়ল সেই দিনের কথা, যেদিন ছোট্ট চিম্পু দৌড়ে এসে বলেছিল,

"তুমি কি আমার পরীর বন্ধু হবে, যেমন দাদী বলে?" তারপর ছোট্ট ছুটকি এসেছিল, তাদের সুখ দ্বিগুণ করতে। তিনি ভাবতে লাগলেন কীভাবে বিমলাদাদী তাকে সংসার সামলাতে সাহায্য করেছিলেন। আর কান্তিলাল; তিনি তো সত্যিই পৃথিবীর সেরা স্বামী। সবসময় পাশে ছিলেন, প্রতিটি মুহূর্তে।

হঠাৎ বিমানের ঘোষণায় ঘুম ভেঙে গেল, আর আধা ঘণ্টার মধ্যেই তারা মুম্বাই বিমানবন্দরে নামবে। তিনি কান্তিলালকে আরও পনেরো মিনিট ঘুমাতে দিলেন। শারীরিক ও মানসিকভাবে তিনি নিশ্চয়ই খুব ক্লান্ত। তিনি তার কম্বলটা ঠিক করে দিলেন। আরেকটি ঘোষণা এল, সিটবেল্ট বাঁধতে হবে। তিনি কান্তিলালের সিটবেল্ট লাগিয়ে দিলেন, নিজেরটাও পরে প্রস্তুত হলেন দেশে ফিরে আসার জন্য।

নামার পর, বিমানবন্দরের বাইরে এসে চমকে গেলেন! কৃষ্ণ তার স্ত্রী ও মেয়েকে নিয়ে অপেক্ষা করছিলেন। তিনি তাদের ওমনি গাড়ি নিয়ে এসেছিলেন। সবাই একসঙ্গে বাড়ি ফিরল। কৃষ্ণ ও তার স্ত্রী মুম্বাইয়ে একদিন থাকলেন, তারপর কান্তিলালের সঙ্গে চলে গেলেন।

প্রথমবারের মতো, বান্নো একা লাগতে শুরু করলেন, যদিও তার মা-বাবা মেয়ের যত্ন নিতে এসেছিলেন। কান্তিলাল তাদের দেখে খুশি হলেন। অফিসে বান্নোর কর্মচারীরা তাকে দেখে আনন্দে আত্মহারা হয়ে উঠল। তারা অধীর আগ্রহে অপেক্ষা করছিল নিজেদের কাজের রিপোর্ট দেওয়ার জন্য। যেন

বাচ্চারা তাদের মায়ের কাছে দিনকালের গল্প শোনাতে এসেছে! বান্নো শুধু বস বলেই নয়, তাদের মা-ও বটে। তিনি যেমন শাসন করতেন, তেমন ভালোবাসতেনও।

অফিসে ফিরেই একের পর এক মিটিং শুরু হয়ে গেল; ছোট থেকে বড় সবাই তার অনুমোদনের অপেক্ষায় ছিল।এদিকে, কান্তিলাল খুশি হলেন এটা দেখে যে কৃষ্ণ তার অনুপস্থিতিতে ব্যবসা ভালোই সামলেছে। তাদের মধ্যে সব সময় যোগাযোগ ছিল। এরপর, কান্তিলাল গেলেন তুলসীভাবির সঙ্গে দেখা করতে। তিনি তার ছেলে-মেয়ের সাফল্য ও বিয়ের কথাবার্তা বিস্তারিত জানালেন। তুলসীভাবিও চমকে গেলেন ছুটকির এই পরিবর্তন দেখে। এতদিন যাকে বিয়ে নিয়ে কোনো আগ্রহী মনে হয়নি, সে আজ নিজের বিয়ে নিয়ে রাজি হয়ে গেছে! তিনি আনন্দের সঙ্গে বাগদানের ছবিগুলো দেখলেন। কান্তিলাল প্রতিশ্রুতি দিলেন; সকলেই আমেরিকায় গিয়ে বিয়ের অনুষ্ঠানে অংশ নেবেন।

এক বছরের মধ্যেই, চিন্ময়ী তার প্রোটোটাইপের প্রায় কাজ শেষ করে ফেলল। আর মাত্র এক বছর বাকি, ততদিনে আরও কিছু উন্নতি করা যাবে তার উড়ন্ত যন্ত্রে। এই সময় তার প্রতিষ্ঠানে এক সপ্তাহের ছুটি ছিল, সে বাড়ি এল। ঠিক হল, এই এক সপ্তাহেই শান্তিলাল ও অঞ্জনার বিয়ে সম্পন্ন হবে।

চিন্ময়ী বাড়ি পৌঁছাতেই আনন্দে উচ্ছ্বাস ছড়িয়ে পড়ল! কৃষ্ণ মামা ও মামি দৌড়ে এসে তাকে জড়িয়ে ধরলেন। তারপর দেখল তুলসীভাবি নাতনিকে নিয়ে

দাঁড়িয়ে আছেন, তাঁর মাতুল-পিতামাতাও এসেছে, এবং সবশেষে তার বাবা-মা ও বিমলাদাদী দরজায় দাঁড়িয়ে তাকে স্বাগত জানাচ্ছেন। ট্যাক্সি থেকে নেমে সে দৌড়ে গিয়ে এমন একদল মানুষের মাঝে এসে দাঁড়াল, যারা জন্মের পর থেকেই তাকে ভালোবেসে আগলে রেখেছে।

বিয়ের উৎসব ছিল একদম রাজকীয়। এবার শান্তিলাল ও বেণুগোপালের সব সহকর্মীদের আমন্ত্রণ জানানো হয়েছিল। চিন্ময়ী তার সব সহপাঠী ও অফিসার গাইডদের আমন্ত্রণ জানিয়েছিল বিয়ের অনুষ্ঠানে যোগ দেওয়ার জন্য।

ক্যালিফোর্নিয়ায় এক রাজকীয় বিবাহ

পুরো অনুষ্ঠানটি ক্যালিফোর্নিয়ার এক পাঁচতারা হোটেলে অনুষ্ঠিত হয়। শান্তিলালের পূর্ববর্তী অফিসের অনেক অফিসার এই শুভ অনুষ্ঠানে যোগ দেন। অঞ্জনাকে এক ঐতিহ্যবাহী ভারতীয় কনের সাজে সাজানোর দায়িত্ব নেয় চিন্ময়ী। মুম্বাই থেকে বান্নো নিজে ডিজাইনার ব্রাইডাল ড্রেস নিয়ে এসেছিলেন। ছুটকির এই বিশাল পরিবর্তন দেখে বান্নো সত্যিই বিস্মিত হয়ে যান। এই তো সেদিনের ছোট্ট মেয়েটা, আজ সে এক এ্যারোনটিক্যাল ইঞ্জিনিয়ার হতে চলেছে! তার চেয়েও বড় কথা, সে নিজের পছন্দ নয়, পরিবারের পছন্দের ছেলেকে বিয়ে করতে সম্মত হয়েছে!

বিবাহ ছিল এক অভিজাত ও জাঁকজমকপূর্ণ উদযাপন। উপস্থিত সকলেই নবদম্পতিকে আশীর্বাদ করলেন, নৈশভোজ উপভোগ করলেন এবং অন্যান্য অনুষ্ঠানে অংশগ্রহণের পর বিদায় নিলেন। বিবাহের পর অঞ্জনা এল শান্তিলালের বাড়িতে। এখানেই তার নতুন ঠিকানা। প্রবেশের সঙ্গে সঙ্গেই সে পরিবারের সকল বয়োজ্যেষ্ঠদের পায়ে হাত দিয়ে প্রণাম করল, এবং আশীর্বাদ নিল। অধিকাংশ অতিথিরা কাছাকাছি এক হোটেলে অবস্থান করছিলেন, তাই বিদায়

নেওয়ার আগে সবাই নববিবাহিত যুগলকে বিশ্রাম নেওয়ার পরামর্শ দিলেন।

শান্তিলাল শোবার ঘরে প্রবেশ করলেন, এদিকে অঞ্জনা ও ছুটকি নিজেদের মধ্যে কথা বলছিল। "এই যে, তোমার পারস্যের রাজপুত্র এসে গেছে, অঞ্জনা ম্যাডাম! দেখো, সে যেন খুশি থাকে," বলেই ছুটকি মজা করে চোখ টিপে বেরিয়ে গেল। দরজা স্বয়ংক্রিয়ভাবে ভেতর থেকে বন্ধ হয়ে গেল। অঞ্জনা উঠে দাঁড়াতে যাচ্ছিল, ঠিক তখনই শান্তিলাল কাছে এসে বলল, "না, তুমি যেমন আছো, তেমনই বসে থাকো।" সে অঞ্জনার চিবুক স্পর্শ করে সামান্য উপরে তুলল, "তুমি বরাবরই সুন্দর, কিন্তু আজ তুমি অপূর্ব লাগছে।" সে অঞ্জনার পাশে বসল এবং তার হাত ধরে বলল, "আমি আগেই বলেছিলাম, মা আমার জৈবিক মা নন। আমি কখনও তাকে মনে করতে পারি না, কারণ তখন খুব ছোট ছিলাম। কিন্তু কখনো সেই শূন্যতা অনুভব করিনি, কারণ আমার ছিল এক 'পরী সাথী', যে আমাকে তার জীবনের চেয়েও বেশি ভালোবাসে। আমার একটিই অনুরোধ, তুমি কখনো এমন কিছু করো না যাতে সে কষ্ট পায়।"

একটু থেমে শান্তিলাল আবার বলতে লাগল, "আমি তোমাকে দেখাবো, কত বড় হতে পারে একটি হৃদয়। যখন আমি মাত্র বারো বছরের, আমার দাদীজি আমাকে একদিন ডেকে বললেন, তোমার মা যখন এই বাড়িতে নতুন বউ হয়ে এলেন, তখন তোমার জৈবিক মায়ের গহনার বাক্স তাকে দেওয়া হয়েছিল। কিন্তু তিনি এক শর্তে তা গ্রহণ করেছিলেন, এই সম্পদ

কেবলমাত্র তাঁর পুত্রবধূকেই তিনি দেবেন। আজ তিনি নিজেই তা তোমার হাতে তুলে দিতে আসছেন।"

ঠিক তখনই দরজায় ধীর কড়া নাড়া পড়ল। অঞ্জনা গিয়ে দরজা খুলল। দরজার ওপারে দাঁড়িয়ে ছিলেন বান্নো, হাতে সেই ঐতিহ্যবাহী গহনার বাক্স, যেন স্বয়ং লক্ষ্মী প্রতিমা। অঞ্জনা দুহাত বাড়িয়ে বলল, "আমরা তোমার জন্য অপেক্ষা করছিলাম, মা। ভিতরে এসো, আমাদের সঙ্গে বসো। আমরা দুজনেই তোমাকে সবচেয়ে বেশি দরকার।" বান্নো কোনো কথা বললেন না, শুধু চোখ বেয়ে গড়িয়ে পড়া অশ্রু তার আবেগের সাক্ষী দিল। অঞ্জনার বলা একটিমাত্র শব্দ, 'মা'—যেন তার সমস্ত অনুভূতির প্রবাহ উন্মুক্ত করে দিল। তিনি অঞ্জনার হাতে বাক্সটি দিয়ে বললেন, "এটি আমার জীবনের সবচেয়ে মূল্যবান জিনিস। আজ পর্যন্ত আমি এর রক্ষক ছিলাম, কিন্তু এই মুহূর্ত থেকে এটি তোমার। কাল সকালে যখন প্রাতঃরাশে আসবে, তখন সব অলংকার পরে এসো। তখন উপর থেকে আশীর্বাদ আসবে, আর তোমার বিমলাদাদীও সবচেয়ে বেশি আনন্দিত হবেন।"

অঞ্জনা তাকে শক্ত করে জড়িয়ে ধরল এবং ফিসফিস করে বলল, "কিন্তু আমি তোমার পুত্রবধূ নই, আমি তোমার নিজের মেয়ে হতে চাই, মা।" কিছুক্ষণ পর বান্নো বিদায় নিলেন। দরজা আবার স্বয়ংক্রিয়ভাবে বন্ধ হয়ে গেল।

অঞ্জনা বাক্সটি আলমারিতে রেখে শান্তিলালের দিকে ফিরতেই দেখল, সে তার জন্য একটি উপহার নিয়ে দাঁড়িয়ে আছে—একটি হীরার বালা ও রোলেক্স ঘড়ি। শান্তিলাল ধীরে ধীরে তার বাঁ হাতে বালাটি পরিয়ে দিল। অনেকক্ষণ কথা হলো তাদের মধ্যে। তারপর, শান্তিলাল তাকে আরও কাছে টেনে নিল।

পরদিন সকালে সব অতিথিরা যখন প্রাতঃরাশের টেবিলে একত্রিত হয়েছেন, তখন অঞ্জনা নববধূর সাজে অলংকারে সজ্জিত হয়ে বেরিয়ে এলেন। তিনি যেন সৌন্দর্যের প্রতিমূর্তি হয়ে উঠেছিলেন। বিমলাদাদী এগিয়ে এসে বললেন, "তুমি এই গহনাগুলো পরে অনন্যা হয়ে উঠেছ। গত চব্বিশ বছর ধরে আমার মেয়ে বান্নো এগুলো আগলে রেখেছিল। আজ তারা প্রকৃত মালকিনকে পেল।"

ছুটকি কাছে এসে বলল, "তুমি জানো কি, ভাবি? আমি এই গহনাগুলো কখনোই দেখিনি! আমার মায়ের জন্য সত্যিই শ্রদ্ধা জাগে।"

চিন্ময়ী ইতোমধ্যে অঞ্জনাকে 'ভাবি' বলে ডাকতে শুরু করেছে।

একা সপ্তাহ পরে, সবাই ভারত ফিরে গেল, শুধু বিমলাদাদী ছাড়া। তিনি আবারও থেকে গেলেন। তাঁর মনে হচ্ছিল যে ছুটকির বিয়েতে হয়তো আর আসতে পারবেন না। সবাই তাঁর ইচ্ছেকে শ্রদ্ধা জানাল এবং রাজি হলো। অঞ্জনা ও শান্তিলাল দুজনেই খুব খুশি ছিলেন বিমলাদাদীকে বাড়িতে রাখতে পেরে। শীঘ্রই

নবদম্পতি পূর্ব উপকূলে যাবে নায়াগ্রা ফলস দেখতে, যেখানে তারা তাদের হানিমুন উদযাপন করবে।

চিন্ময়ী তার পড়াশোনার জন্য হোস্টেলে ফিরে যাবে। বিমলাদাদীর দেখাশোনার দায়িত্ব নিলেন ভেনুগোপাল। সকাল ও সন্ধ্যায় ভেনুগোপালের বাড়ি থেকে কেউ না কেউ এসে বিমলাদাদীর খোঁজখবর নেবে এবং অঞ্জনা ও তাঁর শাশুড়িকে ভারতে খবর দেবে। প্রতি বিকল্প সপ্তাহান্তে চিন্ময়ী এসে বিমলাদাদীর সঙ্গে থাকত। চিন্ময়ী চাইত প্রতি সপ্তাহান্তে আসতে, তবে তার শিক্ষাপ্রতিষ্ঠান তাকে মাসে দু'বারই অনুমতি দিত।

ভেনুগোপাল খুশি ছিল। অন্ততঃপক্ষে পনেরো দিন অন্তর একবার সে চিন্ময়ীর সঙ্গ পাবে। ভেনুগোপালের বাবা-মাও খুব আগ্রহী ছিলেন চিন্ময়ীকে দেখার জন্য, যখন সে আসত। একটি সুন্দর সময়সূচি তৈরি হলো চিন্ময়ীর পাক্ষিক সফরের জন্য।

শনিবার রাতে চিন্ময়ী বাড়ি ফিরত। কিছুক্ষণ বিমলাদাদীর সঙ্গে সময় কাটিয়ে, ভেনুগোপাল আসত তাকে ডিনারে নিয়ে যেতে। তারপর রাতের খাবারের পর চিন্ময়ীকে বাড়িতে পৌঁছে দিত। পরদিন সকালে ভেনুগোপাল চিন্ময়ীর বাড়িতে আসত ব্রেকফাস্টের জন্য, সেখানে এক ঘণ্টা সময় কাটিয়ে তিনজনে কাট্টাম্পল্লিদের বাড়ি যেত দুপুরের খাবারের জন্য। দুপুরের খাবারের পর তারা হয়তো অল্প সময়ের জন্য কোথাও বেড়িয়ে আসত এবং সন্ধ্যায় ফিরে আসত। রাতে বাড়িতে খাবার খেয়ে তিনজনেই

চিন্ময়ীর বাড়ি ফিরে আসত। সোমবার ভোরবেলা, ভেনুগোপাল চিন্ময়ীকে স্টেশনে পৌঁছে দিত তার শিক্ষাপ্রতিষ্ঠানে ফেরার জন্য।

এরই মধ্যে দ্বিতীয় পাক্ষিক সফরের সময় এসে গেল, এবং শান্তিলাল ও অঞ্জনা তাদের হানিমুন সেরে ফিরে এল। বিমলাদাদী বাড়িতেই রয়ে গেলেন।

চিন্ময়ী তার তৃতীয় সেমিস্টার সম্পূর্ণ করল। একদিন, তার পাক্ষিক সফরের সময়, ভেনুগোপাল চিন্ময়ীর কাছে তার বিয়ের পরিকল্পনার কথা জানতে চাইল। চিন্ময়ী একটু হেসে তাকাল এবং ভেনুগোপালকে একটি প্রস্তাব নিয়ে ভাবতে বলল...

সুখী সমাপ্তি

চিন্ময়ী বলল, "আমার সব বন্ধু ও আত্মীয়স্বজন আগেই দাদার আর অঞ্জনার বিয়েতে এসেছিল। তাদের আবার ডাকার কোনো মানে হয় না। যদি আমরা ভারতে গিয়ে বিয়েটা করি?"

এটা ছিল এক অনবদ্য চিন্তা। ভেনুগোপালের পিতৃকুল ও মাতৃকুলের অনেক আত্মীয়ই তার বিয়ে দেখতে চেয়েছিলেন। তারা বহু বছর ধরে কাট্টমপল্লি পরিবারের সঙ্গে দেখা করেননি। যদি তারা ভারতে গিয়ে বিয়ে সম্পন্ন করে, তাহলে সেটাই সবচেয়ে ভালো হবে। তাছাড়া চিন্ময়ীর দাদু-দিদাও ভালো ছিলেন না। তাদের জন্যও ভারতেই বিয়ে হওয়া সুবিধাজনক হবে।

যখন কাট্টমপল্লি পরিবার চিন্ময়ীর প্রস্তাব শুনল, তখনই তারা রাজি হয়ে গেল। বরং, এটা তাদের জন্য আরও সহজ হবে, কারণ তাদের গ্রামে প্রচুর লোক আছে, যারা সবাই স্বতঃস্ফূর্তভাবে বিয়ের কাজে অংশ নিতে চাইবে। ভেনুগোপালের পরিবারের সম্মতি পাওয়ার পর, চিন্ময়ী তার মাকে ফোন করে খবরটা জানাল। বান্নো দারুণ খুশি হলেন। এখন বিমলাদাদী সম্পূর্ণ নিজের ইচ্ছামতো সমস্ত আয়োজনের দায়িত্ব নিতে পারবেন। তিনি কান্তিলাল এবং বান্নোর বাবা-মায়ের সঙ্গে কথা বললেন। সবাই উচ্ছ্বসিত হয়ে উঠল এবং চিন্ময়ীর বিয়ে ভারতে করার সিদ্ধান্ত নিল।

ভেনুগোপালের বাবা-মা বিয়ের এক মাস আগে ভারতে পৌঁছালেন। ঠিক হলো, ভেনুগোপালের গ্রামের পঞ্চাশজন আত্মীয় বরযাত্রী হিসেবে মুম্বাই আসবে। মুম্বাইতেই বিয়ে হবে এবং তৃতীয় দিন নতুন কনেকে নিয়ে তারা গ্রামে ফিরে যাবে। পরিবারটি সেখানে তিনদিন থাকবে, তারপর বিখ্যাত তিরুপতি মন্দির দর্শন করে আবার মুম্বাই ফিরবে। দুদিন মুম্বাইতে কাটিয়ে তারপর সবাই আমেরিকার উদ্দেশ্যে রওনা হবে। ভেনুগোপাল ও তার পরিবার চিন্ময়ীর সঙ্গে আমেরিকায় ফিরবে, কিন্তু শান্তিলাল ও অঞ্জনা আরও এক সপ্তাহ থেকে তারপর আমেরিকা যাবে।

বিয়ের এক সপ্তাহ আগে, শান্তিলাল, চিন্ময়ী, বিমলাদাদী, অঞ্জনা ও ভেনুগোপাল ভারতে এল। মুম্বাই এয়ারপোর্ট থেকে সরাসরি ভেনুগোপাল তার গ্রামের সবচেয়ে কাছের এয়ারপোর্টের জন্য সংযোগকারী ফ্লাইটে উঠে পড়ল। গ্রাম থেকে দুটো গাড়ি ভর্তি আত্মীয়স্বজন তাকে নিতে এসেছিল। ভেনুগোপাল ছিল তাদের নায়ক; সে যখন মাদ্রাজ আইআইটিতে পড়ত, তখন থেকেই তারা তার গর্ব করত।

বরযাত্রীরা মুম্বাই পৌঁছাল। তারা কাছাকাছি এক ভালো হোটেলে উঠল, যেখানে বড়ো একটি ব্যাংকোয়েট হল ছিল। সন্ধ্যায় কনের পরিবারও সেখানে গেল মেহেন্দি অনুষ্ঠানের জন্য। বান্নো অঞ্জনাকে এক বিশেষ দলের নেতৃত্ব দিতে বলল, যারা সমস্ত আনুষ্ঠানিকতা সুষ্ঠুভাবে সম্পন্ন করার

দায়িত্বে থাকবে। অনেক মহিলাই মেহেন্দি পরতে আগ্রহী ছিলেন, তাই অঞ্জনা দুজন দক্ষ মেহেন্দি শিল্পীকে ব্যবস্থা করল। সংগীত অনুষ্ঠানেরও দারুণ সাড়া পড়ল।

পরদিন বর ও কনের গায়ে হলুদের অনুষ্ঠান ছিল। প্রথমে বর আর তারপর কনের গায়ে হলুদ লাগানো হলো। আত্মীয়স্বজন একে অপরের গায়েও হলুদ মাখিয়ে আনন্দ করল। অনুষ্ঠান শেষে সকলে ফ্রেশ হয়ে সকালের নাস্তার জন্য গেল। পারিবারিক দেবতার পূজা শেষে বর ও কনেকে মুম্বাইয়ের বিখ্যাত মহালক্ষ্মী মন্দিরে নিয়ে যাওয়া হলো। ফিরে এসে আরও একটি পূজা সম্পন্ন করে দুপুরের খাওয়ার ব্যবস্থা করা হলো।

বিয়ের মূল অনুষ্ঠান শুরু হলো সন্ধ্যা সাতটায়। এইবার চিন্ময়ীর সাজসজ্জার দায়িত্ব ছিল অঞ্জনার ওপর। বেনারস থেকে খাঁটি জরির শাড়ি আনা হয়েছিল, যেটা অঞ্জনা নিজে পছন্দ করেছিল ও আমেরিকা থেকে অর্ডার দিয়ে মুম্বাইতে আনানো হয়েছিল। মালা বদল, মঙ্গলসূত্র পরানো ও অন্যান্য রীতিনীতি বিমলাদাদী ও ভেনুগোপালের কাকুর নির্দেশনা অনুযায়ী সম্পন্ন হলো। সবাই খুশি ছিল, অন্তত কাট্টমপল্লি পরিবারের এক সন্তানের বিয়ে তারা কাছ থেকে দেখতে পারল। এটা ছিল চিন্ময়ীর এক অসাধারণ কীর্তি।

পরদিন সন্ধ্যায়, কাট্টমপল্লি পরিবার বাদে সবাই মুম্বাই ছেড়ে চলে গেল। ভেনুগোপালের বাবা-মা, বর-কনেকে নিয়ে গ্রামে ফিরলেন, যেখানে বহু আত্মীয়-

স্বজন যারা মুম্বাই আসতে পারেননি, তারা অধীর আগ্রহে অপেক্ষা করছিলেন। কান্তিলাল দীর্ঘ এক মাস ধরে আত্মীয়স্বজন ও পুরনো বন্ধুদের জন্য এক বিশাল আয়োজনের পরিকল্পনা করেছিলেন। একটি বিশাল শামিয়ানা খাটানো হয়েছিল সেই অনুষ্ঠানের জন্য। চিন্ময়ী অবাক হয়ে দেখল, তার শ্বশুরবাড়ির এত জনপ্রিয়তা!

রাতের খাবার শেষে ভেনুগোপাল তার ঘরে গেল। চিন্ময়ী অপেক্ষায় ছিল। ভেনুগোপাল কাছে এলে চিন্ময়ী খুব আস্তে বলল, "আমি আমার কথা রেখেছি। তুমি আমার জন্য যা করেছ, তার জন্য তোমাকে ধন্যবাদ। আমি চেষ্টা করব যেন তোমার কখনো আমার জন্য দুঃখ না হয়। আমার শুধু একটা অনুরোধ আছে..."।

চিন্ময়ী কিছু বলার আগেই, ভেনুগোপাল তার ডান হাতের প্রথম আঙুল চিন্ময়ীর ঠোঁটে রেখে বলল, "একটু দাঁড়াও, আমি অনুমান করতে দিই। অনুরোধটা হয়তো খুব সাধারণ—তুমি চাইছো মাস্টার্সের পর নাসার দু'বছরের প্রকল্প শেষ করার আগে আমরা আমাদের সন্তানের কথা না ভাবি, তাই তো?"

চিন্ময়ী মাথা নেড়ে সম্মতি জানাল। ভেনুগোপাল হাসতে হাসতে বলল, "এটা এক শর্তে সম্ভব। যদি তুমি রাজি হও, তাহলে অবশ্যই আমরা অপেক্ষা করব। কিন্তু যদি তুমি রাজি না হও, তাহলে অপেক্ষা করব না।"

"আমি তোমার সব শর্ত মেনে নিচ্ছি," চটপট উত্তর দিল চিন্ময়ী।

"তাহলে আজ থেকে আমি তোমাকে 'ছুটকি' বলে ডাকব, আর তুমি আমাকে 'ভেনু'। ঠিক আছে?" ভেনুগোপাল জিজ্ঞেস করল।

"আমার কি আর কোনো উপায় আছে, ভেনু? তুমি যেই নামেই ডাকতে চাও, ডাকো," হাসতে হাসতে বলল চিন্ময়ী।

সে তার হাত বাড়িয়ে দিল ভেনুগোপালের দিকে। ভেনুগোপাল তার লম্বা পাঞ্জাবির পকেট থেকে একটি ছোট বাক্স বের করল, খুলতেই দেখা গেল একটি বড় হিরের আংটি। সে ধীরে ধীরে সেই আংটিটি চিন্ময়ীর বাঁ হাতের অনামিকায় পরিয়ে দিল, তারপর আঙুলের ওপর একটি মৃদু চুম্বন রাখল। তারা আরও কাছাকাছি এল।

বিমলাদাদীর জীবন কষ্টে ভরা ছিল। যখন তিনি তরুণী ছিলেন, তখনই স্বামীকে হারান। একমাত্র ছেলে কান্তিলাল পড়াশোনা শেষ করতে পারেনি, মায়ের পাশে দাঁড়িয়ে সংসার চালানোর জন্য কাজে লেগে পড়েছিল। তাদের মুদির দোকান ভালো চলতে শুরু করলে বিমলাদাদী ভেবেছিলেন, এবার হয়তো সব ঠিক হয়ে যাবে। তিনি ছেলেকে বিয়ে করানোর কথা বললেন। কান্তিলাল গ্রাম্য মেয়ে প্রমিলাকে বিয়ে করল; অত্যন্ত মিষ্টি আর বাধ্য মেয়ে ছিল সে। তাদের ঘর আলো করে এল শান্তিলাল। তখন মনে হয়েছিল পরিবারটি সম্পূর্ণ হয়েছে। কিন্তু তা হয়নি। কান্তিলাল

তার স্ত্রীকে হারালেন, শান্তিলাল হয়ে গেল মা-বাবাহীন।

বিমলাদাদী প্রায় ভেঙে পড়েছিলেন, ঠিক তখনই ত্রাণকর্তার মতো এলেন তুলসীভাবি। বান্নো যেন তার জীবনের মোড় ঘুরিয়ে দিল। বিয়ের আগেই সে শান্তিলালের রূপকথার পরীর মতো বন্ধু ও মা হয়ে উঠেছিল। আর বিয়ের পর থেকে জীবন যেন পাল্টে যেতে লাগল। তাদের ব্যবসা বহু গুণে বাড়ল। তারপর এল ছোট্ট ছুটকি। তাদের দুনিয়াটাই বদলে গেল। বান্নো আবার তার ক্যারিয়ার নিয়ে ভাবতে শুরু করল, এবং সে সেখানেও সফল হল।

পরিশিষ্ট

বিমলাদাদীর স্বপ্ন :

তিনি কান্তিলালের বড় ব্যবসার স্বপ্ন দেখেছিলেন। তিনি বান্নোর সফল কর্মজীবনের স্বপ্ন দেখেছিলেন। তিনি শান্তিলালের উজ্জ্বল শিক্ষাজীবন ও অসামান্য সাফল্যের স্বপ্ন দেখেছিলেন।

তিনি ছোট্ট ছুটকির সমান উজ্জ্বল শিক্ষাগত ও পেশাগত কৃতিত্বের স্বপ্ন দেখেছিলেন। তিনি শান্তিলালের এক সুন্দর মনের মেয়ের সঙ্গে বিবাহের স্বপ্ন দেখেছিলেন।

শেষ পর্যন্ত, তিনি তাঁর আদরের ছুটকির এক প্রতিভাধর মানুষের সঙ্গে বিবাহের স্বপ্ন দেখেছিলেন।

কিন্তু বিমলাদাদী কি কখনও ভেবেছিলেন যে, তাঁর প্রতিটি স্বপ্ন পরমেশ্বরের দরবারে নথিভুক্ত হবে? এবং শুধু তাই নয়, তিনি নিজেই সেই স্বপ্নগুলোর বাস্তবায়নের সাক্ষী থাকবেন?

লেখক সম্পর্কে

অরবিন্দ ঘোষ

বি.এসসি, এম.এসসি, এম.ফিল ও পরিসংখ্যানে পিএইচ.ডি এবং অর্থনীতিতেও পিএইচ.ডি সম্পন্ন করার পর ড. অরবিন্দ ঘোষ মহারাষ্ট্র সরকারের অধীনে একটি কলেজে পরিসংখ্যান বিষয়ের স্নাতক ও স্নাতকোত্তর ছাত্রদের প্রায় ৩৫ বছর ধরে পাঠদান করেছেন। অবসর গ্রহণের পর তিনি ভারতের বিভিন্ন ম্যানেজমেন্ট ইনস্টিটিউটে অধ্যক্ষ হিসেবে কর্মরত ছিলেন। তাঁর প্রথম কাব্যগ্রন্থ "Lily on the Northern Sky" উকিয়োতো পাবলিশিং থেকে পুরস্কারপ্রাপ্ত হয় এবং এটি ফরাসি, জার্মান, স্প্যানিশ ও আরবিতে অনূদিত হয়েছে। তিনি নিয়মিত উকিয়োতো প্রকাশনার সংকলনে সাহিত্যিক রচনা দিয়ে অবদান রেখেছেন।

তিনি অ্যাক্রিলিক, ওয়ারলি এবং মাধুবনী শিল্পচর্চাও করেন। ড. ঘোষ ইংরেজি, বাংলা, হিন্দি, গুজরাটি ও মারাঠি ভাষায় কবিতা ও ছোটগল্প রচনা করেন। তাঁর অন্যান্য সাহিত্যকর্মের মধ্যে রয়েছে Insight Outsight (ইংরেজিতে ছোটগল্প সংকলন), Mejoder Golpo (বাংলা ছোটগল্প সংকলন), এবং Chhondo Hole Mondo Ki (বাংলা কবিতার সংকলন)। তাঁর সর্বশেষ একক পুরস্কারপ্রাপ্ত গ্রন্থ "Bimladadi's Dream" ইতালীয়, তুর্কি, আরবি ও নেপালি ভাষায় অনূদিত হয়েছে। তাঁর আরেকটি একক গ্রন্থ "Mystical Honeymoon" (উকিয়োতো) আরবিতেও অনূদিত হয়েছে। "Deception Redefined" (উকিয়োতো কর্তৃক ক্লাসিকস হিসাবে ঘোষিত), Ramayana (উকিয়োতো), Mahabharata (উকিয়োতো), Mysteries of Detective Suborno Deb Barman (প্রখর গুঞ্জ), Chronicles of Suborno Deb Barman (উকিয়োতো), Suborno Deb Barman: Mystery of Stolen Memory (উকিয়োতো); এই সবই তাঁর প্রকাশিত একক গ্রন্থ। উকিয়োতো প্রকাশনার সংকলনে তাঁর অবদান অসাধারণ। কিছু উল্লেখযোগ্য কফি টেবল বই হলো: Pinky Mehra, Tales of Mahabharata, Tales of Ramayana, ও Mythology। উকিয়োতো-র অন্যান্য সংকলনে তাঁর অবদানের মধ্যে রয়েছে: World Poetry Symposium, Mahakaal, Ravana, Yuddha Shastra, Stories of India, Make a Wish, Ai No Kiseki, Hanashi the Manga, Upanishad, Shadows of Deception, Labyrinth of Black Rain, Ekalavya, Chhatrapati, The Janajaateey Tales, Sweet Sixteen, Unity in Diversity,

War, Carols Duryodhana এবং আরও অনেক। সম্প্রতি তাঁর দুটি হিন্দি কবিতা S7 Publication থেকে পুরস্কারপ্রাপ্ত হয়েছে। তিনি একজন দক্ষ ওয়ারলি এবং অ্যাক্রিলিক শিল্পী। তাঁর শতাধিক চিত্রকর্ম বহু দর্শকের দৃষ্টি আকর্ষণ করেছে। বিশেষত, তাঁর বোতলের শিল্পকর্মগুলি ব্যাপক প্রশংসা পেয়েছে। সময় পেলে তিনি ভারতীয় শাস্ত্রীয় সঙ্গীত শোনেন। সৃজনশীলতার পাশাপাশি তিনি একজন ঘুরে বেড়ানো মানুষ। দুবাই তাঁর দ্বিতীয় বাড়ি। তিনি বিদেশ ও দেশের বহু ভ্রমণের ওপর লেখালেখি করেছেন। তিনি একজন খ্যাতিমান ফটোগ্রাফারও বটে। শিক্ষাক্ষেত্রে, ড. অরবিন্দ ঘোষ BIT ও Pacific University Udaipur-এর পিএইচ.ডি গাইড হিসেবে স্বীকৃত। বহু শিক্ষার্থী তাঁর তত্ত্বাবধানে পিএইচ.ডি সম্পন্ন করেছেন। তিনি Junior Chamber International-এর পার্সোনালিটি ডেভেলপমেন্ট প্রোগ্রামের জাতীয় প্রশিক্ষক হিসেবে স্বীকৃতি পেয়েছেন এবং প্রতিষ্ঠানটির পক্ষ থেকে Senatorship-এ ভূষিত হয়েছেন।

www.ingramcontent.com/pod-product-compliance
Lightning Source LLC
LaVergne TN
LVHW041701070526
838199LV00045B/1154
9789370095694